Kerstin March

Apfelblütensommer

Kerstin March

Apfelblüten Sommer

Roman

Ins Deutsche übertragen von
Anja Mehrmann

LYX
EGMONT

Die Originalausgabe erschien 2015 unter dem Titel
Branching Out bei Kensington Publishing Corp., New York, NY, USA.

Deutschsprachige Erstausgabe Juni 2016 bei LYX
verlegt durch EGMONT Verlagsgesellschaften mbH,
Gertrudenstraße 30–36, 50667 Köln

Published by arrangement with Kensington Publishing Corp.,
New York, NY, USA.
Dieses Werk wurde vermittelt durch die Literarische Agentur
Thomas Schlück GmbH, 30827 Garbsen.

1. Auflage
Redaktion: Ralf Schmitz
Satz: KCS GmbH, Stelle | www.schriftsetzerei.de
Printed in Germany (670421)
ISBN 978-3-8025-9957-6

www.egmont-lyx.de

MIX
Papier
FSC FSC® C083411

Für Lily, in liebender Erinnerung

I have to be gone for a season or so.
My business awhile is with different trees,
Less carefully nourished, less fruitful than these,
And such as is done to their wood with an axe –
Maples and birches and tamaracks.
I wish I could promise to lie in the night
And think of an orchard's arboreal plight
When slowly (and nobody comes with a light)
Its heart sinks lower under the sod.
But something has to be left to God.

»Good-bye and Keep Cold« von Robert Frost

1

Dunkle Ecken

Shelby Meyers' elfenbeinfarbenes Kleid berührte leicht den Fußboden der Scheune; eine dünne Staubschicht hatte sich auf den empfindlichen Saum gelegt. Sie lehnte in dem breiten, offen stehenden Tor und spähte hinaus in den Obstgarten ihrer Großeltern. Die versammelten Familienmitglieder und guten Freunde ließen sich gerade auf weißen Gartenstühlen nieder, die in Reihen auf dem Rasen vor einer Gartenlaube und vor weiten Feldern voller blühender Apfelbäume standen. Wie Schneeflocken taumelten rosa-weiße Blüten im leichten Wind, landeten sanft auf dem Gras und milderten so die fast greifbare Spannung, die zwischen den beiden Familien bestand.

Shelby spürte, wie ihre Großmutter sie sanft an der Schulter berührte, um sie aus dem Tor ins Innere der Scheune zu locken.

»Nun komm schon herein. Hab ich dir nicht gesagt, dass es Unglück bringt, den Bräutigam vor der Hochzeit zu sehen?«

»Du weißt aber schon, dass das nur ein alter Aberglaube ist, oder?«, fragte Shelby. Dennoch trat sie einen Schritt zurück und begann, gedankenverloren mit dem Daumen ihrer rechten Hand über den zierlichen Verlobungsring zu streichen, in dessen Fassung ein funkelnder runder Stein saß, der von einem Kranz kleinerer Diamanten umgeben war.

»Die Trauung hat noch nicht einmal begonnen, und schon jetzt ist dieser Tag schöner, als ich es mir jemals erträumt hätte«, sagte Ginny Meyers. »Ich freue mich so für dich, Liebes. Und vergiss nicht: ganz ruhig bleiben und tief durchatmen. Nimm alles in dich auf. An diesen Augenblick wirst du dich dein Leben lang erinnern.«

Shelby lächelte ihre Großmutter an. Sie war stolz darauf, eine so starke, liebenswürdige Frau an ihrer Seite zu haben. Dank der Großzügigkeit ihres Verlobten, Ryan Chambers, trug ihre Großmutter Perlen und ein Kleid aus Paris, das ihr aus silbergrauer Rohseide perfekt auf den zierlichen Leib geschneidert worden war. Andererseits hatte Shelby ohnehin schon immer eine elegante Dame in ihr gesehen, sogar, wenn Weizenmehl ihre Wange bestäubte und gestreifte Socken unter den Aufschlägen ihrer Jeans hervorlugten.

»Ich kann einfach nicht fassen, wie herausgeputzt diese alte Scheune aussieht«, sagte Ginny. »Es sieht unglaublich aus. Charlotte hat wirklich zu viel des Guten getan, aber ich bin natürlich die Erste, die zugibt, dass ihr all das verdient habt, Liebes.«

»Danke, Gran. Ich kann gar nicht glauben, dass es heute so weit ist«, sagte sie, überglücklich, Ryan an dem Ort zu heiraten, den sie mehr liebte als jeden anderen auf der Welt.

Der Obstgarten ihrer Familie, der sich oberhalb der Uferklippen von Bayfield, Wisconsin, erstreckte, war in etwas Magisches verwandelt worden. Ryans Mutter Charlotte hatte von ihrem Hochhausapartment in Chicago aus den größten Teil der Hochzeitsplanungen übernommen. Während manch andere Braut vielleicht das Gefühl gehabt hätte, dass Charlotte ihre Grenzen überschritt, war Shelby erleichtert, ihr die Einzelheiten überlassen zu können. Seitdem sie im Sommer zuvor nach Chicago gezogen war, war sie vollauf damit beschäftigt gewesen, ihre erste eigene Wohnung einzurichten und ans College zurückzukehren, um dort einige Kurse nachzuholen. Sie musste sich erst noch an Ryans Leben unter den Augen der Öffentlichkeit gewöhnen, und eine Woche vor der Hochzeit hatte sie endlich ihren Abschluss gemacht. Die Planung einer aufwändigen Hochzeitsfeier wäre das Letzte gewesen, was sie sich nun noch hätte aufbürden wollen. Tatsächlich wäre Shelby auch mit einer bescheidenen Trauung in einer Kirche und einem anschließenden Barbecue im Garten zufrieden gewesen. Als Charlotte also ihre Hilfe angeboten hatte, nahm Shelby das Angebot bereitwillig an und stellte nur wenige Forderungen – eigentlich nur die, dass die Hochzeit auf Meyers' Obstplantage stattfinden sollte.

Was Charlotte geschaffen hatte, war märchenhaft. Sie hatte einen überwältigenden Empfang geplant, eine perfekte Mischung aus großstädtischer Eleganz und dem Charme von Shelbys Heimatort. Die Scheune, ein verwittertes Gebäude, das weder die Größe noch die Raffinesse besaß, um einen eleganten Empfang zu beherbergen, war für diesen Anlass eigens renoviert worden. Die verblichene Fassade war abgeschliffen und frisch mit roter Farbe gestrichen, die landwirtschaftlichen Geräte und leeren Apfelkisten waren ordentlich weggeräumt und die staubigen Oberflächen und Ecken voller Spinnweben gesäubert worden. Als die Verwandlung vollendet war, sah die Scheune blendend aus. Überall hingen Kronleuchter und weiße Lichterketten, und auf den mit Leinen gedeckten Tischen standen übergroße Blumentöpfe.

»Ich habe Ryan draußen gar nicht gesehen. Bist du ihm begegnet?«, fragte Shelby ihre Großmutter.

»Natürlich.«

»Wie geht es ihm? Wirkt er nervös?«

»Ganz und gar nicht. Ich glaube, das Einzige, was diesen Mann im Augenblick interessiert, ist, dein Jawort zu hören.«

Ryan und seine Familie hatten nicht nur den Empfang geplant, sondern sie waren auch sorgfältig darauf bedacht gewesen, diesen Tag nicht zu einem Medienspektakel werden zu lassen. Bislang sah es so aus, als wäre ihnen das gelungen. Shelby betete im Stillen, dass alles so verlaufen möge wie vorgesehen.

Ginny rückte einen zarten Blütenzweig in dem Gewirr aus offenen Haarsträhnen und Locken zurecht, die locker in Shelbys Nacken zusammengenommen waren. »Wie ich schon sagte, einen attraktiveren Bräutigam habe ich noch nie gesehen.«

Ihre Großmutter wirkte völlig gelassen. Es war, als wüsste sie Dinge, die Shelby nicht wusste. Sie hatte immer geglaubt, dass ihre Großeltern ihre größte Freude waren – das solide Fundament ihres Lebens –, und nachdem ihr Großvater verstorben war, wusste Shelby nicht, was aus ihrer Familie werden sollte. Aber sie hatten einfach weitergemacht. Der Farm ging es gut. Obwohl Shelbys Mutter Jackie noch immer unglaublich ungeschickt und langsam war, wenn es darum ging, so etwas wie *echte Arbeit* zu verrichten, versuchte sie immerhin, verlorene Zeit wiedergutzumachen. Und Shelby hatte die Kraft aufgebracht, die Sicherheit ihres Heimatortes zu verlassen, um der Liebe eine Chance zu geben.

An ihrem Hochzeitstag wurde Shelby klar, dass ihr größtes Geschenk nicht die Familie war. Es war der Mut, das zu verlassen, was ihr Sicherheit gab, damit ihr Herz sich entfalten konnte. Ryan zu lieben und seinen Antrag anzunehmen, ihr Leben mit ihm zu verbringen, hatte sie von ihren inneren Kümmernissen befreit und ihr eine neue Welt eröffnet. Mit neu entdecktem Selbstvertrauen verspürte Shelby die Kraft in sich, Unsicherheiten und Ängste zu überwinden, die sie bisher gehemmt hatten.

Obwohl sie kein Mensch war, der gern im Mittelpunkt der Aufmerksamkeit stand, war ihr diesmal die Gelegenheit willkommen, ihre Liebe zu diesem Mann vor all den Menschen zum Ausdruck zu bringen, die sich auf dem Rasen versammelt hatten. Sie wusste, dass sie keinen Moment zögern würde, es zu tun.

»Bist du bereit?«, fragte Ginny.

»Du kennst mich doch«, antwortete Shelby und blickte zu den zahlreichen Lichtern auf, die von den Dachbalken herabhingen. »Es ist alles wunderschön hier, aber ich wäre ebenso damit zufrieden gewesen, Ryan ohne all das Trara in dieser Scheune hier zu heiraten. Irgendwas Einfaches, nur mit dir und seinen Eltern.«

»Und Jackie … natürlich hättest du auch Jackie miteinbezogen.«

Shelbys verzerrtes Lächeln sagte alles. Nachdem sie Shelby jahrelang vernachlässigt hatte, unternahm Jackie seit Olens Tod alle möglichen Anstrengungen, um ihre Beziehung zu kitten. Seitdem sie wieder auf die Farm gezogen war, hatte sie sich für Ginny sogar als einigermaßen nützlich erwiesen, was Shelby sehr zu schätzen wusste.

»Da wir gerade von ihr reden – sollte sie nicht mittlerweile längst hier sein?«, fragte Shelby. Die heitere Musik eines Streicherquartetts hatte das gedämpfte Geplauder der Gäste auf dem Rasen ersetzt. In Kürze würde die Trauung beginnen, und Shelby hatte ihre Mutter nicht mehr gesehen, seitdem die Frauen sich ins Haus begeben hatten, um sich festlich anzukleiden. Tatsächlich hatte sie auch ihre Trauzeugin noch nicht gesehen. »Nic habe ich auch aus den Augen verloren.«

»Sie kommen sicher bald …« Ginny runzelte besorgt die Stirn, als sie über Shelbys Schulter blickte.

Gerade, als Shelby vorschlagen wollte, jemanden ins Haus zu schicken, um nachzusehen, hörte sie vom anderen Ende der Scheune Geräusche.

Shelby blickte sich um und sah Nic, deren kurzes, sonst stets zerzaustes platinblondes Haar glatt gekämmt, mit einem kleinen Blumenzweig geschmückt und hinter die Ohren gesteckt war. Sie hob den Saum ihres Kleides über ihre Schuhe, als sie in die Scheune gestürmt kam. Die hochhackigen Sandalen, die Nic eigentlich hasste und nur aus Loyalität trug, behinderten sie offensichtlich, als sie unbeholfen auf die beiden Frauen zugelaufen kam. Wäre Nics Miene nicht so besorgt gewesen, hätte Shelby beim Anblick ihrer besten Freundin gelacht, die wie eine Dame gekleidet war, aber in so merkwürdig gekrümmter Haltung angetrabt kam.

»Gerade noch rechtzeitig!«, rief Shelby.

Shelby hatte Nic vermisst, seit sie in Chicago wohnte. Nachdem sie zusammen aufgewachsen waren und alles miteinander geteilt hatten, hatten sie schließlich beide beschlossen, fortzuziehen. Zuerst hatte Shelby Bayfield verlassen, um Ryan nach Chicago zu folgen. Kurze Zeit später hatte Nicole »Nic« Simone Hank Palmer geheiratet und im Gemeindehaus einer Kirche einen Empfang mit einem Buffet gegeben, zu dem die Gäste etwas beisteuern sollten. Dann war sie in die Twin Cities gezogen. Obwohl die beiden Frauen ihr Bestes taten, um miteinander in Verbindung zu bleiben, fragte Shelby sich immer noch, ob sie Mrs Palmer jemals so gut kennen würde, wie sie die quirlige, streitlustige Miss Simone gekannt hatte.

»Ist sie hier?«, fragte Nic, an Ginny gewandt.

Ginny schüttelte den Kopf.

»Okay, kein Problem.« Shelby zuliebe rang Nic sich ein Lächeln ab, bevor sie auf die gegenüberliegende Seite der Scheune eilte und über die Schulter rief: »Fangt nicht ohne mich mit der Trauung an – es dauert nur einen Augenblick!«

»Was ist denn los?«, fragte Shelby.

»Mach dir keine Sorgen«, sagte Ginny und tätschelte Shelby sanft den Rücken. »Wir haben alles unter Kontrolle.«

»Dein Gesichtsausdruck sagt aber was anderes. Komm schon, was ist los?«, hakte Shelby nach.

Ginny zögerte. Dann seufzte sie tief und antwortete geradeheraus: »Jackie ist nicht da.«

»Was soll das heißen, sie *ist nicht da*? Vor weniger als einer Stunde war sie doch noch im Haus.«

»Wir scheinen sie aus den Augen verloren zu haben. Nic geht wahrscheinlich gerade wieder zurück ins Haus; und ich glaube, Hank sieht sich draußen nach ihr um.«

»Warum überrascht mich das jetzt nicht?«

Mit leiser, beruhigender Stimme sagte Ginny: »Mach dir keine Gedanken. Früher oder später wird sie schon wieder auftauchen – wir wissen doch beide, dass sie sich keine Gelegenheit entgehen lässt, eine Show abzuziehen.«

Shelbys Mutter hatte als Collegestudentin in Kalifornien gelebt und nach einem »besseren« Leben gestrebt als dem, das sie auf der Farm ihrer Familie in einer Kleinstadt am Südufer des Lake Superior auf sich zukommen sah. Jackie hatte weder Zeit noch Interesse daran gehabt, ein Kind aufzuziehen, das das Ergebnis einer leichtsinnigen Sommernacht gewesen war.

»Sieh uns beide nur an. Diese Kleider waren wirklich viel zu teuer; Ryan hätte das nicht tun sollen«, sagte Ginny und bewunderte das in einem komplizierten Muster mit Perlen bestickte Mieder von Shelbys Hochzeitskleid. Sie strich die duftigen Stofflagen des Rocks glatt, obwohl sie beide wussten, dass Shelbys Kleid bereits perfekt saß. Ginny wollte nur Zeit schinden. »Aber ich glaube, ich habe noch nie eine hübschere Braut gesehen.«

Als Shelby ihr in die Augen blickte, verschwanden all die Dinge, die sie ihrer Großmutter an diesem Hochzeitstag hatte sagen wollen. Die Worte, die ihr durch den Kopf gegangen waren, wenn sie in den vergangenen Nächten zu schlafen versucht hatte, die Ausdrücke, die der Dankbarkeit in ihrem Herzen nie gerecht zu werden schienen – all das verschwand. Ginny fuhr Shelby sanft mit dem Daumen über die gefalteten Hände, eine Geste, mit der sie einst die Sorgen ihrer heranwachsenden Enkelin zu beschwichtigen pflegte und dafür sorgte, dass sie ihren Gefühlen Ausdruck verleihen konnte. So viele Worte waren ihr durch den Kopf gegangen … und nun stürzten die Gedanken, die Erinnerungen und die Dankbarkeit in wenigen einfachen Worten aus Shelby heraus.

»Ich liebe dich, Gran.«

Ginny umfasste Shelbys Hände fester und hob sie an ihre Lippen. Sie küsste sie und hielt sie fest, als wäre sie mit ihrer Enkelin im Gebet vereint. »Ich liebe dich auch, und ich war noch nie so stolz auf dich wie heute.«

Shelby ließ die Hände ihrer Großmutter los und zog ihre

kleine, aber starke Gestalt in ihre Arme. »Danke, dass du mit mir zum Altar gehst. Es gibt niemanden, den ich lieber an meiner Seite hätte.«

»Und ich hätte mir das um nichts in der Welt nehmen lassen«, sagte Ginny. Ihre Stimme stockte. »Dein Großvater hätte diesen Tag so gern erlebt.«

»Er fehlt mir.«

»Mir auch, Liebes.« Ginny hob die Finger an die Augenwinkel und verwischte eine Tränenspur. »Mir auch.« Einen Augenblick später nahm sie einen tiefen Atemzug, trat aus der Umarmung, straffte den Rücken und tätschelte Shelby sanft die Wangen. »Also, auch wenn du jetzt heiratest, vergiss nicht, was ich dir gesagt habe: Wann immer du ihn vermisst …«

»… achte auf die Zeichen.« Shelby nickte. Seit Olens Tod hatte sie sie viele Male bemerkt. Wenn sie den Schwimmer einer Angel an einem Ort entdeckte, wo sie ihn nie vermutet hätte, oder wenn bisweilen eine einzelne Möwe auf dem Dach der Scheune landete und langsam um die kupferne Wetterfahne stakste, während sie Shelby etwas zuzuschreien schien.

»Jetzt komm. Wenn wir zu weinen anfangen, verschmiert mir noch das ganze Make-up. Und in Anbetracht der Tatsache, dass ich nur zu Hochzeiten und Beerdigungen Lippenstift auflege, wäre es mir lieb, wenn er länger als eine Stunde halten würde. Aber da wir gerade von deinem Großvater reden – ich habe noch etwas für dich.« Unauffällig schob Ginny eine Hand in ihren Ausschnitt und zog ein weißes Papiertaschentuch aus ihrem BH hervor.

Shelby hob abwehrend die Hände. »Danke, aber *das* brauche ich wirklich nicht.«

»Mach dich nicht lächerlich.« Vorsichtig entfaltete Ginny das Tuch, bis ein Anhänger aus Türkis zum Vorschein kam, der an einer zarten Silberkette baumelte.

Etwas Blaues. Der Anhänger war ein Geschenk von Shelbys Großvater gewesen, als sie noch jung war. Obwohl er nicht mehr bei ihnen war, würde er auf eine gewisse Weise doch Teil ihrer Hochzeit sein. Es war genau das, was sie brauchte, um einen Fuß vor den anderen setzen und in die nächste Phase ihres Lebens eintreten zu können. Es war an der Zeit. Sie würde zu neuen Ufern aufbrechen.

»Du hast diese Kette jeden Tag während so vieler Jahre und an so vielen Tagen getragen, dass ich sie nicht mehr zählen kann«, sagte Ginny. Shelby hob ihr Haar an, als Ginny ihr die Kette um den Hals legte und den Verschluss einhakte. »Also dachte ich mir, du solltest sie auch an deinem Hochzeitstag tragen.« Dann nahm ihre Großmutter sie in die Arme, und gerade, als sie Shelby auf die Wange küssen wollte, zuckte Ginny zusammen.

»Um Gottes willen«, stieß sie kaum hörbar hervor. Als Shelby sah, dass Ginnys Augen schmal wurden und sie die Lippen fest zusammenpresste, wich sie zurück. »Was ist denn?« Sie drehte sich um, um zu sehen, was die Aufmerksamkeit ihrer Großmutter auf sich gezogen hatte.

Die Mutter der Braut kam aus der Pferdebox in der abgedunkelten hinteren Ecke der Scheune, zog sich mit einer Hand den Rock ihres rauchlilafarbenen Kleides zurecht und strich mit der anderen ihre zerzauste Frisur glatt.

»Bleib hier, Shel«, zischte Ginny zwischen zusammengebissenen Zähnen. »Ich werde ein Wörtchen mit deiner Mutter reden, damit sie sich daran erinnert, dass die Trauung gleich beginnt.«

Doch so leicht ließ Shelby sich nicht abwimmeln. Sie lupfte den Saum ihres Kleides und folgte ihrer Großmutter. »Ich komme mit!«

Als sie Jackie erreicht hatten, fasste Ginny ihre Tochter fest am Ellbogen. Als wäre ihr der Einfall erst nachträglich gekommen, blickte sie sich um, um sich davon zu überzeugen, dass sie allein waren, dann richtete sie ihre Aufmerksamkeit wieder auf ihre Tochter.

»Was zum Teufel geht hier vor?«, stieß Ginny hervor. »Wo bist du gewesen?«

Mit einem Ruck entzog Jackie sich Ginnys Griff. »Ich weiß wirklich nicht, was du meinst, Mutter.«

»Hast du dich mal angesehen? Deine Haut ist fleckig, dein Haar ein einziges Chaos und …« Ginny beugte sich vor, um ihre Tochter genauer zu betrachten. »Kannst du mir bitte erklären, wie du es geschafft hast, Lippenstift auf dein *Ohr* zu schmieren?« Sie leckte sich über den Daumen und hob die Hand, um den Lippenstiftfleck zu entfernen, als würde sie einem Kind verschmierte Schokolade aus dem Gesicht reiben. Jackie schob Ginnys Hand weg und wischte sich das Make-up selbst vom Ohr.

»Wo ist er?«, fragte Shelby nach dem Offensichtlichen. Es war dumm von ihr gewesen zu glauben, dass Jackie sich heute, nur dieses eine Mal in Shelbys Leben, wie eine Mutter benehmen würde. Weil Jackie weder die Zeit noch Interesse daran gehabt hatte, Shelby aufzuziehen, hatten Ginny und Olen die Elternrolle übernommen, ohne zu zögern und von ganzem Herzen.

»Draußen auf dem Rasen spielt die Musik. Ist das nicht das Zeichen für unseren Einsatz?«, fragte Jackie. Sie schob sich an Ginny und Shelby vorbei und ging einige Schritte auf das offen stehende Scheunentor zu. Aber sie war nicht schnell genug. Shelby hörte, dass sich in dem Pferdestall etwas bewegte. Wie eine Ratte, die sich aus ihrem Loch in der Wand hervorwagt, tauchte ein fremder Mann aus dem Stall auf. Shelby erkannte ihn nicht, und wenn sie Ginnys Miene richtig deutete, hatte auch sie ihn nicht erkannt. Er hatte eine rötliche Gesichtsfarbe, einen kurz geschnittenen Haarkranz auf dem ansonsten kahlen Kopf und einen unregelmäßigen Bart, der die weiche Kontur seines Kiefers bedeckte. Er trug einen Sommeranzug und eine lindgrüne Krawatte, die der Hochzeit angemessen gewesen wären, hätte nicht ein Zentimeter Hemdstoff aus seiner Hose mit dem halb geschlossenen Reißverschluss hervorgelugt wie ein Küken aus seinem Nest.

»Du bist einfach unglaublich«, sagte Shelby und blickte ihre Mutter kopfschüttelnd an. Jackie war stehen geblieben und drehte den Kopf, als sie die Schritte des Mannes hörte. Shelby hätte nicht zu sagen gewusst, wer von beiden dreister war, der Fremde, der lächelnd und mit ausgestreckter Hand geradewegs auf sie zukam, oder Jackie, weil sie ihn mitgebracht hatte.

Bevor jemand ein Wort sagen konnte, kam Nic durch das offene Tor hereingestürmt und blieb erst stehen, als sie die Gruppe erreicht hatte.

»Aha«, sagte Nic und schnappte nach Luft. »Wie ich sehe, hast du deine Mom gefunden.«

»Hallo, Mrs Meyers, freut mich, Sie wiederzusehen«, sagte der Mann zu Ginny, die sich weigerte, die ausgestreckte Hand zu schütteln, und den Mann stattdessen kritisch beäugte.

»Wiederzusehen?«, fragte Ginny.

»Wiederzusehen?«, wiederholte Nic.

Shelby gab ihrer Freundin einen kaum merklichen Stups,

worauf Nic die Hände von Shelbys und Ginnys Schultern nahm.

»Mutter, du erinnerst dich doch sicher an Chad …«, sagte Jackie.

»… Covington«, ergänzte der Mann und beendete damit ihre Vorstellung. »Chad Covington. Wir sind uns vor Jahren einmal begegnet. Ich war auf der Ashland-Highschool.«

»Er war im Jahrgang über mir«, fügte Jackie hinzu.

»Nein, ich erinnere mich *nicht*«, antwortete Ginny mit ausdrucksloser Stimme.

»Eigentlich haben wir ihn immer Stubbie genannt«, sagte Jackie. »Weißt du das nicht mehr? Er hat für Ashland Football gespielt, und hin und wieder hingen er und seine Freunde mit meiner Clique herum.«

Ginny schüttelte den Kopf, während Shelby die Szene schweigend beobachtete.

»Chad ist der, der Dad damals geholfen hat, den Platten an seinem Truck zu reparieren, unten an der Marina, in dem Sommer, als er sich den Arm gebrochen hatte«, fuhr Jackie fort. »Daran erinnerst du dich doch bestimmt.«

Chad kehrte sein rötliches Gesicht Shelby zu, entblößte seine vom Rauchen fleckigen Zähne zu einem liebenswürdigen Lächeln und sagte: »Freut mich, dich kennenzulernen, Shelby. Ich bin dein Vater.«

»Heilige Scheiße …« Nics Stimme, die sonst laut dröhnte, erklang nun flüsternd an Shelbys Ohr.

»Jacqueline!« Ginny keuchte auf und hob die Hand, um ihren Mund zu bedecken.

Shelbys Herz pochte heftig unter dem Mieder ihres Hochzeitskleides. Nicht nur wegen der Art, wie ihre Mutter sie – wieder einmal – demütigte, und das an ihrem Hochzeitstag.

Sondern weil sie – mit Jackie als unangemessenem Rollenvorbild – Schuldgefühle verspürte. Sie war Ryan gegenüber bei ihren Gesprächen über ihre Zukunft nicht ganz aufrichtig gewesen, wenn es darum gegangen war, was es für sie bedeutete, eine Familie zu gründen. Nichts, was ihre Mutter tun konnte, um ihr zu schaden, würde jemals so viel Kummer in Shelby hervorrufen wie die Angst, dass sie selbst eines Tages ihrem eigenen Kind denselben emotionalen Schmerz zufügen könnte. Während der Gedanke, mit Shelby eine eigene Familie zu gründen, Ryan in freudige Erregung versetzte, blieb sie selbst ängstlich und zurückhaltend.

Ich hätte ehrlich zu ihm sein müssen. Mein Gott, warum war ich bloß nicht ehrlich zu ihm? Shelby schloss die Augen, atmete tief durch und lauschte auf Geräusche, die sie beruhigen würden. Das Quietschen des Scheunentors, das durch einen Windhauch leicht nach innen schwang. Ein Flattern in einem Nest zwischen den Dachsparren über ihrem Kopf. *Vielleicht werde ich mich anders fühlen, wenn wir erst einmal verheiratet sind. Vielleicht werde ich eine gute Mutter sein. Ich bin nicht wie sie. Ich bin anders.*

Shelby schlug die Augen wieder auf, blickte der Eroberung ihrer Mutter direkt in die kühlen blauen Augen und sagte: »Mr Covington, als Gast meiner Mutter sind Sie natürlich willkommen. Aber was diese absurde und, um ehrlich zu sein, unglaublich gefühllose Behauptung betrifft, wir könnten miteinander verwandt sein, so sollen Sie wissen, dass die einzige Vaterfigur in meinem Leben mein Großvater war. Und niemand wird ihn jemals ersetzen. Schon gar nicht irgendein Mann, der es für angemessen hält, es nur wenige Augenblicke, bevor ich vor den Altar trete, in einer dunklen Ecke dieser Scheune mit meiner Mutter zu treiben.«

»Shelby!«, platzte Jackie heraus, legte eine Hand fest auf Chads Arm und sagte zu ihm: »Chad, es tut mir so leid. Ich weiß nicht, was in sie gefahren …«

»Und du, Mutter«, fuhr Shelby fort, den Blick nun fest auf Jackie geheftet, »solltest einen Blick in den Spiegel werfen, dich zusammenraufen und dir einen Platz im Garten suchen. Gran und ich werden jetzt zum Altar gehen, mit oder ohne dich. Lass dich davon nicht stören.«

Und damit drehte sie sich um und ging an der Seite ihrer Großmutter davon. Sie legte sich schützend die Arme um die Brust und schüttelte verärgert den Kopf, während Nic in ihren unbequemen Schuhen hinter ihnen herstakste.

In der Scheune war nichts zu hören als die Schritte der Frauen, das ferne, verlockende Spiel der Geigen auf dem Rasen sowie das leise Rascheln von Shelbys Kleid, als sie zielstrebig auf das offene Tor zusteuerte.

2

Ungesagte Worte

Die Sonne stand bereits tief am Himmel, als William Ryan Chambers Jr. unter einer Laube aus blühenden Zweigen und verschlungenen Weinreben seinen Platz vor dem Altar einnahm. Das Licht des frühen Abends tauchte das Gelände und die weißen Blüten, die die Apfelbäume bedeckten, in goldenen Glanz. Etwas funkelte von der Scheune herab und blendete Ryan. Er blickte zum Dach hinauf und sah die kupferne Wetterfahne, die er schon bewundert hatte, als er das Grundstück der Meyers zum ersten Mal betreten hatte. Geformt wie ein Pferd, das gegen den Wind galoppiert, fing sie mit ihrem mit Bändern geschmückten Schweif die letzten Lichtstrahlen des Tages ein.

Ryan legte eine Hand auf seine Brusttasche. Er spürte den Umriss des Eherings für seine Braut durch den Stoff des maßgeschneiderten Sommeranzugs hindurch und dachte an seinen Heiratsantrag. Er hatte damals nichts Aufwändiges geplant. Das war nicht ihr Stil. Es sollte ein ruhiger Tag fernab des Gedränges in der Stadt sein, draußen auf dem Wasser, denn er wusste, dass sie dort mit sich und der Welt im Reinen war. Der Lake Michigan war zwar nicht der Lake Superior, aber immerhin fast genauso gut.

An einem diesigen Morgen Ende August waren sie vom

Chicago Yacht Club aus auf Ryans Segelboot, der *Horizon,* zu einem Wochenendtrip entlang des Nordwestufers des Lake Michigan aufgebrochen.

Als Shelby das erste Mal mit ihm auf der *Horizon* gesegelt war, hatte sie sofort erkannt, dass die *Darfur* dasselbe Modell war wie das Boot, das er in Bayfield gechartert hatte, als sie zusammen über den Lake Superior nach Devil's Island gesegelt waren. So viel war zwischen ihnen passiert seit jenem Wochenende im Oktober, als er nach Bayfield zurückgekehrt war und ihre Leben sich miteinander verbanden. Er hatte die Wettervorhersage überprüft, bevor sie den Hafen verließen, und war erfreut, weil das Wetter ideal war für einen ruhigen Segeltörn durch die Bucht und nach Norden entlang der Uferlinie vor Michigan. Nachdem sie im Hafen von Sutton's Bay vor Anker gegangen waren, wollte er ihr auf dem Boot beim Dinner und einer Flasche Wein einen Antrag machen.

Aber dazu kam es nicht.

Sie waren kaum neunzig Minuten vom Hafen entfernt, als der Wind abflaute. Die *Horizon* verlangsamte ihr bisher gleichmäßiges Tempo und trieb nur noch träge dahin. Die Nadel des Geschwindigkeitsmessers schlug kaum aus. Ryan arbeitete fieberhaft daran, den Klüver festzuziehen, das Hauptsegel zu trimmen und das Ruder herumzuwerfen – kurz, alles Mögliche zu versuchen, um in den Wind zu kommen. Aber es war zwecklos. Das Boot lag still im Wasser, bis der Wind wieder auffrischte.

Er war so sehr darauf konzentriert, ihr Ziel zu erreichen, dass er gar nicht bemerkt hatte, wie glücklich Shelby war, die sich auf der gepolsterten Bank der Plicht zurückgelehnt, die Beine ausgestreckt und den Kopf in den Nacken gelegt hatte, um Sonne zu tanken.

»Ist das nicht vollkommen?« Sie seufzte.

Nein! Es ist vollkommen falsch!, hatte er bei sich gedacht. »Ich wollte heute eigentlich bis Sutton's Bay kommen, aber bei dem Tempo können wir froh sein, wenn wir es vor der Abenddämmerung über die Bucht schaffen, geschweige denn den ganzen Weg bis zum Hafen.«

»Psst!«, flüsterte sie. »Hör mal.«

Das Einzige, was er hörte, war das Kräuseln eines reglosen Segels, das schlaff am Mast hing, und das Wasser, das sanft an den Rumpf des Bootes plätscherte. Während sie sich in der Sonne räkelte, machte er sich an Deck zu schaffen, um ein bisschen Wind in die Segel zu bekommen.

»Ich werde wohl den Motor anlassen müssen«, sagte er schließlich entmutigt und schleuderte seine Enttäuschung in die Segel.

»Ryan, lass und komm her.« Sie streckte die Hand aus und forderte ihn auf, sich neben sie zu setzen. Er seufzte, ließ die schlaffe Leine los, die er in der Hand hielt, und kam über die Plicht zu ihr.

»Hör mal«, sagte sie.

»Ich höre nichts.«

»Genau.« Sie blickte zu ihm auf. »Es ist weg.«

Er legte seine Hände auf ihre und fragte: »Was ist weg?«

»*Alles*. Der Straßenlärm, das Hupen der Taxis, die Leute, die in ihre Handys sprechen und reden und reden. Hier draußen gibt es nur uns zwei.«

Er wusste, dass das vergangene Jahr schwierig für sie gewesen war – nicht nur, weil sie ihr Zuhause verlassen und ihr Studium abgeschlossen hatte, sondern auch, weil sie mit dem Ausmaß an öffentlicher Kontrolle konfrontiert worden war, die das Leben seiner Familie von jeher begleitete. Und dennoch beklagte sie sich nie. Mit keinem einzigen Wort. Als er an jenem Morgen, draußen auf dem Lake Michigan ihr Gesicht sah, traf ihn die Erkenntnis wie ein Blitz. Dies war das Gesicht der Frau, in die er sich in Bayfield verliebt hatte. In den wenigen Monaten hingegen, die sie in Chicago gewesen war, hatten sich Falten auf Shelbys Stirn gebildet, und sie hatte die Zähne zusammengebissen, wenn sie der Stadt die Stirn bieten musste. Draußen auf dem Wasser waren die körperlichen Anzeichen des Stresses verschwunden. Das war die Shelby, die er am liebsten hatte.

»Ich liebe dich, Shelby.« Er hob die Hand an seine Brust und tastete nach dem Ring, der tief in seiner inneren Jackentasche verborgen war. Wenige Monate zuvor, als sie ihn auf seiner ersten Fotoausstellung überrascht hatte – *Stammbäume. Eine Geschichte aus Bayfield* –, im Stadtteil River North in Chicago, hatte Shelby ihm den Atem verschlagen. Es war unglaublich gewesen, sie dort stehen zu sehen, vor einem riesigen, gerahmten Porträt von ihr, auf dem sie auf den Uferklippen von Madeline Island über Lake Superior saß. Bis zu jenem Moment hatte er nicht geglaubt, sie jemals wiederzusehen. Aber da war sie. Als sie an dem warmen Juliabend die Ausstellung verließen, hielt er ihre Hand und wusste, dass er sie niemals wieder loslassen wollte.

»Ich liebe dich auch.« Weil er nicht antwortete, setzte Shelby sich einen Augenblick später auf. »Ryan, was ist los?« Sie legte ihm eine Hand auf die Schulter. »Ist alles in Ordnung mit dir?«

»Ich weiß nicht, wie du das machst«, hob er an. »Du gehst Risiken ein und stellst dich auf so viele Veränderungen ein. Schule. Umzug. Mit deiner Familie und mit dem Geschäft auf der Apfelplantage in Verbindung bleiben.«

»Und trotzdem finde ich immer noch Zeit, um mich mit dir auf den See hinauszuschleichen.«

»Das ist das Beste daran, dass du nach Chicago gekommen bist«, sagte Ryan, und er meinte es ernst. »Aber mal ehrlich, eigentlich hast du das alles für dich selbst getan, und dann wurdest du ins Licht der Öffentlichkeit gestoßen.«

Shelby stöhnte und lehnte sich zurück, das Gesicht der Sonne zugewandt. »Ich will jetzt nicht darüber nachdenken. Genießen wir doch einfach, hier draußen auf dem Wasser zu treiben, allein, ohne irgendwelche Ablenkungen und ohne irgendwo hingehen zu müssen.«

Als sie in Chicago angekommen war und angefangen hatte, mit Ryan an Empfängen teilzunehmen, schien die Presse sie geradezu anzuhimmeln. Sie nannten sie frisch. Eine natürliche Schönheit. Sie erwiderte die Liebe jedoch nicht in demselben Maß, wie sie ihr entgegengebracht wurde, und es dauerte nicht lange, bis Shelby dabei fotografiert wurde, wie sie mit gesenktem Blick und abgewandtem Kopf einen Raum betrat, oder ihr Körper verschwand hinter Ryans breiterer Gestalt aus dem Blickfeld.

Oft, immer, wenn sie aus dem Haus ging – um Kaffee zu kaufen, zu einem Seminar zu eilen oder sich mit einer Freundin zu treffen –, waren Reporter da und versuchten, irgendeine Reaktion von ihr zu bekommen. Je aggressiver sie wurden und je negativer die Berichterstattung ausfiel, desto mehr zog Shelby sich in sich selbst zurück.

Sie verweigerte Interviews und nahm die Fotografen kaum noch zur Kenntnis, die ihren Namen riefen, wenn sie auf ein Auto zurannte, aus einem Restaurant kam oder in Ryans Wohnung stürmte.

Es war herzzerreißend, diese Entwicklung zu beobachten,

und in Ryan erwachte der Wunsch, auf die Paparazzi einzuprügeln und Shelby zu beschützen, aber er war zu klug, um das wirklich zu tun.

»Du würdest es nur schlimmer machen«, hatte Charlotte, seine Mutter, gesagt. »Mach dir keine Gedanken. Das geht bald vorüber. Entweder lernt sie, damit umzugehen, oder die Medien verlieren das Interesse. Du weißt doch, diese Dinge kommen und gehen, Ryan. So etwas dauert nicht ewig. Bald sind sie mit jemand anderem beschäftigt, und ihr beide könnt endlich in Frieden leben.«

Sein Vater fand andere Worte. »Ernsthaft, Ryan, du musst mit ihr reden. Bitte sie, diesen Aasgeiern hin und wieder zumindest die *Andeutung* eines Lächelns zu schenken. Sie soll sie abschütteln. Unsere PR-Leute im Büro haben alle Hände voll damit zu tun, das Publicity-Chaos zu beseitigen, das ihr beide anrichtet. So was hätte ich früher nie zu dir gesagt, aber vielleicht solltet ihr beide euch mal ein bisschen Zeit für euch nehmen. Geht zurück nach Bayfield und wartet dort ab, bis die Dinge sich beruhigen.«

Bald darauf hatte die Presse die einseitige Beziehung satt, und das Interesse an der Frau aus dem ländlichen Wisconsin erlahmte. Nun nannten sie sie unnahbar. Oberflächlich. Und ein besonders liebenswerter Journalist verglich Shelbys Verhalten mit ihrem geliebten Lake Superior: eiskalt.

Auf dem Boot spürte Ryan, dass sich über dem Lake Michigan eine leichte Brise erhob und über die Plicht wehte. Die Segel raschelten leise, und die Flaggleine klang wie eine Glocke, als sie klirrend an den Mast schlug. »Shel, erinnerst du dich an den Abend, als du zur Ausstellungseröffnung gekommen bist, um mich zu sehen?«

»Natürlich«, nickte sie, ihre Stimme klang träge und behaglich. »Himmel, war ich nervös. Und völlig fehl am Platz. All diese Leute und deine Arbeiten – es war toll, sie überall in der Galerie ausgestellt zu sehen. Das werde ich nie vergessen.«

»Du warst so schön an dem Abend.«

»Ach, ich weiß nicht«, entgegnete sie. »Ich war ein Wrack. Und in den Schuhen konnte ich kaum laufen.«

Bei der Erinnerung daran lächelte er; er fand es entzückend, wie vorsichtig sie dort mit ihren High Heels getrippelt war.

»Weißt du noch, was ich zu dir gesagt habe?«

»Sag es mir noch einmal.«

»Ich sagte, wenn du mich lässt, verbringe ich den Rest meines Lebens damit, dich zu lieben.«

»Ich erinnere mich.«

»Das ist heute wahrer als je zuvor.«

»Ich liebe dich auch«, sagte sie und zögerte dann einen Augenblick. »Bist du sicher, dass alles in Ordnung ist, Ryan? Du wirkst ein bisschen … ich weiß nicht … zerstreut.«

»Nein.« *Ich bin nervös. Ängstlich. Mein Herz zerspringt vor Erwartung. Meine Hände zittern. Berauscht von der Aussicht, dass du vielleicht Ja sagst zu einer Frage, über die wir noch nicht gesprochen haben.* Er atmete tief ein, um seine Nerven zu beruhigen, und kniete dann vor ihr nieder. »Shelby?«

Sie öffnete die Augen und setzte sich wieder auf, in ihrer Miene zeigte sich Überraschung, als sie bemerkte, wie verstört er war.

»Ich meine es ernst. Ich weiß, du bist noch dabei, dich einzuleben, und so vieles verändert sich gerade, aber es gibt da noch etwas … Ich glaube nicht an zufällige Begegnungen oder an das Schicksal und auch nicht an Liebe auf den ersten

Blick. Aber ich weiß, was ich empfunden habe, als ich dich das erste Mal am See gesehen habe. Und ich erinnere mich, wie stark das Gefühl war, als ich glaubte, dass ich dich nie wiedersehen würde. Ich weiß, wie es sich anfühlt, sich zu verlieben und zu lieben. Ich weiß es durch dich.«

»Ryan, ich …«

»Bitte, bevor du irgendetwas sagst …« Er griff in seine Jackentasche und zog den schmalen Ring heraus. Vom ersten Moment an, als er ihn bei dem eigens vereinbarten Termin in einem Juweliergeschäft auf der Michigan Avenue gesehen hatte, wusste er, dass der Ring perfekt war: elegant und anmutig, ohne protzig zu sein. Es war ein strahlender Diamant, eingebettet in eine doppelte Reihe von Perlen, die sich um den ganzen Ring schnürten.

Obwohl der Ring sich in seinen Händen leicht anfühlte, lag in ihm doch das Gewicht seiner Zukunft.

»Ich will mein Leben damit verbringen, mit dir zu feiern, wenn du erfolgreich bist, und dich zu trösten, wenn du scheiterst. Ich will für immer bei dir sein. In guten Zeiten. Und in schlechten. Ich will mit dir träumen. Mit dir leben, lachen und weinen«, sagte er und hielt den Ring, der so hell strahlte wie der Glanz der Sonne auf dem Wasser. »Wenn du mich lässt, will ich an deiner Seite sein, um all das mit dir zu erleben.«

Sie kniete auf der Plicht nieder, um Ryan ins Gesicht zu blicken und seine Hand zu halten, als er sie fragte: »Shelby Julia Meyers … willst du mich heiraten?«

Shelby zeigte mehr Interesse an Ryan als an dem Ring, als sie ihm antwortete und ihn nach jedem Wort küsste. Zärtlich sagte sie: »Nichts. Würde. Mich. Glücklicher. Machen.«

Die Mitglieder des Streichquartetts saßen auf traubenförmig angeordneten Gartenstühlen aus Teakholz; der Bratschist war mit einem gepflegten Anzug aus Crinkle bekleidet, während die Cellistin und die beiden Geigerinnen Leinenkleider in aufeinander abgestimmten Farben trugen. Sie hoben die Bögen, die Cellistin nickte, und das Quartett begann, das Hochzeitslied zu spielen. Das Stück war »Just like Heaven« von The Cure; Ryan und Shelby hatten es als harmlosen Akt der Rebellion gegen Charlottes Förmlichkeit gewählt. Ryan lachte in sich hinein, denn er wusste, dass Shelby in Hörweite der Musik war und vermutlich auch lächeln musste, während sie darauf wartete, vor den Altar zu treten.

Ryan spähte zu seinen Eltern hinüber, die nebeneinander in der ersten Reihe saßen und unverkennbar nicht geahnt hatten, welche Musik das Paar gewählt hatte. Sein Vater, William Chambers Senior, war Vorstandsvorsitzender und CEO von Chambers Media, einem Medienkonzern mit Hauptsitz in Chicago. Mit geradem Rücken und übereinandergeschlagenen Beinen saß er da, tadellos gekleidet in einem wollenen Sommeranzug aus Kammgarn. Ryans Mutter strahlte in ihrem taubenblauen Kleid mit Gürtel und Perlen Eleganz aus. »Das ist Haute Couture«, hatte sie stolz gesagt, als er sie auf der Hochzeit erblickt hatte, obwohl Ryan nicht verstand, was das bedeuten sollte. Nach außen gaben sie das Bild stolzer Eltern ab, doch Ryan wusste, dass sie so ihre Zweifel gehabt hatten. Und sie zweifelten sogar an diesem Tag noch, während er und Shelby sich darauf vorbereiteten, einander das Jawort zu geben.

Niemand hätte geglaubt, dass es Ryan und Shelby gelingen würde, die Beziehungen zu ihren jeweiligen Familien so sehr zu verbessern – wenn auch noch nicht gleich zu festigen.

Ryans Eltern hatten einige Zeit gebraucht, um seine Beziehung zu Shelby zu akzeptieren und die Hoffnung aufzugeben, dass er eines Tages in eine Familie einheiraten würde, die ebenso prominent war wie seine eigene. Aber Shelbys Charme hatte rasch dafür gesorgt, dass sie ihre Vorbehalte ablegten, und sie fand ihren Weg zu den wohlgehüteten Plätzen in ihren Herzen. Ryan sah, dass seine Mutter nach der Hand seines Vaters griff, und in dem Augenblick, als ihre Hände sich verschränkten, ließ die Anspannung in seinem Gesicht nach, die es wie gemeißelt hatte wirken lassen. Sein Vater lächelte und tätschelte die Hand seiner Frau, dann beugte er sich zu ihr und küsste sie auf die Wange.

Während das Quartett noch spielte, ließ Ryan den Blick über die anderen Gäste schweifen, die sich auf dem Rasen versammelt hatten. Sein Freund Pete Whitfield saß dort mit seiner Frau, Meredith. Brad Thorson stand als Trauzeuge neben ihm, während seine Frau Holly ihnen von der fünften Reihe aus zusah. Ihre kleine Tochter zappelte auf ihrem Schoß herum. Ryans Schwester Martha war mit ihrem Ehemann Joe und ihren beiden kleinen Kindern aus South Carolina angereist. Shelbys engste Freunde saßen mit Nics Ehemann Hank zusammen. Und Ryan war zwar nicht übermäßig erfreut, als er ihn weiter hinten erblickte, aber auch Shelbys Kindheitsfreund John Karlsson war gekommen.

Ryan und die Hochzeitsgäste blickten auf, als sie Stimmen aus der Scheune hörten und die durchsichtigen Gardinen in und neben dem offenen Tor flattern sahen. Anstelle des Hochzeitspaars huschten Jackie und ein Mann, den Ryan nicht kannte, aus der Scheune heraus. Die Absätze von Jackies Schuhen schienen im Boden zu versinken, als sie mit dramatischen Gesten über den Rasen stelzte wie ein rosafarbener Flamingo, der von Panik ergriffen über einen Strand lief. Jackie griff nach der Schulter ihres Begleiters und blieb stehen, um nicht das Gleichgewicht zu verlieren, während sie sich die störenden Schuhe von den Füßen kickte. Als die Musiker den Tumult bemerkten, kamen ihre Bögen auf den Saiten mit derselben Grazie zum Stillstand, mit der ein Auto auf einer vereisten Straße mit kreischenden Bremsen zum Stehen kommt.

Die Brautmutter hob mit einer Hand ihre Schuhe auf, blickte stur geradeaus und führte ihren speziellen Freund an seinen Platz. Niemand sagte ein Wort oder wagte auch nur, sich zu räuspern. Doch die Mienen zeigten Bestürzung, und sogar die Kinder saßen schweigend und mit offenen Mündern da.

Und dann, in diesem Augenblick unbehaglicher Stille, gerade, als Jackie und ihr Begleiter ihre Plätze in der ersten Reihe einnehmen wollten, zog eine tief fliegende Möwe über ihre Köpfe hinweg. Sie flog allein. Ihre weißen Flügel waren weit gespreizt, den Kopf hielt sie hoch erhoben. Sie machte kein Geräusch, bis sie im Sinkflug auf die Hochzeitsgesellschaft zuglitt, plötzlich herabschoss, den Schnabel öffnete und ein durchdringendes Kreischen ausstieß. Jackie blickte auf. Genau in diesem Augenblick ließ die Möwe einen Klumpen weißer Exkremente fallen. Bevor Jackie sich ducken konnte, landete er genau zwischen ihren Augenbrauen und sickerte ihr über die gepuderte Nase hinab. Sie stieß einen schrillen Schrei aus, der dem der triumphierend davonfliegenden Möwe in nichts nachstand.

Über den Rasen hinweg war ein Keuchen zu hören, was bei manchen Gästen ein unterdrücktes Glucksen hervorrief, bei anderen dagegen unbeherrschtes Kichern. Jackie warf ihre

Schuhe ins Gras und rannte barfuß davon, an Ryan vorbei, der vor dem Altar stand, bis zum Farmhaus der Meyers. Ihr Gefährte jagte hinter ihr her.

Ryan wandte sich von dem Schauspiel ab und blickte noch einmal zur Scheune. Diesmal erhaschte er einen Blick auf Ginny und Shelby, die die Gardinen zur Seite geschoben hatten und nun unter dem Scheunentor standen. Als die vier Musiker ihre Bögen wieder aufnahmen, fielen sich seine Braut und ihre Großmutter in die Arme, unfähig, ihr Gelächter zu unterdrücken.

3

Wahrheit und Schwüre

Als die Eingangstür des Farmhauses hinter Jackie und ihrem Begleiter zugefallen war und die Musiker sich das Zeichen zum erneuten Einsatz gaben, blickte Ryan den beiden immer noch neugierig hinterher, bis Brad ihn schließlich leicht von der Seite anstieß.

»Wow, Ryan«, flüsterte Brad. »Sie sieht *fantastisch* aus.«

Ryan blickte auf, als seine Braut und ihre Großmutter Arm in Arm aus der Scheune traten. Langsam schritten sie den grasbewachsenen Gang zum Altar hinab und lösten damit ein allgemeines Stühlerücken auf dem Rasen aus, denn sämtliche Anwesenden erhoben sich und drehten sich um, um die Braut willkommen zu heißen. Ohne die Gesichter der Gäste zu sehen, wusste Ryan, dass sie von Shelby ebenso fasziniert waren wie er selbst. Ihre Anmut und Schönheit verschlugen ihm den Atem.

Als Ryan Shelbys Blick begegnete, schien die Welt um ihn herum zu versinken. Alles und alle schienen zu verschwinden – ihre Gäste, die Umgebung, die Klänge der Saiteninstrumente –, alles verblasste und schwand dahin.

Seine Gefühle überwältigten ihn. Er hatte nicht geglaubt, dass so etwas passieren würde, aber da stand er, Tränen stiegen ihm in die Augen, und eine mächtige Welle von Stolz und Liebe durchlief ihn. Es gab keine Worte für das, was er empfand. Sie war strahlend und schöner denn je. Sie war die Frau, mit der er alt werden, eine Familie gründen, sein Leben verbringen würde. In Shelby stand seine Vorstellung einer Ehefrau und Lebenspartnerin leibhaftig vor ihm. Sie hatte Ja gesagt.

Vor dem Altar umarmten sie sich, und Ginny flüsterte Shelby etwas ins Ohr, was ihr ein Lächeln ins Gesicht zauberte. Dann berührte Ginny sie an der Wange, nickte Ryan aufmunternd zu und ging zu ihrem Platz neben dem leeren Stuhl, auf dem Jackie hätte sitzen sollen.

Shelby nahm Ryans ausgestreckte Hand, und alles fühlte sich richtig an. Sie schworen, freundlich und offenen Herzens miteinander zu leben, einander ihre Fehler zu verzeihen und inmitten der Mühsal des Lebens Freude zu finden. Und beim Tausch der Ringe versprachen sie einander, sich ihr Leben lang zu lieben.

Er blickte ihr in die Augen, die übergingen vor Liebe, Bewunderung und Staunen. Ryan legte ihr sanft die Arme um die Taille und hielt sie fest, denn sie hatte ihn gewählt; sie waren nun eine Familie. Das ungeheure Ausmaß ihrer Hingabe erfüllte ihn mit Stolz und grenzenloser Liebe.

Seine Lippen waren nur Millimeter von ihrem Mund entfernt, als er auf die abschließenden Worte des Pfarrers wartete: »Sie dürfen die Braut jetzt küssen.«

Sie war seine Frau. *Meine Frau!* Mit einem übermütigen Grinsen und in einer einzigen anmutigen Bewegung drehte Ryan Shelby in seinen Armen zu sich um und beugte sie aus der Taille ganz sanft nach hinten. Sie reizte all seine Sinne. Ihr Anblick. Der leichte, blumige Duft ihres Parfums. Das Gefühl von Spitze und Tüll unter seinen Händen und von

Blütenblättern in seinem Nacken, als sie ihm die Arme um die Schultern legte. Und der Geschmack ihrer Lippen. Er war eins mit ihr, ging ganz in ihr auf. Er hörte es kaum, als der Pfarrer unter dem Applaus der Gäste verkündete: »Es ist mir eine Ehre, Ihnen Mr und Mrs Chambers vorzustellen.«

Ohne Vorwarnung zerriss eine tragische Erinnerung den Augenblick, wie ein Messer, das eine Hochzeitstorte zerteilt, und Ryans Herz setzte einen Schlag lang aus. Er löste den Griff um Shelbys Taille und trat einen Schritt zurück, lockerte seine Krawatte und machte sich am obersten Knopf seines Anzughemds zu schaffen. Seine Finger waren schwach, sie zitterten. Er zwang sich zu lächeln – *alles ist wunderbar* –, doch innerlich empfand er Entsetzen.

»Ryan?«, flüsterte Shelby besorgt.

Er wusste, alle warteten darauf, dass er Shelby vom Altar weg und zu dem Empfang führte, aber er vermochte sich nicht von der Stelle zu rühren. In Gedanken war er wieder auf dem Eis. Im Schneesturm. Die harte, gefrorene Oberfläche, die plötzlich brach und ihn stürzen ließ. Shelbys Großvater, Olen Meyers, der sich an einer scharfkantigen Eisscholle festklammerte.

»Ryan!«, hatte Olen an jenem entsetzlichen Tag auf dem Eis gebrüllt, der noch gar nicht so lange zurücklag. »Wirf mir das Seil zu!« Das zerfaserte Ende des Nylonseils war nur zweieinhalb Meter von Ryans Händen entfernt. »Ryan!«, hatte Olen erneut geschrien. Und noch einmal. Während Ryan reglos blieb, nutzlos, vor Angst erstarrt.

So sehr Ryan auch versucht hatte zu vergessen, was an jenem Tag geschehen war, die Erinnerung stieg nun wieder an die Oberfläche. Nach Olens Tod und Ryans Rettung aus Eis und Sturm hatten viele ihn einen Helden genannt. Tapfer.

Und die Wahrheit? Die Wahrheit war an jenem Tag unter Schnee und Eis begraben worden. Die Wahrheit war … dass Ryans Feigheit Olen das Leben gekostet hatte. Nichts, weder der Gedächtnisfonds, den Ryan in Olens Namen ins Leben gerufen hatte, noch die finanzielle Unterstützung, die er Ginny für die Apfelplantage angeboten hatte, ja, nicht einmal der Schwur, Olens Enkelin für den Rest seines Lebens zu lieben und zu achten … nichts davon konnte ihn von seiner Schuld befreien.

»Ryan?« Diesmal gehörte die Stimme in seinem Kopf nicht Olen, sondern Shelby, und sie holte ihn in die Gegenwart zurück.

Er griff nach ihrer Hand, die ihn tröstete, schloss fest die Finger darum und nahm einen tiefen, beruhigenden Atemzug. Er schob seine Beklemmung beiseite, um sich wieder dem gegenwärtigen Augenblick zuzuwenden. Ein beruhigendes Lächeln. Noch ein zärtlicher Kuss. Der Bräutigam war nun bereit, seine frisch angetraute Braut vom Altar fortzuführen.

»Wollen wir?«, fragte er mit einem Augenzwinkern und wie mit einem Nicken in Richtung der Scheune.

Als sie über den grasbewachsenen Pfad schritten, vorbei an den Gästen, die dort standen und dem frisch vermählten Paar applaudierten, schluckte er heftig. Während er Olens geliebte Enkelin auf dem Grundstück der Familie Meyers heiratete, wusste er, dass Olens Geist ihm seinen Segen dafür nicht erteilt hatte. Und wichtiger noch: Wenn Shelby gewusst hätte, welche Rolle Ryan beim Tod ihres Großvaters gespielt hatte, hätte sie niemals eingewilligt, ihn zu heiraten. Das war Ryan vollkommen klar.

4

Blumenmädchen

Durch die Gardine im Tor die Scheune zu betreten war so ähnlich, als beträte man durch den Wandschrank von C.S. Lewis Narnia. Die Scheune war gewöhnlich ein ziemlich altes Gebäude mit einer hohen, gewölbten Decke, geriffeltem Betonfußboden und staubigen Stallboxen, in denen landwirtschaftliche Geräte, Vorräte und Apfelkisten lagerten. An diesem Tag jedoch war sie wie verwandelt. Und wie Narnia war das Innere der Scheune nun ein überwältigendes Schauspiel, so weiß wie mystischer Schnee.

Endlose Lichterketten hingen von den Dachsparren wie aufgereihte Abendsterne. Improvisierte Kronleuchter aus lackiertem Eisen und antike Lampen hingen hoch oben an den Balken und beleuchteten lange Reihen von Tischen für das Dinner, die mit weißem Leinen und elegantem Geschirr gedeckt waren und auf denen in Vasen unterschiedlicher Größe Blumen standen. Und überall gab es Kerzen. Sie brannten hell in Windlichtern und in Ginnys mit Schleifen geschmückten Einweckgläsern.

Nach dem Cocktailempfang, als alle Gäste an den Esstischen Platz genommen hatten, stellte Ryan sich an das Ende des Haupttisches und erhob sein Champagnerglas. Es wurde still im Raum, und Ryan richtete seine ganze Aufmerksamkeit auf die Braut – genauso, wie er es beinahe zwei Jahre zuvor getan hatte, in derselben Scheune an einem warmen Abend wie diesem, als ihre Beziehung gerade erst begann.

»Ich werde nicht allzu viel sagen, denn ich weiß, wie gern ihr euer Privatleben privat sein lasst, aber wir sind hier unter uns, nur unsere beiden Familien und unsere Freunde, ohne Familie«, fuhr Ryan fort. »Bis auf Brad natürlich, der auch seine Lieben mitgebracht hat.«

»Natürlich«, pflichtete Shelby ihm bei und beugte sich zu Brad hinüber, um ihm die Hand zu tätscheln.

»Als ich im vorletzten Sommer das erste Mal nach Bayfield gekommen bin, war ich auf der Flucht. Ich habe behauptet, es sei nur eine Kajakfahrt mit den Jungs; eine Reise, um einen Teil des Mittleren Westens zu sehen, über den ich so viel gelesen, den ich aber noch nie gesehen hatte. Aber es waren nicht einfach nur Ferien. Ich bin weggelaufen. Ich hatte keine Richtung und kein Ziel. Ich hatte nicht erwartet, hier jemanden kennenzulernen. Doch irgendwie wusste ich von dem Moment an, in dem ich Shelby sah, dass ich eine Veränderung brauchte.« Ryan zögerte einen Augenblick, dann fuhr er fort. »Von jenem Moment an hat sich mein Leben zum Besseren verändert.

Alle haben immer gesagt, ich führte ein gesegnetes Leben. Ein privilegiertes Leben. Ich bin dankbar für die Möglichkeiten, die ich hatte und habe, und ich nehme die Vorteile nicht auf die leichte Schulter. Aber ehrlich gesagt, nichts davon reicht an den *wirklichen* Segen in meinem Leben heran – dass ich mich in eine Frau verliebt habe, die mich ermutigt, nach allem zu greifen, was das Leben zu bieten hat.

Darum bitte ich euch alle, mit mir auf meine *Ehefrau* anzustoßen, auf Shelby Chambers«, sagte Ryan voller Stolz, während die Gäste in sein »Prosit!« einstimmten und ein Chor von klirrenden Gläsern erklang.

Er nahm Shelbys Hände in die seinen und beugte sich über sie, um sie zu küssen. »Ich liebe dich, Shel«, sagte er so leise, dass nur sie es hören konnte. »Ich liebe dich auch«, flüsterte sie zurück, und ihre Augen strahlten.

Kurze Zeit später hörte Shelby das zarte *Ping!* eines Messers, mit dem jemand an ein Weinglas aus Kristall schlug, um alle um Aufmerksamkeit zu bitten. Diesmal war es ihre Großmutter, die sich erhob.

»Diejenigen unter euch, die mich am besten kennen, wissen, dass ich gern rede. Aber seltsamerweise bin ich vor Publikum eine furchtbar schlechte Rednerin. Doch jetzt bin ich das Oberhaupt der Familie Meyers, und ihr alle seid in meinem Haus zu Gast. Darum möchte ich heute Abend ein paar Sätze sagen – aber wirklich nur einige wenige, das verspreche ich euch.« Shelby hörte ebenso viel Stolz wie Nervosität in der Stimme ihrer Großmutter.

»Shelby, du bist – und warst immer – unser Engel. Du bist wie das funkelnde Licht, das auf dem See tanzt. So liebenswert und lebendig, immer da, um mich aufzumuntern, und doch viel zu besonders, als dass ich dich nur für mich behalten dürfte. Es gibt Orte, die du aufsuchen musst. Ich bin ungeheuer stolz darauf, die Hüterin deines Lebens zu sein.« An Ryan gewandt, fuhr Ginny fort: »Und Ryan, bringen wir die Sache gleich auf den Punkt, einverstanden? Du wirst alle Hände voll zu tun haben. Deine Frau ist genauso entschlossen wie schön, und ebenso temperamentvoll wie klug. Es ist nicht abzusehen, wohin dich das Leben mit Shelby an deiner Seite führen wird, aber eines weiß ich genau: Es wird eine aufregende Reise sein.«

Ryan nickte Ginny zu, erhob sein Glas und streichelte Shelby sanft über den Rücken, denn er wusste, dass die größte Herausforderung des Lebens in Chicago für sie darin bestand, von ihrer Großmutter getrennt zu sein.

»Nun bleibt mir nur noch eins zu sagen. Wenn mein Mann Olen heute bei uns wäre, würde er ...« Ginnys Stimme brach, sie war unfähig, weiterzusprechen. Sie schlug die Augen nieder und klopfte sich leicht auf die geröteten Wangen, etwas, was Shelby sie in der Vergangenheit unzählige Male hatte tun sehen, wenn sie ihre Nerven beruhigen wollte. Nach einem Moment des Schweigens blickte Ginny wieder auf, atmete tief ein und fuhr fort: »Wenn Olen heute hier wäre, hätte er sich nicht von der Hochzeitsplanung und all den kleinen Einzelheiten vereinnahmen lassen. Das hätte er uns anderen überlassen. Auf zwei Dingen aber hätte mein Mann bestanden. Erstens hätte er auf Shelby und Ryan einen Toast ausgebracht und euch beiden seinen aufrichtigen Segen gegeben.

Shelby drehte sich zu Ryan und formte die Worte mit dem Mund: »Er hat dich wie einen Sohn geliebt.« Aus dem schmerzvollen Ausdruck in Ryans Augen schloss sie, dass er ihren Großvater ebenso sehr vermisste wie sie. Allerdings reagierte er nicht.

»Und zweitens«, sagte Ginny, »hätte Olen Shelby um einen Tanz gebeten.«

Die Gäste taten es Ginny nach, hoben die Gläser und riefen »Prost!«. Dann stellte Ginny ihr Glas ab, streckte einen Arm in Shelbys Richtung aus, setzte ein übermütiges Lächeln auf und deutete mit einem Nicken auf die offene Tanzfläche. »Also, was meinst du, Kind? Wollen wir ihnen mal zeigen, wie das geht?«

Cocktails flossen in Strömen, die Stimmung war fröhlich und munter, und auf der behelfsmäßigen Tanzfläche befanden sich nun so viele Leute, dass Shelby sich fragte, ob die alte Scheune diese Nacht überleben würde. Das Vibrieren der Musik und der Tanzenden allein hätten gereicht, um das Gebäude zum Einsturz zu bringen. Obwohl es herausgeputzt war wie ein alternder Künstler in einem nächtlichen Kabarett, wurden die Zeichen, die das Alter des Hauses verrieten, immer offensichtlicher, je weiter der Abend voranschritt. Noch immer gab es dunkle, in Spinnweben gehüllte Ecken, und der moderige Geruch nach Apfelwein und alten Äpfeln durchdrang das Gebälk. Und von den Scheitelpunkten unter dem Giebeldach schwebte jedes Mal, wenn die Balken erbebten, eine Ahnung von Staub durch den Himmel voller Lichterketten hinab.

Shelby stand inmitten eines Grüppchens von Freunden der Familie Chambers, hielt Ryans Hand und unterhielt sich freundschaftlich mit Leuten, die sie gerade erst kennengelernt hatte. Das war etwas, was sie zu vervollkommnen versuchte. Zusammen mit Ryan besuchte sie alle möglichen Veranstaltungen und täuschte Interesse an den Meinungen und Geschichten von Fremden vor, während sie sich in Wahrheit nichts mehr wünschte, als so schnell wie möglich in die Sicherheit ihres eigenen Hauses zurückzukehren. So sehr sie sich auch bemühte, sich anzupassen, stets fühlte sie sich eher als Beobachterin und weniger als Teilnehmerin. *Das wird sich bestimmt ändern, jetzt, da wir verheiratet sind,* dachte sie.

Die Stimmen der Menschen um sie herum summten, während sie lächelte und auf eine Gelegenheit wartete, sich abzusetzen. Im Augenblick erörterte gerade Mrs Edith Forsyth, eine schwungvolle Frau mit Rouge auf den Wangen und pflaumenfarbenem Lippenstift, der sich bereits an den Rändern ihres Mundes abgesetzt hatte, ihren kürzlich verbesserten Golfschwung.

Shelby spähte über Mrs Forsyths Schulter und erblickte ein Kind, das bei Mr Carlson saß, einem Freund ihrer Großeltern. Sie erinnerte sich, dass die Carlsons ihre Enkelin, die gerade bei ihnen zu Besuch war, zur Hochzeit mitgebracht hatten. Sie sah Mr Carlson auf einen Tisch mit Imbissen zusteuern, während das Mädchen neben einem kaskadenförmig bepflanzten Blumentopf sitzen blieb, der auf einem Holzfass stand.

Shelby bemerkte, dass das Mädchen offenbar fasziniert war von zwei Kindern, die sich an den Händen hielten und auf der Tanzfläche im Kreis drehten. Die Mädchen waren tadellos in lavendelblaue Kleider aus Organza mit Taftschärpen und mit gekräuseltem Tüll besetzten Unterröcken gekleidet. Dieser Anblick war Shelby wohlvertraut. Sie war selbst ein solches Kind gewesen.

Shelby richtete ihre Aufmerksamkeit wieder auf die Erwachsenen, als es Mrs Forsyth gerade gelang, Interesse an einer Runde Neun-Loch-Golf am folgenden Morgen zu erwecken. Shelby drückte Ryans Hand und sagte zu den Gästen: »Danke nochmal, dass ihr gekommen seid, ich hoffe, ihr bleibt noch und tanzt. Bitte entschuldigt mich jetzt, ich überlasse euch euren Planungen. Ich muss mal nach jemandem sehen.«

Shelby steuerte auf das kleine Mädchen zu und nahm im Vorbeigehen ihren Brautstrauß von dem großen Tisch. Als sie die Tanzfläche überquerte, bewunderte sie die tanzenden Mädchen. Bei Mr Carlsons Enkelin angekommen, hob sie den üppigen Rock ihres Brautkleides und ging in die Hocke, um auf Augenhöhe mit ihr zu sein.

Shelby begann mit einer schlichten Begrüßung. »Ich bin Shelby.«

Das Mädchen nickte und blickte in Shelbys große braune Augen.

»Du bist mit deinen Großeltern hier, stimmt's? Den Carlsons?«

Das Mädchen nickte, und ihr glänzendes brünettes Haar, das locker zu einem dicken Seitenzopf gebunden war, fiel ihr über die Schulter. Ihre Hände spielten mit den Falten ihres Rocks.

»Sie sind Freunde von *meinen* Großeltern. Wusstest du das?«

Ein leichtes Kopfschütteln: Nein.

»Ich kenne sie schon seit Jahren«, fuhr Shelby mit sanfter Stimme fort. »Lass mich raten. Du verbringst das Wochenende bei ihnen?«

»Mhm.« Die Stimme des Mädchens war zart und hell.

»Wie heißt du?«

Schweigen. Sie blickte über die Schulter zu ihrem Großvater, der ihrem Blick begegnete und ihr beruhigend zuwinkte, während ein Barkeeper Limonade in zwei Gläser füllte. »Kate.«

»Also, Kate, als ich dich dort stehen sah, musste ich einfach zu dir kommen und mich vorstellen, weil du wirklich eines der schönsten Mädchen bist, die ich je gesehen habe«, sagte Shelby, und sie meinte es ernst. »Und dein Kleid ist auch wunderschön.«

Leichte Röte, so rosig und rein wie ihr Kleid, wärmte dem Mädchen die Wangen.

»Aber … hm …«, fuhr Shelby fort und tippte sich nachdenklich mit dem Finger auf die Lippen. »Ich frage mich, ob nicht noch etwas fehlt.«

Kates Gesichtsausdruck zeigte jetzt Neugier, als sie zusah, wie Shelby eine blassrosa Rose aus ihrem Strauß zog.

»Darf ich?«, fragte Shelby und hielt die Rose an den Seitenzopf des Mädchens.

Kate nickte, den Blick fest auf die Blume in Shelbys Hand gerichtet.

Shelby brach den zu langen Stiel der Blume ab und steckte die Rose in Kates geflochtenes Haar.

»Vielleicht noch ein paar?«, schlug Shelby vor.

»Okay …« Ein Lächeln ließ Kates Gesicht strahlen.

»Fertig«, sagte Shelby und erhob sich, um ihr Werk zu bewundern. Ein ganzes Sträußchen von den Blumen der Braut steckte in dem Zopf des Mädchens, doch das breite Zahnlückenlächeln in ihrem Gesicht war noch entzückender als die Blumen. »Perfekt.«

»Opa!«, platzte Kate freudig heraus, als Mr Carlson sich zu ihnen gesellte.

»Na hör mal, Kate, du siehst ja aus wie eine Prinzessin!«, sagte ihr Großvater und reichte ihr ein Glas Limonade. »Genau wie *du*, Shelby. Glückwunsch. Wir freuen uns sehr für dich und deinen Ehemann.«

»Danke, Mr Carlson«, erwiderte Shelby, stand auf und rückte ihr Kleid zurecht. »Ich bin so froh, dass Sie Kate mitbringen konnten. Sie ist hier jederzeit willkommen.«

Shelby freute sich mehr über Kates wiedergefundenes Lächeln als über die Gespräche mit sämtlichen Mrs Forsyths dieser Welt.

»Also, junge Dame, wie wär's, wenn du und ich uns mit

diesen Drinks abkühlen, und dann gehen wir wieder raus auf die Tanzfläche?«, fragte Mr Carlson seine Enkelin, gratulierte Shelby erneut und ging dann Hand in Hand mit Kate fort.

Shelby lächelte in sich hinein, denn sie erinnerte sich an ähnliche Augenblicke, die sie in genau dieser Scheune mit ihrem eigenen Großvater erlebt hatte. Sie ertappte sich dabei, dass sie zu dem offen stehenden Scheunentor blickte und sich ausmalte, dass er auf dem Empfang auftauchte und sie zum Tanzen aufforderte.

Als der Abend voranschritt, wurden die Tänzer allmählich müde, die Gäste verabschiedeten sich nach und nach und verließen die Feier. Diejenigen, die zu später Stunde noch da waren, lachten, tranken und wirbelten über die Tanzfläche.

Ryans Eltern bewegten sich immer noch unter den Gästen und schienen sich gut zu amüsieren. Ginny hielt inmitten einer kleinen Gruppe von engen Freundinnen Hof, gestikulierte lebhaft mit den Händen, und eine der Frauen entkorkte noch eine Flasche Wein, um sie mit den anderen zu teilen. Und nach dem Fiasko, das so kurz vor der Trauung stattgefunden hatte, hatten Jackie und ihr Freund sich höflich verhalten und nur sehr wenig Aufmerksamkeit auf sich gezogen.

Ryan und Shelby standen Arm in Arm in einer stillen Ecke der Tanzfläche und wiegten sich zur Musik, die allmählich verklang. Stimmen verstummten. In Ryans Armen liegend, stellte Shelby sich vor, sie beide wären allein. Eine Hand hatte er ihr auf den unteren Rücken gelegt, mit der anderen hatte er ihre rechte Hand ergriffen, die er nun sanft auf seine Herzgegend drückte. Warm spürte sie seine Wange an ihrer, schloss die Augen und atmete tief ein. Ryan senkte den Kopf, küsste sie und flüsterte: »Danke, dass du Ja gesagt hast.«

»Danke, dass du gefragt hast.«

»Also, *Mrs* Chambers ...«

»Das klingt gut«, sagte Shelby und strich ihm mit den Fingern langsam über den Kiefer, bis sie seine Lippen berührte. »Sag es noch einmal.«

»Mrs Chambers, ich habe etwas für dich.«

»Ach ja?«

Er entließ sie aus seinen Armen, seine Hand glitt in die Innentasche seiner Anzugjacke, und er zog ein dünnes, blaues Band aus Satin daraus hervor.

»Was ist das?«, fragte sie und lächelte ihn erwartungsvoll an.

Als Ryan die Hand ausstreckte, baumelte ein einzelner Schlüssel am Ende des Bandes hin und her, das er sich um einen Finger gewickelt hatte.

Sie neigte den Kopf, blickte erst den Schlüssel an und dann in seine Augen. »Ein Schlüssel?«

Ryan ließ das Band in ihre Hand gleiten.

»Ist das ein Zimmerschlüssel? Übernachten wir irgendwo in der Stadt?«

»Nicht kleckern, sondern klotzen«, sagte er, eindeutig amüsiert.

»Es ist kein Bootsschlüssel ...«

»Ich könnte es dir auch einfach zeigen? Das heißt, wenn du bereit bist, von hier zu verschwinden«, flüsterte Ryan ihr ins Ohr.

»Ich dachte schon, du fragst nie mehr.«

Obwohl sie wussten, dass es richtig gewesen wäre, noch einmal zu dem Empfang zurückzugehen und sich von allen zu verabschieden, blickten sie sich verschwörerisch an wie zwei Teenager, die aus dem Klassenraum schleichen wollten.

Er nahm sie bei der Hand und führte sie ohne ein weiteres Wort aus der Scheune hinaus und in ihr neues, gemeinsames Leben.

5

Mit geschlossenen Augen

»Sind deine Augen noch zu?«, fragte Ryan, als er das Auto von der mondbeschienenen Hauptstraße auf eine nicht gekennzeichnete, unbefestigte Straße lenkte, die sich durch ein dichtes Wäldchen schlängelte.

»Ja, immer noch«, sagte Shelby und grinste unter den Händen, mit denen sie sich die Augen zuhielt. »Wir fahren jetzt über Kies, stimmt's?«

»Ja«, sagte er. »Nur noch ein kleines Stück.«

Vorsichtig fuhr er weiter durch den Wald. Der Baldachin aus Baumkronen über ihren Köpfen hielt das Mondlicht ab, sodass nur die Scheinwerfer des Wagens den Weg beleuchteten. Das Auto rollte langsam über den Kies, gelegentlich gab es einen Stoß, wenn es über Spurrillen oder Erhöhungen auf dem Weg fuhr, doch schließlich hatten sie ihren Bestimmungsort erreicht. Sobald der Wagen stand, stellte Ryan die Automatik auf Parken und zog den Zündschlüssel. Er freute sich, dass warmes, bernsteinfarbenes Licht aus den Wohnzimmerfenstern des Cottages vor ihnen fiel. Früher am Abend hatte er Nic und Hank einige einfache Anweisungen erteilt. Ryan war dankbar, dass sie sich bereit erklärt hatten, den Hochzeitsempfang früh genug zu verlassen, um das hier zu bewerkstelligen. Er musterte Shelby, die sich immer noch die Augen zuhielt, und er war sich sicher, dass sie es nicht mitbekommen hatte, als er ihnen durch den Raum zugenickt hatte, während er sie auf der Tanzfläche im Arm hielt.

»Wir haben angehalten«, sagte sie und drehte sich zu ihm. »Die Spannung bringt mich noch um, ist dir das eigentlich klar?«

»Auf geht's, Shelby. Du kannst die Augen jetzt öffnen.« Er sah zu, wie sie die Hände in den Schoß sinken ließ. Blinzelnd schlug sie die Augen auf und gewöhnte sich an die neue Umgebung.

»Das Cottage?«, fragte sie und beugte sich vor, um besser durch die Windschutzscheibe spähen zu können. Sie drehte sich wieder zu ihm, und ein Lächeln erhellte ihr Gesicht. »Du hast wieder ein Cottage gemietet? Für heute Nacht? Es ist perfekt.«

Er stieg aus dem Wagen, ging zur Beifahrerseite, öffnete die Tür und reichte ihr die Hand, um ihr beim Aussteigen zu helfen.

»Huch, ich weiß nicht recht, wie ich mich in diesem Kleid aus dem Wagen manövrieren soll«, gab sie zu und deutete mit einem Nicken auf die sperrigen Falten ihres Hochzeitskleides. »Vielleicht, wenn du diesen Teil des Rocks hochhebst …?«

»Ich weiß was Besseres«, antwortete er. Er nahm sie auf die Arme und hob sie mühelos aus dem Fahrzeug. Als er seine Braut über den mit Steinen eingefassten Fußweg trug, hatte sie die Arme fest um seinen Nacken geschlungen, und der wogende Stoff ihres Kleides schwebte um sie herum. »Komm, sehen wir uns ein bisschen um. Es ist schon eine Weile her.«

»Das Licht ist an. Ist jemand dort?«, fragte sie und blickte in die Fenster des Cottages am Seeufer, das er während seines Aufenthalts in Bayfield gemietet hatte, in dem Jahr, als sie sich ineinander verliebt hatten.

»Ich weiß nicht.« Vorsichtig ließ er sie vor der Eingangstür wieder auf den Boden hinunter. »Geh du zuerst«, sagte er und grinste.

»Warte! Ich glaube, ich habe den Schlüssel im Auto gelassen.«

»Versuch mal, trotzdem aufzumachen. Vielleicht brauchst du den Schlüssel ja nicht. Kann sein, dass nicht abgeschlossen ist.«

Zögernd drehte Shelby den Türknopf, und als sie hörte, wie das Schloss klickend öffnete, warf sie ihm einen verwunderten Blick zu.

Sie wollte gerade einen Schritt in das Cottage setzen, da ergriff Ryan sie an der Schulter und sagte: »Warte einen Moment – wir wollen doch alles richtig machen.«

Bevor sie ein Wort sagen konnte, hob er sie wieder hoch, belud seine Arme mit Spitze und Tüll, und trug sie ritterlich über die Schwelle.

Abgesehen von dem Knistern des Feuers im Kamin und dem leisen Rascheln von Shelbys Kleid war es still in dem Raum, als sie das bescheidene Wohnzimmer des Cottages durchquerte. Ihr Hochzeitskleid reflektierte den Feuerschein und ließ sie noch hübscher aussehen. Ryan schloss die Tür hinter sich und drehte den Schlüssel im Schloss. Er blieb im Eingang stehen und beobachtete, wie sie sich durch den Raum bewegte. Ohne Ginnys Hilfe und die Hilfe einiger Freunde hätte er es nicht geschafft.

Es war eine warme Atmosphäre, durchdrungen vom leichten Duft nach Blumen und dem anheimelnden Aroma von Holzfeuer und Kerzen, die in Windlichtern brannten. Sie nahm alles in sich auf, und es verschlug ihr einen Augenblick lang die Sprache. Die gleichen Blumen, aus denen ihr Brautstrauß bestand, waren in antiken Vasen arrangiert und überall in dem Cottage aufgestellt worden. Und an der Wand hingen Fotos von ihnen beiden, zusammen mit ihren Familien und engen Freunden.

Ryan genoss den Anblick, als sie die ganz besonderen Arrangements entdeckte, die nur für sie getroffen worden waren, und er wusste, dass sie noch nicht erfassen konnte, welche Verwandlung das Cottage durchgemacht hatte, seit sie das Grundstück das letzte Mal betreten hatten.

Während Shelby mit den Händen über die neuen Möbel fuhr, die geschwungenen Linien und die Anordnung üppiger Kissen in verschiedenen Blautönen bewunderte, ging Ryan zu der Stereoanlage, die sich ebenfalls im Wohnzimmer befand. Er suchte ein Album aus, ließ eine Vinylplatte aus dem Cover gleiten und legte sie auf den Plattenteller. Der melodische Klang einer Gitarre erfüllte den Raum.

»Seit wann interessierst du dich für alte Platten?«, fragte sie, amüsiert von seiner Musikauswahl.

»Ginnys Idee«, gab er zu. »Sie hat gesagt, es würde dem Cottage einen nostalgischen Touch geben.«

»Hätte ich mir denken können. Meine Großeltern besitzen eine ziemlich beeindruckende Schallplattensammlung. Ich liebe Van Morrison. Ist das Album von ihm?«

»Sie hat uns einige gegeben, aber das hier habe ich in Chicago aufgegabelt.« Er hatte Van Morrisons Liedtext über eine Frau, die so süß war wie Tupelo-Honig, nicht zu schätzen gewusst, bevor er gesehen hatte, wie der Feuerschein auf seine liebreizende Braut fiel.

Shelby nahm einen silbernen Bilderrahmen vom Kaminsims und blickte zu Ryan. »Gehört das auch Gran?« Er kam durch den Raum zu ihr. In den Händen hielt sie einen schlichten silbernen Rahmen. Unter dem Glas lag straff gespannt eine Stickerei in Kreuzstich, die einen blühenden Baum darstellte.

»Sie ist eine sehr talentierte Frau«, sagte er und legte Shelby sanft eine Hand auf die Schulter. Er blickte auf das kleine, handgefertigte Kunstwerk hinab, das Ginny ihm erst am Tag zuvor gezeigt hatte. Sorgfältig hatte sie von Hand Blätter und Blüten auf den Baum gestickt und ein hochrotes Herz in der Mitte des Baumstammes platziert. Auf einen der Äste hatte Ginny zwei winzige Vögel gesetzt. In peinlich genauer Kleinarbeit hatte sie die Namen ihrer nächsten Angehörigen in verschnörkelter Schrift zwischen die unteren Äste und Blätter gestickt. Charlotte. William. Martha. Jacqueline. Ginny. Olen. Genauso wie Ryans Großeltern: Norman, Elizabeth, Charles und Claire. In die Nähe der Krone hatte sie Ryans und Shelbys Namen gestickt. Ryan war aufgefallen, dass ganz oben noch Platz war, um die Namen von Ginnys zukünftigen Urenkeln hinzuzufügen. Sie hatte ihm anvertraut, dass sie darauf brannte, die Familie weiter wachsen zu sehen.

»Auf zu neuen Ufern«, sagte Shelby leise und ließ die Finger über die Worte gleiten, die Ginny unter den Baum gestickt hatte. »Das ist einfach wundervoll, ich liebe es. Wie hat sie … wie habt ihr beide …?«

»Ginny und ich haben darüber gesprochen, wie sehr du das Land deiner Familie liebst und wie schwer es für dich war, es zu verlassen«, erklärte Ryan und begann, mit den Fingern sanft über ihren Rücken zu streichen. Voller Bewunderung sah er, wie ihre Schultern im Feuerschein leuchteten. »Ich hoffe, es stört dich nicht, dass ich ihr erzählt habe, was du gesagt hast – dass die Apfelplantage dich an eine Gemeinschaft erinnert, mit vielen verschiedenen Familienbäumen. Sie wollte, dass du deinen eigenen Stammbaum bekommst, ganz egal, welchen Ort du dir zum Leben aussuchst.«

»Es ist vollkommen«, sagte sie, stellte den Rahmen wieder auf den Kaminsims und ließ sich erneut von ihm in die Arme nehmen. »Hier hat sich aber jemand sehr viel Arbeit gemacht.«

»Es war schon ein bisschen Arbeit«, gab er zu. »Aber ich hatte Hilfe.«

»War es Gran, die dir geholfen hat?«

»Sie und andere«, sagte er. »Wie sich herausgestellt hat, ist sie eine großartige Mitverschwörerin. Und Bauunternehmerin.«

»Bauunternehmerin?«, sagte Shelby und lachte überrascht auf.

»Warte nur, bis du alles bei Tageslicht siehst«, sagte er. »Wir haben auf dem Grundstück einige Verbesserungen vorgenommen.«

»Verbesserungen«, wiederholte sie kopfschüttelnd. »Ehrlich, ich fasse es nicht. Wenn ich einen Ort ganz für mich erschaffen könnte, glaube ich nicht, dass ich in der Lage wäre, ihn so vollkommen zu gestalten wie diesen hier.«

Er zog sie an sich. »Das freut mich zu hören, in Anbetracht der Tatsache …«

Ryan strich ihr zärtlich eine Haarsträhne aus dem Gesicht, die sich aus ihrer Hochsteckfrisur gelöst hatte, und küsste die sanft geschwungene Kurve ihres Nackens.

»In Anbetracht welcher Tatsache?«, flüsterte sie und schloss die Augen, als seine Hand sich langsam ihren Weg über ihren Nacken hinabbahnte, bis sie die zarten Knöpfe erreichte, die über die Rundung ihres Rückens verliefen wie eine Perlenkette. Er bewegte die andere Hand von ihrer Taille zum Rücken und öffnete der Reihe nach langsam die Knöpfe des Hochzeitskleides. Er spürte, wie sie ihre weiche Wange an seine drückte und wie ihr Atem sich beschleunigte.

»Das ist alles für dich, Shelby«, flüsterte er ihr ins Ohr, und mit jedem Satinknopf, den er öffnete, wanderten seine Hände weiter ihren Rücken hinunter. Die Wärme ihrer Haut, die er von den Fesseln des Hochzeitskleides befreite, ließ ihn noch mehr Ungeduld empfinden. Und dennoch ließ er sich Zeit. Er wollte eine Nacht, die sie beide niemals vergessen würden.

»Hier habe ich mich in dich verliebt, und in dem Moment, als du eingewilligt hast, mich zu heiraten, wusste ich, dass ich dieses Cottage kaufen und es nur für dich herrichten musste.«

»Für uns.«

»Ja, aber vor allem für dich. Du gibst so vieles auf, um bei mir zu sein, um in mein Leben zu treten und mit allem, was es mit sich bringt, zur Familie Chambers zu gehören.« Er fühlte, wie sie die empfindsame Stelle an seinem Hals küsste, die unter seinen Ohren, und das sinnliche Ablenkungsmanöver ließ ihn innehalten, bevor er weiterredete.

»Ich möchte, dass du einen Ort hast, an den du heimkehren kannst, wann immer es nötig ist. Wenn du eine Pause brauchst. Es wird nicht immer leicht sein, etwas mehr als bisher im Licht der Öffentlichkeit zu stehen«, fuhr er fort. Ihre Lippen bahnten sich mit Küssen einen Weg über seinen Kiefer. »Urlaub. Zeit mit deiner Großmutter.« Shelby hob die Hand an sein Gesicht und zog ihn mit sanftem Nachdruck zu sich hinab auf ihre erwartungsvollen Lippen.

»Ich weiß nicht, was ich sagen soll«, sagte sie, und ihr stockte der Atem.

Er spürte, wie seine Selbstbeherrschung immer schwächer wurde.

»Wenn du mal aus Chicago wegwillst«, sagte er, und seine Lippen waren nur einen Fingerbreit von ihrem Mund entfernt. Sie war sinnlich. Berauschend. Ihre Finger, die sich nun auf der Vorderseite seines Hemdes nach unten bewegten, erledigten ihre Arbeit weit geschickter, als seine Hände die Knöpfe an ihrem Kleid geöffnet hatten. »Wenn du von dort wegmusst, hoffe ich, dass du hierherkommen wirst. Es gehört dir«, wiederholte er.

»Uns«, widersprach sie und ließ den Blick von seinen Augen zu den Lippen wandern. Sie schob eine Hand unter den Stoff des offenen Hemds und liebkoste seine Brust. Er fühlte, wie Leidenschaft ihn durchflutete, und wollte ihr schon nachgeben; stattdessen atmete er tief durch, um sich zu beruhigen. In ihrer Hochzeitsnacht würde Ryan nichts überstürzen. Er atmete gleichmäßig und konzentrierte sich ausschließlich auf sie. Er küsste sie innig, leidenschaftlich, und dann trat er einen Schritt zurück.

»Langsam«, flüsterte er.

Er stellte sich hinter sie, legte die Hände auf die glatte Haut ihrer Schultern und ließ sie über die Fläche ihres nackten Rückens unter dem aufgeknöpften Mieder wandern. Voller Selbstvertrauen und mit ruhigen Händen ließ er sich Zeit, als er die letzten winzigen Knöpfe öffnete und das Kleid an ihr hinabgleiten ließ, sodass es wie eine duftige Wolke zu ihren Füßen liegen blieb. Er zog sein Hemd aus und stellte sich hinter sie, fühlte die Wärme ihrer weichen Haut an seiner.

Später würde er sie bei der Hand nehmen, um mit ihr den

Rest des kleinen Hauses zu erkunden. Sie würde eine Flasche Champagner finden, die in der Küche kalt stand, und ihre Lieblingspralinen neben einem Blumenstrauß auf dem Esstisch. Am nächsten Tag, im Morgenlicht, würde sie entdecken, dass ihre Lieblingsbücher fein säuberlich in einem Bücherschrank aufgereiht standen, neben einem alten Kindheitstagebuch – dem mit dem roten Ledereinband und den Seiten mit ausgeblichenen vergoldeten Rändern. Und noch später, wenn sie so weit war, sich anzuziehen, würde sie den Schrank im Schlafzimmer öffnen und ein spezielles Erinnerungskästchen mit Modeschmuck aus ihrer Jugend und eine gepflegte rote Badger-Cap von ihrer Alma Mater in Madison entdecken. Um zu guter Letzt in ihrer Nachttischschublade einen Umschlag mit zwei Erste-Klasse-Flugtickets nach Zürich zu finden.

Aber vorerst hatte Ryan nichts anderes im Sinn als seine Braut. Er würde sie lieben, bis ihre Hochzeitsnacht in die frühen Morgenstunden und den Beginn ihres gemeinsamen Ehelebens überging.

6

Weckruf

Am Morgen nach der Hochzeit hätte Shelby friedlich neben ihrem Ehemann aufwachen sollen, aber sie konnte schon vor Sonnenaufgang nicht mehr schlafen. Bilder des Vortages gingen ihr durch den Kopf. Anstelle glücklicher Erinnerungen an einen außergewöhnlichen Tag blitzten in ihren Gedanken immer wieder Jackie und ihr ungeladener Gast auf. Und die Tatsache, dass er die Frechheit besessen hatte, sich als ihr Vater auszugeben.

Shelby blickte ihren schlummernden Ehemann an, und weil sie ihn nicht wecken wollte, schob sie vorsichtig die Bettdecke zurück und schlich sich leise aus dem Zimmer. Als die Tür hinter ihr laut ins Schloss fiel, zuckte sie zusammen, aber Ryan wachte nicht auf. Sie tapste durch die Küche, wo sie ihr Portemonnaie auf der Theke liegen sah, nahm ihr Handy an sich und suchte nach Jennas Nummer.

Shelby trat ans Küchenfenster, während das Telefon klingelte, und blickte auf den Lake Superior, der im Licht der Dämmerung gerade zu erwachen schien. Nach etlichen Klingeltönen wollte Shelby bereits auflegen, da meldete sich ihre Freundin endlich.

»Shelby?«

»Ja, entschuldige. Habe ich dich geweckt?«

»Kann man so sagen. Himmel, wie spät ist es denn?«, drang Jennas schlaftrunkene Stimme aus dem Handy. »Was ist denn los, dass du mich an so einem Morgen anrufst? Du müsstest doch in den Flitterwochen sein!«

»Tut mir leid. Wir fahren in ein paar Stunden zum Flughafen, aber ich wollte dich noch erwischen, bevor wir abreisen.«

»Super. Ruf mich einfach in ein paar Stunden wieder an.«

»Nein, warte … nur einen Moment«, sagte Shelby rasch. »Ich muss dich um einen Gefallen bitten.«

»Okay, meinetwegen, aber, hey, wo ist Ryan? Ich hätte gedacht, dass du tagelang nicht mehr aus dem Schlafzimmer kommst …«

Shelby blickte über die Schulter, und als sie sah, dass die Schlafzimmertür noch immer verschlossen war, fühlte sie sich sicher genug, um leise weiterzureden. »Er schläft.«

»Jede Wette, dass er das tut«, sagte Jenna. Sie murmelte irgendetwas Unverständliches und fragte dann im Flüsterton: »Also, was ist los?«

»Hey …« Shelby hörte etwas im Hintergrund.

»Was?«

»Was ist das für ein Geräusch?«, fragte Shelby. »Bist du allein?«

Jenna unterdrückte ein Lachen.

»Bist du nicht, stimmt's?«, fragte Shelby und schüttelte in der abgedunkelten Küche den Kopf. »Du bist unglaublich. Du bist jetzt *wie lange* in der Stadt … seit achtundvierzig Stunden ungefähr?« Sie dachte an den Abend zuvor und versuchte zu erraten, wer der »Glückliche« sein mochte.

»Du weißt doch, was man über Hochzeiten sagt …«, neckte Jenna sie.

»Wer ist es?«

»Das willst du gar nicht wissen.«

»Du hast recht. Ich muss dich um einen Gefallen bitten«, sagte Shelby noch einmal. Sie dachte einen Moment nach, dann änderte sie ihre Meinung.

»Warte … doch, ich will es wissen. Wer ist es?«

»Bleib dran«, sagte Jenna. Shelby hörte noch mehr gedämpfte Geräusche, dann öffnete sich quietschend eine Tür und schloss sich wieder. »Okay. Ich hab die Tür zugemacht, damit wir reden können.«

»Ach ja?«, fragte Shelby.

»Du bist doch nicht sauer?«

»Warum sollte ich sauer sein?«

»Es ist John.«

Peinliche Stille an Shelbys Ende der Leitung. »Wirklich?«

»Ja.«

»*Mein* John?« Shelby stützte sich mit einer Hand auf das Fensterbrett und versuchte zu begreifen, was Jenna ihr gerade erzählte.

»Deiner?«

Ist er mein John? Nein, natürlich nicht, dachte sie und ging zum Küchentisch, um sich zu setzen. John Karlsson war seit Kindertagen Shelbys Freund. Er liebte sie, und sie hatte die Chance gehabt, mit ihm zusammen zu sein. Aber sie empfand einfach nicht dasselbe für ihn, und auf dem College hatte sie ihm Jeff vorgezogen. Und dann, Jahre später, hatte sie John in ihrer Heimatstadt zurückgelassen, um mit Ryan zusammenzuleben. John war eine Konstante in ihrem Leben, ein Freund, dem sie vertraute, eine sichere Bank. Sie hatte ihn sich nie mit einer anderen Frau vorgestellt. *Was bin ich eigentlich für eine Freundin, dass ich nie wirklich etwas über die Frauen gewusst habe, mit denen er ausging?* Und warum verspürte sie bei dem Gedanken, dass er mit ihrer Freundin aus Chicago schlief, einen üblen Schmerz in der Magengrube, als hätte ihr jemand einen Boxhieb verpasst? Hatte sie das Gefühl, nicht respektiert zu werden? Betrogen? Oder war das etwa ein Anfall von Eifersucht?

Meine Güte, wie kann ich eifersüchtig sein, nachdem ich die romantischste Nacht meines Lebens verbracht habe? »Natürlich ist er nicht in diesem Sinne mein John; ich bin nur überrascht, dass ihr beide … euch gefunden habt«, sagte Shelby und bedauerte, dass sie überhaupt gefragt hatte. »Ich habe euch beide gestern Abend nicht mal miteinander reden sehen.«

»Du warst selbst ja auch ganz schön beschäftigt, Mrs Chambers«, sagte Jenna. »Außerdem nehme ich dich nur auf den Arm. Der Typ heißt Jake.«

»Moment mal, du bist *nicht* mit John zusammen?« Erleichtert lehnte Shelby sich auf dem Stuhl zurück. »Aber … wer ist Jake?«

»Der Barkeeper.«

»Im Ernst?«, platzte Shelby etwas lauter heraus, als beabsichtigt. Dann senkte sie die Stimme wieder zu einem Flüstern. »Der Barkeeper.«

»Geschüttelt. Nicht gerührt.«

Shelby legte sich die Hand auf den Mund, um nicht laut aufzulachen und Ryan damit zu wecken.

»Also. Du rufst mich doch bestimmt nicht um diese Uhrzeit an, um mit mir über den attraktiven Barmixer zu reden, der nackt im Zimmer nebenan liegt. Stimmt's?«

Shelby hatte Jenna kennengelernt, als sie gerade nach Chicago gezogen war. Sie hatte Ryan zwar einen Vertrauensvorschuss gegeben, als sie aus dem nördlichen Wisconsin in die Stadt gezogen war. Doch sie ging damit ein geringeres Risiko ein als Ryan, als er im Jahr zuvor nach Bayfield gezogen war, denn das hatte lediglich auf einer vorübergehenden Laune beruht. Nach allem, was sie zusammen durchgemacht hatten, war sie es nun, die der Liebe eine Chance geben musste.

Aber in ihrem Inneren wusste sie, dass es mehr war als das. Das Haus ihrer Kindheit bedeutete mehr als nur Behaglichkeit für sie – es war ihre Zuflucht. Es war der Ort, an dem sie keine Risiken eingehen musste. Wo das Leben leicht und vorhersehbar war. Bei ihrem Umzug nach Chicago ging es ebenso sehr um Ryan wie darum, sich von der Bindung an ihre Heimatstadt zu befreien, denn je länger sie an einem Ort blieb, desto weniger traute sie sich zu, ihre Träume zu verwirklichen.

Ryan hatte angeboten, ihr finanziell unter die Arme zu greifen, doch wenn sie sich schon von ihrer Heimatstadt löste, würde sie es auf ihre Weise tun – mit dem Geld, das sie mit ihrer Arbeit auf Meyers' Apfelplantage verdient und gespart hatte, mit dem Segen ihrer Großmutter und dem gesunden Menschenverstand ihres Großvaters.

Zu den ersten Dingen, die sie in Chicago getan hatte, gehörte es, eine Möglichkeit zu finden, ihr Bachelorstudium abzuschließen. Das war etwas, was sie jahrelang aufgeschoben hatte, nachdem ihr Freund Jeff bei einem Unfall ertrunken war, im Sommer vor ihrem gemeinsamen Abschlussjahr an der University of Wisconsin-Madison. Nachdem sie durch ein Fernstudium ihre Zulassung wiedererlangt hatte, erhielt sie Zugang zur John-Crerar-Bibliothek der University of Chicago. Die Bibliothek erwies sich als praktischer und ungestörter Ort zum Lernen und Forschen, ganz zu schweigen davon, dass sie nur einen kurzen Spaziergang von ihrer ersten Wohnung entfernt lag.

Was der bescheidenen Wohnanlage an Größe und Ausstattung fehlte, machte sie durch ihre Nähe zur Uni wieder wett, die in einem Stadtteil mit kleinstädtischem Charme lag. Die Wohnung verfügte über zwei Fenstertüren, die Shelby das Gefühl gaben, in Paris zu leben und nicht in einer Zweizimmerwohnung in einer amerikanischen Großstadt. Die Türen führten auf einen Balkon mit einem verschnörkelten gusseisernen Geländer. Der bot gerade genug Platz für einen Topf mit einer Geranie und einen einzelnen Terrassenstuhl und war perfekt dazu geeignet, eine Tasse Kaffee und die verbaute Aussicht auf den Washington Park zu genießen.

Es war nicht leicht, nach der langen Pause wieder zur Uni zu gehen, aber zumindest hatte Shelby nun ein Ziel, während sie sich an die Veränderungen in ihrem Leben gewöhnte – und es lenkte sie von der Aufmerksamkeit ab, die die Presse ihr einzig und allein aufgrund ihrer Beziehung zu Ryan entgegenbrachte.

Das Herbstsemester war schon weit fortgeschritten, als Shelby Jenna Taylor zum ersten Mal begegnete. Es war ein stürmischer Tag Ende November, und Shelby saß beim Lunch in Pudge's Sandwich Shop, einem Familienbetrieb, der weniger als zwei Blocks von ihrer Wohnung entfernt war, über ihren Büchern und lernte. Sie saß an einer Theke am Fenster in der Nähe des Eingangs und blickte von ihrer Arbeit auf, als draußen der Wind auffrischte und auf einmal heftiger Schneeregen gegen das Fenster prasselte.

Die Eingangstür flog auf, worauf einige Gäste, die in der Nähe saßen, erschraken. Shelby fröstelte in der unangenehm kalten Luft und zog ihre dicke Strickjacke über der Brust zusammen. Sie spähte zum Eingang und sah eine junge Frau zur Tür hereinstürzen und sich nasse Schneeklumpen aus dem stumpf geschnittenen schwarzen Haar schütteln.

»Verdammter Mist!«, fluchte die Frau, als sie auf ihre Wildlederstiefel blickte, die mit Wasserflecken und Streusalz besudelt waren. Shelby wandte sich wieder ihrem zur Hälfte gegessenen Sandwich mit Schinken, Salat und Tomate zu sowie der Aufgabe, ihre Abhandlung für Professor Neilsons Kurs in Umweltjournalismus zu überarbeiten.

Shelby wurde erneut abgelenkt, als die junge Frau ihre Tasche neben Shelbys offenes Buch fallen ließ. Bei dem Aufprall schnellte ihr Teller von der Theke hoch und landete scheppernd wieder auf dem Holz. Leicht verstimmt, weil die Fremde sich keinen Platz an einem der zahlreichen unbesetzten Tische gesucht hatte, anstatt ihr auf die Pelle zu rücken, widmete Shelby sich achselzuckend wieder ihrer Arbeit und versuchte, die Unterbrechung nicht weiter zu beachten.

»Ist das gut?«, fragte die andere und öffnete den Gürtel ihres Trenchcoats.

»Verzeihung?«

»Dein Sandwich«, sagte sie und wies mit einem Kopfnicken auf Shelbys Teller. »Ich bin am Verhungern – kannst du mir das Schinkensandwich empfehlen?«

»Unbedingt, es ist mein Lieblingssandwich.«

»Perfekt. Würdest du kurz auf mein Zeug hier aufpassen?«

»Wie bitte?«

Anstatt zu antworten, warf die Frau ihren Mantel auf den Barhocker neben Shelby und lief los, um ein Schinken-Tomate-Salat-Sandwich unter den ungefähr zwanzig Sorten auszuwählen, die mit Kreide auf eine Tafel an der Wand geschrieben worden waren.

Shelby verlagerte ihr Gewicht auf dem Hocker so, dass sie zur Tür blickte und dem Sitzplatz der Fremden den Rücken zukehrte. Es war das subtile, universell gültige Zeichen, das besagte: *Lass mich bitte in Ruhe, vielen Dank.* Sie nahm ihren Stift in die Hand und konzentrierte sich erneut auf die Arbeit.

Als die Frau zurückkam, spähte sie Shelby über die Schulter, um zu sehen, woran sie arbeitete. »Studierst du an der Uni von Chicago?«

»Nein.« Shelby drehte sich nur gerade so weit um, dass die andere sie hören konnte. »Verzeihung, ich wollte nicht unhöflich sein, aber ich bin kurz vor einem Abgabetermin.«

»Und warum bist du dann hier und nicht in der Bibliothek oder sonst irgendwo, wo du ungestört bist? Warum sitzt du hier, wo dich jeder ansprechen kann?«

Shelby ließ ihren Stift auf das Notizbuch fallen. »Wie bitte?«

»Leute, die in der Öffentlichkeit lernen – Coffee-Shops, Imbissbuden und so –, tun doch nur so, als würden sie arbeiten. In Wirklichkeit langweilen sie sich zu Tode und wollen zwar ihr Zeug fertig kriegen, aber vor allem wollen sie rausgehen und sich amüsieren. Egal, ob man Leute beobachtet oder Gespräche belauscht, Hauptsache, weg von der Arbeit und raus aus der Uni. Wenn du deine Hausarbeit rechtzeitig fertig haben willst, hast du dir eindeutig den falschen Platz zum Arbeiten ausgesucht.«

»Ich weiß nicht, wie du auf die Idee kommst, dass …«

»Hi. Ich bin Jenna«, sagte sie nur, ohne die Hand auszustrecken, als würde diese schlichte Feststellung ihr erlauben, ihre Unterhaltung mit Shelby fortzusetzen. »Jenna Taylor.«

»Hi.«

»Und du?«

»Ich versuche *wirklich,* mit meiner Arbeit fertig zu werden.«

»Soll ich deinen Eistee nachfüllen lassen?«, fragte Jenna.

Ohne zu antworten, griff Shelby nach ihrem Stift und versuchte noch einmal, sich auf ihre Aufgabe zu konzentrieren.

»Sieht aus, als wäre mein Sandwich fertig, dann kann ich gleich dein Glas auffüllen lassen, wenn ich schon mal da drüben bin.« Jenna beugte sich zu Shelby hinüber und griff nach dem Glas, das abgesehen von einer Zitronenspalte mit Teeflecken darauf und ein paar halb geschmolzenen Eiswürfeln so gut wie leer war.

Und dann war Jenna wieder weg und ließ ihre Tasche, ihren Mantel und einen Hauch Jasminparfum zurück.

Shelby überlegte, ob sie ihre Siebensachen zusammenpacken und verschwinden sollte. Aber ihr blieb nicht mehr genug Zeit, um zu ihrer Wohnung zurückzumarschieren und die Arbeit vor dem Seminar um ein Uhr mittags zu beenden. Nach dem Kurs hatte sie keine Zeit, um in die Bibliothek zu gehen und dort weiterzuarbeiten, denn es war Freitag – die Art von wundervollem Freitag, der sich nach einer besonders anstrengenden Woche wie ein Segen anfühlt –, und sie hatte versprochen, sich am Wochenende mit Ryan in seiner Wohnung zu treffen. Er würde kochen, denn sie liebte es, wenn er das tat. Puttanesca. Sie würde den Wein mitbringen und eine kleine Schachtel Babas au Rhum mit Cocktailkirschen darauf. Die konnte sie morgens in Amelia's Italian Pastry Shop kaufen, der von ihrer Wohnung aus nur ein kleines Stück die Straße hinunter lag.

Ein volles Glas Eistee tauchte vor ihr auf, dann stellte Jenna ihren Teller und eine Cola ab. »Und? Worüber schreibst du?«

»Über Umweltschutz.«

»Speziell darüber?«

»*Speziell*, ja, eine Geschichte über verschreibungspflichtige Medikamente, die den Lake Michigan vergiften.«

»Die Abwassermündungen in Milwaukee?«

»Äh … ja.«

»Hm, darüber habe ich vor einem Jahr berichtet. Neue Untersuchungen behaupten, dass der See die Präparate nicht verflüssigt, wie es die meisten Wissenschaftler erwartet haben. Dass die Medikamente in relativ hoher Konzentration erhalten bleiben und weiter im Wasser treiben, bedeutet, dass Fische und andere Lebewesen ihnen ausgesetzt sind. Also könnte es meiner Quelle zufolge in Ufernähe zu erheblichen Auswirkungen kommen. Außerdem bezieht Milwaukee sein Trinkwasser aus dem Lake Michigan, obwohl im Wasser der Stadt keine Pharmaka nachgewiesen werden konnten. Die Forscher berichteten, sie hätten festgestellt, dass ›vierzehn der Chemikalien ein mittleres bis hohes ökologisches Risiko darstellen‹ und dass die Konzentrationen im Wasser ›eine erhebliche Bedrohung für das ökologische Gleichgewicht der Großen Seen darstellen‹. Dennoch ist nicht klar, ob und welche Wirkung die Medikamente auf Fische und andere Lebewesen im Lake Michigan haben. Hast du das bei der Uni mal gecheckt?«

Ungläubig starrte Shelby die seltsame, aufdringliche Frau an. »Nein, habe ich nicht.«

»Und für welche Publikation ist das?«

»Für gar keine. Ich studiere noch.«

»Ah. Journalismus.«

»So etwas Ähnliches.«

»Ich will dich ja nicht entmutigen wegen deiner Facharbeit da, aber bist du dir sicher, dass du wirklich in Richtung Journalismus gehen willst? Nicht Public Relations oder Marketing? Oder vielleicht Lehramt?«, fragte Jenna. »Heutzutage veröffentlicht doch jeder seine sogenannten Nachrichten auf Blogs und bei Twitter, und die Printmedien bleiben neben den Online-News auf der Strecke, mit Stellenabbau und Shared Sourcing und so weiter. Journalismus ist nicht mehr der Beruf, der er einmal war.«

»Ich glaube, das sehe ich ein bisschen anders.«

»Die Leute machen echt fast alles, um den einen Artikel zu schreiben, der ihnen zum Durchbruch verhilft – das kann ganz schön heftig werden.«

»Na, dann mache ich jetzt mal lieber weiter«, sagte Shelby. Sie stützte den Ellbogen auf den Tresen, um eine Mauer zwischen ihnen zu errichten und sich wieder ihrer Arbeit zu widmen.

»Ich hätte selber gern an der Chicagoer Uni studiert, aber ich konnte es mir nicht leisten«, fuhr Jenna fort, als hätte Shelby das Gespräch nicht soeben beendet. »Stattdessen habe ich eine kleine Akademie für die Freien Künste besucht. Aber jetzt bin ich Reporterin. Hast du schon mal von *The Daily* gehört?«

Natürlich ist sie Reporterin. Ryans Dad hatte recht – vielleicht bin ich einfach zu naiv, um mit der Presse klarzukommen. Ich erkenne eine Journalistin nicht mal dann, wenn sie mir auf die Pelle rückt und sich direkt neben mich setzt.

Ohne ein weiteres Wort ließ Shelby sich von ihrem Hocker gleiten und sammelte ihre Sachen ein; sie würde sich lieber durch das schlechte Wetter kämpfen, um in der Universitätsbibliothek weiterzuarbeiten, als noch eine einzige Minute neben einer aufdringlichen Journalistin sitzen zu bleiben.

»Hey, warte«, rief Jenna und legte Shelby eine Hand auf den Ellbogen.

Shelby befreite ihren Arm aus dem Griff der Reporterin und trat einen Schritt zurück. »Entschuldigung! Ich weiß nicht, was Ihre Absichten sind, aber wir sind hier fertig.«

»Es ist nicht so, wie du denkst«, sagte Jenna.

Shelby antwortete nicht. Schnell schloss sie ihre Büchertasche und griff nach ihrem Mantel.

»Hast du dich mal gefragt, wie die Fotos von dir eigentlich ins Internet kommen?«, wollte Jenna wissen.

Warum lassen die mich nicht einfach in Ruhe?

»Wie du über den Campus läufst? Mit dem Fahrrad durch den Washington Park fährst? Früh am Morgen aus Ryans Wohnung kommst?«

»Sie haben vielleicht Nerven, aber echt«, fauchte sie Jenna an. Sie hasste die Feindseligkeit in ihrer Stimme, aber sie hatte die Nase voll von den dreisten Methoden, mit denen Fotografen in letzter Zeit ständig an Fotos von ihr zu kommen versuchten. Sie war sicher, dass Jenna ein weiterer Wolf in dieser Meute war.

»Die Fotografen kriegen Hinweise«, sagte Jenna gelassen. Offenbar wusste sie, dass Shelbys Interesse nun geweckt war und sie sich wieder hinsetzen würde. »Tipps von Chambers Media.«

Shelby, die gerade den Reißverschluss ihres Mantels schloss, hielt inne und blickte Jenna unverwandt an. »Was haben Sie da gerade gesagt?«

»Es stimmt. Jemand aus der Firma der Familie deines Freundes gibt Infos über deinen Terminkalender heraus, über deine Gewohnheiten, darüber, wann, wohin und mit wem du ausgehst.« Jenna biss herzhaft in ihr Sandwich. Dann hörte sie auf zu kauen und fügte hinzu: »Und ich finde das ziemlich mies.«

Als Jenna einen zweiten Bissen nahm, stellte Shelby ihre Tasche wieder ab, schlüpfte aus dem Mantel und setzte sich wieder hin. »Ich höre.«

Während der Schneeregen die Straße und den Gehweg vor Pudge's mit einer Schicht Matsch bedeckte und kalte Tröpfchen langsam am Fenster hinunterkrochen, unterhielten die Frauen sich. Jenna verlor keine Zeit mehr und sagte einfach die Wahrheit. Sie hatte als Berufsanfängerin in der PR-Abteilung von Chambers Media gearbeitet, bis sie vor Kurzem einen Einstiegsjob als Reporterin für *The Daily* angenommen hatte, eine alternative Chicagoer Wochenzeitung, die vor allem über die Kunst- und Musikszene berichtete.

»Eigentlich bin ich ein Landei. Rangiere in der Hackordnung ganz unten. Ein Arbeitssklave in einem Business, das sich ständig wandelt. Meine Artikel gehen unter in der Buchstabenflut. Tatsächlich ist mein Name kaum wahrnehmbar zwischen der wöchentlichen Anzeige für heruntergesetzte Gitarren bei High Rock und den Aufrufen des Sozialdienstes zur Spende von Hörgeräten.«

Obwohl sie – angeblich – von einigen Angestellten von Chambers Media hintergangen worden war, musste Shelby lächeln.

In ihrem Flitterwochen-Cottage in Bayfield zog Shelby nach diesem gedanklichen Ausflug ihren Stuhl vom Esstisch zurück, ging zum Küchenfenster und sah zu, wie die ersten Strahlen der Morgensonne auf den See schienen.

»Also, was ist los, Shelby?«, fragte Jenna durch das Telefon. »Was ist so dringend?«

Shelby legte eine Hand an die Fensterscheibe und blickte hinaus, fasziniert von dem See, den sie kannte, solange sie lebte. *Es ist so schön, zu Hause zu sein,* dachte sie.

»Du musst mir einen Gefallen tun«, sagte Shelby in ihr Handy, und ihre Stimme schien ihr von weit her zu kommen.

»Was immer du willst – schieß los.«

»Wie lange wirst du in der Stadt bleiben?«

»Heute Mittag checke ich aus, dann hole ich mir was zum Lunch, und danach mache ich mich auf den Weg nach Chicago. Es sei denn …«

»Es sei denn *was*?«

»Du weißt schon, falls irgendetwas – oder *irgendjemand* – mein Interesse weckt.«

»Schön. Behalt's für dich.« Shelby atmete tief durch. »Es geht um meine Mutter und diesen … diesen Typen, mit dem sie zusammen war. Chad Covington.«

»Du meine Güte, Shelby. Ich konnte es kaum abwarten, mit dir darüber zu reden. Zum Teufel, ist er wirklich dein Vater?«

»Nein, ist er nicht«, entgegnete Shelby mit fester Stimme und konnte gerade noch verhindern, dass sie lauter wurde und Ryan weckte. »Wenigstens glaube ich es nicht. Das kann nicht sein.«

»Was weißt du über ihn?«

»Überhaupt nichts. Kannst du vielleicht ein paar Nachforschungen für mich anstellen?«

»Ja, klar.«

»Diese Geschichte kann einfach nicht stimmen«, sagte Shelby. Sie spähte zum Schlafzimmer hinüber und hörte Geräusche, die verrieten, dass ihr Mann gerade aufwachte. »Ich will die ganze Sache im Keim ersticken.«

»Ich bin dran.«

»Und Jenna? Du musst diskret sein. Das Letzte, was Ryan und seine Familie im Augenblick gebrauchen können, ist noch mehr Aufregung.«

»Das könnte die fette Schlagzeile sein, die ich brauche …«

»Denk nicht mal daran. Kommt nicht infrage. Das hier ist ganz und gar privat.«

7

Lune de miel

Nach einem langen Reisetag von Wisconsin in die Schweiz stiegen Ryan und Shelby in der Stadt Visp in die Matterhorn-Gotthard-Bahn. Nun saßen sie nebeneinander in einem nur für sie reservierten Abteil, die Armstütze zwischen ihren Sitzen war heraufgeklappt, und Ryan hatte Shelby den Arm behaglich um die Schultern gelegt. Sie blickten aus dem Fenster und bewunderten die Landschaft, während der burgunderrote Zug sich durch das tiefste Tal des Landes zu dem idyllischen Dorf Zermatt hinaufschraubte.

An einigen Stellen der Schmalspur-Zahnradbahn fuhr der Zug um furchterregende Kurven und eng an den Berg geschmiegt unter zerfurchten Felsüberhängen hindurch. Ryan und Shelby konnten in das steil abfallende Tal hinunterblicken und tief unter ihnen die Vispa dahinfließen sehen; und über sich bewunderten sie die stolzen Gipfel des Täschhorns, des Doms und des Weisshorns.

Shelby drehte sich vom Fenster weg und gab Ryan einen dicken Kuss auf den Mund. »Unglaublich! So etwas Schönes habe ich noch nie gesehen.«

Ryan genoss ihre kindliche Freude, während sie wieder in die Landschaft hinausblickte. Eine Hand lag flach auf der Fensterscheibe, die andere griff nach hinten, um die seine zu drücken, wenn sie wieder eine Kurve umrundeten oder die Bergwand besonders steil zum Fluss abfiel.

»Wir sind gleich da«, sagte Ryan und erwiderte ihren leichten Händedruck. Er blickte über Shelbys Schulter und sah, wie die Sonnenstrahlen in das Tal fielen und die Berghänge in ein Spektrum aus rosa Licht und Schatten tauchten.

»Ich weiß nicht«, sagte Shelby, mehr zu sich selbst als zu ihm. »Ich glaube, wir sind schon da.«

Das Ziel ihrer Flitterwochen war ein wohlgehütetes Geheimnis gewesen. Es war ein Ort, den Ryan einmal besucht hatte, als er noch auf dem College war, und er hatte sich damals sofort in seinen Charme verliebt. Er wusste, dass es die perfekten Flitterwochen werden würden. Oder, wie die Schweizerin es genannt hatte, die ihm bei den Vorbereitungen half, ein romantischer *lune de miel.* Unter einem kolossalen Berggipfel, versteckt in dem schützenden Tal gelegen, war die verwunschene Kleinstadt frei von Autos und von den Lichtern und dem Gedränge der Großstadt. In den vergangenen Monaten hatte er ängstlich versucht, Shelbys Reaktion vorherzusehen, wenn sie über das Kopfsteinpflaster der Straßen von Zermatt laufen würden, wo die einzigen Geräusche von plaudernden Fußgängern, Kirchenglocken und gelegentlich vorüberfahrenden elektrischen Taxis oder Pferdekutschen stammten. Er wusste, dass sie es lieben würde, die frische Bergluft zu atmen und dabei an Boutiquen, Chocolaterien und verlockenden Bäckereien vorbeizuschlendern, die am Rand der Bahnhofstraße aufgereiht waren, der schmalen Straße, die durch die Stadtmitte führte.

Ryan verlagerte auf seinem Sitz das Gewicht, damit er den Ausblick auf den Fluss unten in der Schlucht und auf die wenigen Häuser im Stil von Sennhütten mit ihr teilen konnte, die an der Bahnstrecke auftauchten, jedes mit farbenfrohen Blumenkästen vor den mit Spitzengardinen geschmückten Fenstern.

Zwar würde er den Tag ihrer Hochzeit niemals vergessen, doch insgeheim war er erleichtert, endlich aus Bayfield fort zu sein. Ryan wusste, wie viel Shelby aufs Spiel setzte, indem sie in seine Familie einheiratete. Sie war bereit, ihre Heimatstadt zu verlassen, um sich mit ihm in Chicago ein Leben aufzubauen. Tief im Innern wusste er, dass er im Vergleich dazu versagt hatte. Wie konnte er ihr je eingestehen, dass er die Präsenz ihres Großvaters an ihrem Hochzeitstag stärker gespürt hatte als je zuvor? Und anstatt sich getröstet und bestärkt zu fühlen, hatten sich ihm bei dem Gefühl von Olens Anwesenheit die Nackenhaare gesträubt.

»Woran denkst du gerade?«, fragte sie und betrachtete noch immer die vorüberziehende Landschaft.

»Die Hochzeit«, sagte er und schob ihr eine Haarsträhne hinter das Ohr, die sich gelöst hatte.

»Sie war vollkommen, stimmt's?«

Nichts ist jemals ganz vollkommen, dachte er im Stillen und fragte sich, wie lange er warten sollte, bis er ihr die Wahrheit sagte. Seine Finger liebkosten sanft die Haut ihrer Wangen, über dem Ohr und bis in den Nacken.

»Na ja, bis auf meine Mutter«, sagte Shelby und setzte sich plötzlich aufrecht hin. »Ich versuche die ganze Zeit, sie und diesen Mann zu vergessen. Himmel, wie soll ich ihn nennen? Ihren Freund? Liebhaber …?«

»Bis wir Genaueres wissen, sollten wir ihn wahrscheinlich einfach Chad nennen.«

»Chad«, wiederholte sie. »Richtig. Ich kann einfach nicht glauben, dass sie so etwas bei unserer Hochzeit abgezogen haben. Ich meine, wo kommt dieser Typ her? Wer ist er? Ich spiele das in Gedanken immer wieder durch. Es ergibt einfach keinen Sinn.«

»Ach komm, Shel, lassen wir uns die Reise nicht verderben. Wenn wir wieder zu Hause sind, haben wir noch jede Menge Zeit, die Sache zu regeln.«

Und nicht nur diese Sache. Ryan konnte nicht aufhören, daran zu denken, was er an dem Tag getan hatte, an dem Olen ums Leben gekommen war. Die beiden Männer waren in einen Wintersturm geraten, der Olen schließlich das Leben gekostet hatte. Das war viel schlimmer als jede von Jackies Missetaten, und es wirkte sich verheerend auf Ryans Seelenzustand aus, denn er wusste: Wenn Shelby die Wahrheit gekannt hätte, wäre sie jetzt nicht mit ihm zusammen.

»Das gehört zu den Dingen, die ich an dir liebe – du bist dir immer sicher, dass am Ende alles gut ausgeht«, sagte sie.

Ryan zog Shelby an sich, während ihre Worte noch in der Luft hingen und der Zug seine rhythmische Fahrt über die Schienen den Berg hinauf fortsetzte.

»Alles erledigt!«, rief Ryan aus der Haustür ihrer einsam gelegenen alpinen Berghütte und schob vernehmlich den eisernen Riegel vor. »Der Portier hat gerade unser Gepäck gebracht, und ich weiß, dass du müde bist, also habe ich einfach Dinner und Wein bestellt. Alles wird gebracht.«

Als sie nicht antwortete, nahm er an, dass sie sich nach der langen Reise frisch machte, also hob er eine ihrer Reisetaschen auf, um sie ihr zu bringen. Er durchquerte das offene Wohnzimmer mit den kräftig roten Perserteppichen und den Ledermöbeln in Übergröße. Über ihm befand sich ein Satteldach mit frei liegenden Balken, das ein großes, dreieckiges

Fenster mit atemberaubendem Blick auf das Matterhorn aufwies. Unwillkürlich dachte er, dass der schneebedeckte Gipfel des Berges vor dem lavendelfarbenen Abendhimmel dem Hut einer buckligen Hexe ähnelte.

»Shelby?«, rief er erneut, leiser diesmal. Ryan ging an dem Feuer vorbei, das in einem steinernen Kamin flackerte und leise knisterte, und dann weiter durch einen holzgetäfelten Korridor, der zu dem großen Schlafzimmer führte.

»Hier drin ...«, erklang ihre Stimme hinter der halb geöffneten Schlafzimmertür. »Ich habe in dem kleinen Laden am Bahnhof etwas für dich gefunden.«

Vorsichtig stieß er die Tür an, die langsam aufschwang. Dann erblickte er seine Braut und ließ die Tasche auf den Boden fallen.

In dem Raum stand ein großes Himmelbett mit einer kuschelweichen weißen Daunendecke. Darauf lag, seitlich auf den Ellbogen gestützt, Shelby, ohne das geringste Kleidungsstück am Leib. Eine flache, goldfarbene Schachtel, um die eine weiße Satinschleife gebunden war, balancierte auf der sanften Kurve ihrer Hüfte. Die Enden des Bandes hingen lose herab und lenkten seinen Blick auf ihren ausgestreckten Körper.

Ryan trat einen Schritt auf sie zu, als würde er magisch von ihr angezogen und besäße keine Kontrolle über seine Bewegungen mehr.

»Es war so ein langer Tag«, sagte sie und wickelte ganz langsam das Band um ihre Finger, um es dann wieder herunterfallen zu lassen. »Ich dachte, du bist vielleicht in der Stimmung für etwas Süßes.«

»Wie aufmerksam«, sagte er und kam noch näher.

»Ich habe gehört, Schweizer Schokolade ist die beste der Welt.«

»Das stimmt.« Als er das Bett erreicht hatte, stützte er die Hände auf die Daunendecke und betrachtete die sinnlichen Kurven seiner Frau. Er legte eine Hand auf ihre Wade und blickte ihr in die Augen, während er mit den Fingern langsam an ihrem Bein hinaufwanderte, auf die goldene Schachtel zu. »Aber zuerst muss ich dich etwas fragen.«

Sie atmete aus, als er langsam das Satinband löste, es sanft auf ihre Taille fallen ließ und das Geschenk öffnete. Er entfernte das Goldpapier aus dem Innern der Pralinenschachtel, nahm ein Stück Konfekt heraus und hob es an seinen Mund. Er biss hinein, kostete die dunkle Schokolade, die auf seiner Zunge schmolz, und rückte behutsam näher an sie heran.

»Was ist?«, flüsterte sie.

»Wann genau hast du es geschafft, all deine Kleider abzulegen, Mrs Chambers?«

»Die Frage ist doch wohl eher, warum du noch angezogen bist?«

Seine Hand liebkoste weiterhin ihre Haut, als er sich neben sie auf das Bett legte, sie mit sanftem Druck dazu brachte, sich wieder darauf auszustrecken, und ihren Körper anschließend mit Küssen bedeckte. Der Schwung ihres Rückens, die leichte Einbuchtung ihres Nabels … ein Teil ihres Körpers war unwiderstehlicher als der andere. Er verlor sich in dem Gefühl ihrer Sinnlichkeit, in ihrem Geschmack, der neben der Süße der Schokolade seinen Mund füllte.

Er hielt inne, um sich das Hemd über den Kopf zu ziehen, doch sie gebot ihm Einhalt. Shelby setzte sich auf, und mit fester, aber liebevoller Hand drückte sie ihn auf das Bett. Es war an der Zeit, dass sie die Kontrolle übernahm.

8

Berggipfel

In ihren Flitterwochen schlenderten Shelby und Ryan über Straßen mit Kopfsteinpflaster und wanderten auf schattigen Bergwegen. Die Abende verbrachten sie allein in der Abgeschiedenheit ihrer Almhütte. An einem der letzten Abende saßen sie bei Kerzenlicht an einem runden Tisch in einer Ecke eines gemütlichen Restaurants. Das Lokal bestand komplett aus Holz, von der hohen Decke mit kreuzweise verlaufenden Deckenbalken bis zu den vertäfelten Wänden und dem Fußboden. Alles in dem Raum passte zur Farbe des Kerzenlichts, mit Ausnahme der Schweizer Bergstühle, die um die Tische angeordnet waren. Die Stühle waren weiß gebleicht und hatten hübsch geschnitzte Rückenlehnen sowie Sitzkissen, die mit rot und goldfarben gemusterten Stoffen überzogen waren.

»Ist es eigentlich eine Sünde, so glücklich zu sein?«, fragte Shelby, als sie in aller Ruhe einen Würfel knuspriges Brot am Spieß in einer flachen, mit Käsefondue gefüllten Schale aus Keramik hin- und herdrehte, die über einer kleinen blauen Flamme hing.

»Überhaupt nicht«, antwortete Ryan und schob sich ein großes Stück Brot in den Mund, bevor der Käse ihm auf das Kinn tropfen konnte.

»Und was ist mit Völlerei?«, fragte sie und leckte sich einen Klecks Käse von der Unterlippe.

»Ich glaube, das ist eine Sünde«, sagte er, um ihr Spiel mitzuspielen. »Das heißt, wenn du es für Völlerei hältst, ein nur aus Käse bestehendes Dinner zu dir zu nehmen.«

»Und wenn wir den Wein dazurechnen?«

»Dann magst du recht haben«, stimmte er zu und tauchte eine weitere Fonduegabel in die unwiderstehliche Mischung aus altem Gruyère und Sauvignon Blanc.

»Und Liebemachen, ist das eine Sünde?«

Er liebte den Übermut, den er in ihren Augen sah. »Daran ist bestimmt nichts Verwerfliches«, sagte er und beugte sich vor, um sie auf den Mund zu küssen.

»Ich will noch nicht nach Hause fahren«, sagte sie. »Warum bleiben wir nicht einfach hier? Suchen uns ein kleines Bauernhaus in den Bergen. Ich könnte schreiben, und du hättest deine Fotografie. Wir müssten uns nicht den Kopf über all das zerbrechen, womit wir uns in der Stadt herumschlagen müssen.«

»Und ich dachte, du fängst an, Chicago zu mögen.«

»Chicago ist schön. Es ist nur nicht wie …«

»… zu Hause?«

»Nein, es fühlt sich nicht wie ein Zuhause an«, gab sie zu. »Jedenfalls *noch* nicht.«

»Ein kleines Schweizer Haus. Das gefällt mir. Das Einzige, was noch fehlt, sind Kinder – wir müssten dann ganz viele Kinder haben.«

Sie spießte ein weiteres Stück Brot auf und versenkte es in dem Käsetopf.

Als sie nicht mehr mitspielte und schwieg, beugte er sich vor und sah ihr in die Augen. »Shelby?«

»Hm …«

»Alles okay?«

»Ja. Es ist nichts«, sagte sie und tippte mit ihrer Fonduegabel gegen den Rand des Topfes. »Ein Schritt nach dem anderen, okay? Ich werde eine Weile brauchen, um mich daran zu gewöhnen, deine *Frau* zu sein, geschweige denn die Mutter deiner Kinder.«

»Du hast vollkommen recht«, sagte er und lenkte das Gespräch wieder in eine unverfängliche Richtung. »Tatsächlich bleiben uns von unseren Flitterwochen nur noch wenige Tage. Ich weiß nicht, wie du es siehst, aber ich finde, wir sollten jetzt zur Hütte zurückfahren, wegen der *Eingewöhnungszeit …*«

»Charmant wie immer«, sagte sie, und das Lächeln erschien wieder auf ihrem Gesicht.

Am letzten Tag ihrer Reise standen Shelby und Ryan am frühen Morgen auf und stiegen in eine Gondel der Seilbahn, die zur Bergstation Trockener Steg hinauffuhr. Es handelte sich um ein massives Gebäude aus Beton, das dem rauen Wind und den Temperaturen im kältesten Winter standhalten konnte. An diesem Tag war das Wetter freundlich und mild, als die Sonne über den Bergen aufging und einen außergewöhnlich klaren Blick auf das Matterhorn erlaubte. Sie marschierten einen gekennzeichneten Wanderweg entlang und hielten irgendwann an, um einigen Bergsteigern zuzusehen, die jenseits der Schlucht den Hörnligrat erklommen.

Ein paar Stunden später erreichten sie das Chalet Alpenrose, ein bescheidenes Restaurant am Berghang, das ihnen nach einer beschwerlichen Wanderung einen freundlichen Empfang bereitete. Die kobaltblaue Haustür war mit gefleckten

Kühen und blühenden Weinranken bemalt, drinnen gab es beschwingte Musik, und ein herzhafter Duft nach Brühwürsten und Bier drang aus der Küche.

Da es warm genug war, um draußen zu sitzen, suchten Shelby und Ryan sich einen Tisch auf der Terrasse hinter dem Restaurant. Vor dem atemberaubenden Hintergrund der Berge bestellten sie sich zwei Portionen Schweizer Käseschnitte, die aus je einer dicken Scheibe getoastetem, in Wein getauchtem Brot bestanden, belegt mit gegrilltem Emmentaler Käse und einem Spiegelei. Schon am Beginn der Reise hatte Ryan scherzhaft bemerkt, dass die Flitterwochen nicht der richtige Zeitpunkt waren, um sich beim Essen zurückzuhalten, und so genossen sie jeden sündhaften Bissen.

Nach beendeter Mahlzeit legte Shelby den Kopf in den Nacken und schloss die Augen, um die Mittagssonne zu genießen, während Ryan die Gelegenheit nutzte und für einen schnellen Check sein Handy aus der Hosentasche zog. Kaum hatte er es eingeschaltet, vibrierte es auch schon.

»Hey, leg das Handy weg. Wir sind noch früh genug wieder in Chicago«, sagte Shelby. Sie hatte ein Auge geöffnet und griff nach seinem Handy. »Ich will dich ganz für mich allein, wenigstens noch einen Tag lang.«

»Du hast ja recht. Es dauert nur eine Minute. Ich erwarte eine Nachricht«, sagte er. »Danach schalte ich es wieder aus.«

Sie schloss die Augen und lehnte sich wieder zurück. »Irgendwelche Neuigkeiten?«

»Erstaunlich, dass ich hier oben überhaupt Empfang habe«, meinte er zerstreut.

Sie war weniger beeindruckt als Ryan und zog die Sonne auf ihrem Gesicht dem Handyempfang vor.

Dann sah er es. Eine Nachricht von Cullie James, dem

Kameramann, der mit Ryan an dem Film über die Großen Seen gearbeitet hatte. »Kann sein, dass es das ist, worauf ich warte«, sagte er zu Shelby. »Eine Rückmeldung von unserem Redaktionskomitee.«

»Sie werden den Film lieben.«

Während des vergangenen Jahres hatte er sehr viel Zeit mit der Arbeit an einem Filmprojekt verbracht, das aus dem Olen-G.-Meyers-Gedächtnisfonds entstanden war, den Ryan kurz nach Olens Tod eingerichtet hatte. Der Film sollte unter Ryans Führung das Engagement von Chambers Media für kommunale Belange erweitern, die Erlöse sollten der Erhaltung der Großen Seen zugutekommen. Chambers Media hatte vor, Ryans Werk Mitte Oktober beim jährlichen Filmfestival in Chicago der Öffentlichkeit vorzustellen.

Ryan hatte kein Geheimnis aus seinen Reiseplänen und den Stunden gemacht, die er im Büro damit verbracht hatte, die Logistik zu planen, Forschungsergebnisse und den Inhalt des Projekts durchzuarbeiten, aber die Handlung des Films hatte er Shelby bewusst verschwiegen. Er wollte warten, bis sie das gesamte Werk betrachten konnte, vollständig und vollendet. Er hoffte, sie mit Stolz zu erfüllen, indem er den Namen ihres Großvaters ehrte und einen Teil des Landes in den Blickpunkt rückte, das sie so sehr liebte.

Ryan wischte mit dem Daumen über das Display. Als er Cullies Nachricht las, spannte sich sein Kiefer an. Dann schaltete er das Gerät aus und legte es mit dem Display nach unten auf den Tisch.

»Ryan?«

Er beugte sich auf seinem Stuhl nach vorn, stützte die Ellbogen auf die Knie und schüttelte den Kopf. »Das glaube ich einfach nicht«, sagte er. Sein Vater musste es gewusst haben.

Warum hatte er auf der Hochzeit nichts zu Ryan gesagt? Er musste es gewusst haben!

»Was ist los?«, fragte sie.

»Sie haben abgelehnt.«

»Wer hat das getan? Wovon redest du?«

»Unser Redaktionskomitee.« *Was ist da schiefgelaufen? Verdammt! Warum hat uns keiner aus dem Büro früher etwas gesagt?*

»Was denn? Meinst du dein Große-Seen-Projekt?«

Er nickte.

»Nach all der Arbeit, die ihr Jungs da reingesteckt habt? Nach so vielen Stunden?«

Er blickte über die Schulter und machte den Kellner auf sich aufmerksam, der in der Nähe der Küchentür stand und eine Zigarette rauchte. Ryan deutete auf einen Tisch in der Nähe, auf dem Halblitergläser Bier vor den Gästen standen. Der Kellner verstand, trat mit dem Stiefelabsatz seine Zigarette aus und ging ins Haus, um seine Bestellung aufzugeben.

»Wurde die Doku endgültig abgelehnt? Oder geht es bloß um eine Bearbeitung?«, fragte Shelby.

Er wusste ihre Betroffenheit zu schätzen, aber in der Firma seines Vaters herrschte ein Kräftespiel, über das er mit ihr in diesem Augenblick nicht reden wollte. Ihre Freundin Jenna hatte ihr schon erzählt, dass es einer gewissen Gruppe von Mitarbeitern der PR-Abteilung zu verdanken war, dass zahlreiche Fotos von Shelby und Ryan zusammen, aber auch von Shelby allein in der Stadt veröffentlicht worden waren. Shelby war wütend gewesen, weil sie die Aufnahmen als krasse Einmischung in ihr Privatleben betrachtete – was sie ja auch waren. Doch gleichzeitig beruhte dieses Vorgehen auf Berechnung: In der Hoffnung, dass eine Liebesgeschichte

Chambers Media in ein vorteilhaftes Licht rücken würde, sollte das Interesse der Öffentlichkeit auf Ryans Liebesleben gelenkt werden.

Diesmal aber verstand er nicht, was die Firma beabsichtigte. »Warum jetzt? Kaum vier Monate vor der Premiere? Entweder müssen wir das Projekt komplett streichen, oder wir fangen nochmal an und überarbeiten es komplett. Aber der Himmel weiß, ob uns noch genug Zeit bleibt, um alles in Ordnung zu bringen.«

»Beruhige dich«, sagte sie, rückte mit dem Stuhl näher zu ihm und legte ihm tröstend eine Hand aufs Knie. »Was genau steht denn in der E-Mail?«

Der Kellner unterbrach sie, als er zwei Halbliterkrüge Bier brachte. Ryan trank ein paar große Schlucke und starrte mit ausdrucksloser Miene auf die Berge. Dann sagte er: »Sie lieben die Bilder und die Drehorte, aber sie glauben, dass die Geschichte gefühlsmäßig nicht mitreißend genug ist. Offenbar wird der Film den Zielen des Projekts nicht gerecht. Es fehlt ihm – wie hat er es genannt?« Ryan rieb sich die Anspannung aus dem Nacken, während er sich an Cullies Nachricht zu erinnern versuchte. »Es fehlt ein überzeugendes Motiv, das die Geschichten miteinander verbindet. Jedenfalls ist das der Grund, den sie genannt haben. Es könnte auch mehr dahinterstecken – ich stelle nur Vermutungen an.«

»Also musst du wieder von vorn anfangen und das Drehbuch überarbeiten. Ist das denn möglich?«

»Ich wünschte, es wäre so leicht. Wir brauchen bessere Interviews und bessere Texte. Wir brauchen einen talentierten Redakteur, der uns hilft, das neue Filmmaterial mit dem zu verbinden, was wir schon gedreht haben. Ich weiß nicht, ob überhaupt was dabei herauskommen würde.«

»Könnt ihr nicht einfach die Originalvideos nehmen und den O-Ton neu bearbeiten?«

»Der Redakteur und ich haben das Material der Dreharbeiten gründlich durchgearbeitet. Ich glaube einfach nicht, dass es funktionieren würde«, sagte er. »Ist schon okay, Shel. Ich bin sicher, wir finden eine Lösung. Lass uns jetzt nicht weiter darüber nachdenken. Wie du schon gesagt hast, im Augenblick sollten wir uns ganz aufeinander konzentrieren.«

Er legte seine Hand auf ihre Hände, aber er war zerstreut. Sie wollte ihm helfen, eine Lösung zu finden.

»Ich kann mir einfach nicht vorstellen, dass der Film nicht gefühlvoll genug ist. Ich meine, das war doch der Grund für das Projekt: deine persönliche Verbindung zu diesem See und den Leuten, denen du dort begegnet bist. Und es fällt dir so leicht, mit Menschen zu reden.«

»Es ist mein Fehler, wirklich. Ich hätte im Vorfeld bessere Interviews führen sollen. Ich glaube, dass meine Gesprächspartner sich mir nicht wirklich geöffnet haben. Die Leute, mit denen wir gesprochen haben, waren nicht so offen, dass es einen wirklich fesselt, ihnen zuzuhören. Die persönliche Verbindung fehlt. Eine gewisse Wärme«, sagte er und dachte an die Zeit zurück, die er auf der Straße verbracht hatte, um die kleinen Städte am Ufer des Lake Superior zu besuchen. »Ich habe es damals schon erkannt, und es war naiv von mir zu glauben, dass wir in der Schlussredaktion noch etwas daran ändern könnten.«

»Ich glaube trotzdem, dass du zu streng mit dir bist«, widersprach sie. »Aber natürlich musst du tun, was du für richtig hältst. Also, was kommt als Nächstes?«

»Ich glaube, das Einzige, was wir tun können, ist von vorn anfangen und einige Interviews noch einmal machen.«

»Bleibt dafür noch genug Zeit?«

»Vielleicht, wenn wir uns beeilen.«

»Und wann musst du aufbrechen?«

»So bald wie möglich wahrscheinlich. Anfang nächster Woche, wenn ich die richtigen Leute zusammentrommeln kann.«

»So viel zur Eingewöhnung ins Eheleben …«

»Ich weiß. So habe ich mir das auch nicht vorgestellt«, sagte er. »Möglicherweise werde ich mehrere Wochen unterwegs sein. Und dann stundenlang im Studio, um das Material zu bearbeiten.«

»Nimm dir so viel Zeit, wie du brauchst. Die Chance auf eine Premiere hast du nur ein einziges Mal – tu alles, damit sie gelingt.«

Als Ryan das *Ping!* von seinem Handy hörte, öffnete er das E-Mail-Fach und las eine neue Nachricht von seinem Freund Brad.

Von: Brad Thorson
An: Will Chambers
RE: Medien

Will,

ich weiß, du und Shelby, ihr seid noch auf Reisen, und ich will euch nicht stören. Aber falls ihr zufällig eure Mails checkt: Ich wollte euch vorwarnen, dass etliche Berichte über eure Hochzeit erscheinen werden. Ich weiß, ihr habt gewusst, dass die Nachricht sich schließlich herumsprechen würde, und ihr habt geglaubt, dass es relativ harmlos sein würde.

Aber das ist es nicht.

Hier braut sich ein Shitstorm zusammen. Und deine Eltern – vor allem dein Dad – sind außer sich vor Wut. Es hat etwas mit Shelbys Mom und diesem Typen zu tun, mit dem sie auf der Hochzeit war. Und weil ihr außer Landes wart, behauptet die verfluchte Journaille einfach, bisher hätte niemand die Geschichten bestätigt, die aus Bayfield kommen – und irgendwie ist die Sache aus dem Ruder gelaufen.

Also macht euch auf was gefasst, wenn ihr nach Hause kommt. Oder betet, dass bald irgendetwas »Berichtenswertes« passiert, was diese Typen von eurer Geschichte ablenkt.

Brad

»Fällt dir jemand ein, der die Interviews führen könnte?«, fragte Shelby, die von der zweiten E-Mail, die Ryan soeben erhalten hatte, noch nichts wusste. »Du solltest jemanden nehmen, der leicht auf Menschen zugehen kann und bei dem man sich wohlfühlt. Jemand, der einen ermutigt, sich zu öffnen. Was meinst du?«

»Ja«, antwortete er knapp, durch Brads Warnung abgelenkt.

»Was ist mit dem Typ, dem ich vor einer Weile bei dir im Büro begegnet bin, der, der an dem Gateway-Green-Projekt für Stadtbegrünung gearbeitet hat?«

»Jackson?«

»Genau, Jackson«, sagte sie und nickte. »Du hast gesagt, dass er toll schreibt.«

»Er wäre perfekt, allerdings hat er gekündigt und im April einen Job in New York angenommen.«

»Dann such dir einen anderen, der sich um die Interviews und das Drehbuch kümmert. Oder verschieb die Dreharbeiten«, schlug sie vor. »Es ist ja nicht so, dass du sofort loslegen müsstest. Hast du schon mal darüber nachgedacht, den Film erst im nächsten Jahr rauszubringen?«

»Ich will unsere Zusage einhalten und ihn beim Filmfestival zeigen. Wegen der Hochzeit haben wir uns mit der Endredaktion ziemlich beeilt, und jetzt müssen wir es bis zur neuen Deadline schaffen. Wenn ich den Film nicht liefere, betrachtet der Konzern ihn als gescheitert, und ich muss einen neuen Weg finden, um den Fonds öffentlich bekannt zu machen. Das wird nicht einfach werden.«

»Ich wünschte, ich könnte dir helfen.«

Sie saßen schweigend da und blickten in Gedanken versunken auf die Berglandschaft. Er hatte gehofft, nach der Hochzeit nicht so bald nach Lake Superior zurückkehren zu müssen. Olens Gegenwart war auf der Farm noch deutlich zu spüren, obwohl seine Asche längst mit dem See vereint war. Ryan wusste, dass es gelegentliche Besuche dort geben würde, Urlaube und lange Wochenenden in ihrem Cottage. Doch wenn er ehrlich zu sich selbst war, hatte er gehofft, dass Shelby sich die Freiheit nehmen würde, sich meistens ohne ihn dort aufzuhalten.

Der dumpfe Schmerz der Angst breitete sich in seiner Brust aus, ein Druck, der sich auch auf seine Schultern legte. Er rollte die Schultern und streckte den Rücken, vergebens; der einzige Weg, zu Ende zu bringen, was er begonnen hatte und sich von seiner Schuld zu befreien, bestand darin, ihr ohne Umschweife zu begegnen.

»Was ist mit mir?«, fragte Shelby, seine Gedanken unterbrechend.

»Hm?«, murmelte er zerstreut. »Sorry, Shel, wie meinst du das?«

»Ich könnte dir helfen«, sagte sie, und ihre Augen leuchteten.

Er wandte sich ihr mit gerunzelter Stirn zu und glaubte, nicht richtig gehört zu haben.

»Das ist doch die Lösung. Warum lässt du mich nicht einfach die Gespräche für dich führen? Dann bleibt dir mehr Zeit für die Produktion und Redaktion. Sag mir einfach, welche Bereiche verbessert werden müssen. Ich kenne die Gegend und den Hintergrund deiner Geschichte. Wir wären ein perfektes Team.«

»Ich weiß deinen Vorschlag wirklich zu schätzen«, sagte er. »Aber ich will nicht, dass du dir mit mir die Füße wund laufen musst. Das würden lange Tage werden, jede Menge Lauferei. Und sehr wenig Schlaf.«

»Hast du schon vergessen, dass ich dort aufgewachsen bin? Lange Tage und harte Arbeit sind mir weiß Gott nicht fremd.«

»Das weiß ich doch.«

»Dann nenn mir einen guten Grund, warum es nicht funktionieren sollte.«

Weil ich während der Dreharbeiten nur an deinen Großvater denken würde. Weil die Zeit, die seit seinem Tod vergangen ist, nur mein Gefühl von Verantwortlichkeit verstärkt hat, und wenn du Bescheid wüsstest, würdest du mir niemals verzeihen. Doch er sagte nichts, sondern behielt die Wahrheit weiterhin für sich.

»Du glaubst, ich bin nicht gut genug«, sagte sie. »Ist es das?«

»Nein, natürlich nicht«, erwiderte er leise, wandte den Blick ab und betrachtete erneut die grandiose Landschaft ringsum.

»Verstehe.«

Er spürte es sofort. Die Schranke, die zwischen Paaren fällt und sie voneinander trennt – fühlbar, aber nicht sichtbar –, wenn der eine den anderen enttäuscht.

»Es hat nichts mit dir zu tun, das verspreche ich dir. Du schreibst außergewöhnlich gut, und ich wäre glücklich, dich in meinem Team zu haben. Du hast ja recht. Du wärst ideal, um die neuen Interviews zu führen. Du kennst die Gegend. Du kannst unglaublich gut mit Menschen umgehen. Ich weiß, dass du in der Lage wärst, die Wärme und persönliche Atmosphäre herüberzubringen, die dem Film so fehlt.«

»Warum dann?«

Weil es bei diesem Film immer weniger um Naturschutz und immer mehr darum geht, meine erbarmungslosen Schuldgefühle zu besänftigen. Weil eine Neufassung nicht ausreichen würde, um dieses Projekt wieder in das richtige Gleis zu stellen, und weil du dich mit meinem Vater an einen Tisch setzen müsstest, wenn du mit der geschäftlichen Seite des Films zu tun bekämst. Weil die Grenze zwischen Persönlichem und Privatem sich verwischt hat und weil ich nicht will, dass du diese Seite von mir siehst. Jedenfalls noch nicht. Und vor allem will ich, dass du den Film erst siehst, wenn er vollkommen ist, sodass ich vielleicht – so Gott will – einen Funken von Olens Vergebung in deinen Augen sehen kann.

»Weil ich möchte, dass der endgültige Film eine Überraschung für dich bleibt. Ich wollte ihn für dich und deine Familie drehen. Es ist mir wichtig, weil …« Er zögerte.

»Weil?«

»Deine Familie hat mir so viel gegeben. Mit diesem Film kann ich ein bisschen zurückgeben.«

»Also gut, dann lass es eine Überraschung bleiben.«

»Ich wusste, dass du mich verstehen würdest«, sagte er und

seufzte erleichtert. »Ich werde dafür sorgen, dass alles zügig über die Bühne geht. Du sollst nicht länger allein in der Stadt sein als unbedingt nötig.«

»Ich habe nicht gesagt, dass ich allein in der Stadt bleiben werde.« Shelby verlagerte ihr Gewicht auf dem Stuhl und blickte ihm geradewegs ins Gesicht. »Ich komme mit. Wir werden die zusätzlichen Interviews gemeinsam führen, die Geschichte überarbeiten, und dann – sobald wir wieder in Chicago sind – kannst du dich verziehen und den Film mit einem Redaktionsteam fertigstellen. Bis dahin warte ich gern, bis du bereit bist, ihn mir zu zeigen. Und wenn wir unsere Trümpfe richtig ausspielen, ist alles rechtzeitig zum Filmfestival fertig.«

Er sah ihren entschlossenen Blick und wusste, dass sie ihre Entscheidung getroffen hatte. Und er musste zugeben, dass sie absolut sinnvoll war. In Anbetracht des Zeitdrucks, unter dem das Projekt stand, und der schlichten Tatsache, dass sie recht hatte. Sie war die perfekte Besetzung für die abschließenden Interviews, und er würde sich keine Sorgen machen müssen, weil er sie allein in Chicago zurückließ, wenn sie ihr neues Leben als Mitglied der Familie Chambers begann. Er konnte sie beschützen. Es ergab einfach Sinn. Vorausgesetzt, er brachte es fertig, ihr zu sagen, was im Winter auf dem Eis wirklich mit Olen passiert war.

Wieder einmal würde sie ihre Pläne ändern und Ryans Interessen über ihre eigenen stellen müssen. Einerseits war ihm klar, dass sie das Projekt besser schultern konnte als irgendjemand sonst. Sie hatten Interviews in Orten geplant, in denen sie praktisch zu Hause war, mit Leuten, die den See ebenso sehr liebten wie sie. Shelby gegenüber würden sie sich auf eine Weise öffnen, wie sie es bei ihm nie tun würden. Andererseits wusste er nicht, ob er in der Lage war, seine Feigheit und Schuld zu verbergen, die ihn auf der Hochzeit überfallen hatten – und mit denen er gewiss auch unterwegs zu kämpfen haben würde.

»Du hast einen Rückschlag erlitten«, sagte sie. »Aber deine Geschichte wird wundervoll werden. Man wird sie lieben.«

»Du bist mir zuliebe schon so viele Kompromisse eingegangen – mehr, als ich von dir verlangen kann. Bist du wirklich sicher, dass du das tun willst?«

»Denk nicht weiter darüber nach«, sagte sie und lächelte zurückhaltend. »Wir könnten doch eine Verlängerung der Flitterwochen darin sehen.«

Seine Besorgnis verwandelte sich sofort in Übermut. »Jetzt kann ich dich nicht mehr mitnehmen.«

»Wie bitte? Was ist denn jetzt los?«

»Du würdest mich viel zu sehr von der Arbeit ablenken …«

9

Der Mond

Nachdem Ryan sich endlich bereit erklärt hatte, Shelby auf die Tour mit seiner Videocrew mitzunehmen, musste er ihr hoch und heilig versprechen, den letzten kostbaren Tag ihrer Flitterwochen in der Schweiz nicht mit weiteren Diskussionen über das Projekt zu vergeuden. Ryan hielt Wort und behielt seine Gedanken über Redaktionsarbeiten und Szenenwechsel vorerst für sich.

Den größten Teil des langen Rückflugs in die Staaten aber verbrachten sie damit, das Große-Seen-Projekt zu besprechen. Ryan beschrieb ihr die Handlung und die Höhepunkte der unterstützenden Interviews, und sie musste dabei immer wieder an die Reaktion der Firma denken. Dem Film fehlte ein erzählerisches Motiv, das die Geschichten verband und einen Aufruf zum Naturschutz zugunsten der Großen Seen darstellte. Ryans Interviews waren gut verlaufen, dennoch fehlte der Geschichte etwas. *Aber was?*, fragte sich Shelby.

»Verzeihung, Miss, möchten Sie vielleicht eine Limonade?«, fragte die Stewardess, als sie Shelbys und Ryans Sitzreihe im Flugzeug erreicht hatte.

»Nein, danke«, antwortete sie. »Aber ein Wasser wäre schön.«

Und da fiel es ihr ein. Das fehlende Teil. Das, was sie am Leben am Südufer des Lake Superior am meisten liebte. Wasser.

Sie wandte sich Ryan zu. »Wir müssen den See in jedes Interview miteinbeziehen. Egal, ob wir die Gespräche in einem Fischereihafen führen, am Strand, bei einem Spaziergang am Ufer, auch wenn der See nur durch ein Fenster oder in der Ferne zu sehen ist. Ich glaube, die Bildsprache des Wassers wird dir helfen, die Interviews miteinander zu verbinden.«

Ein Lächeln breitete sich auf seinem Gesicht aus. »Warum habe ich dich eigentlich nicht von Anfang an in dieses Projekt mit eingebunden?«

Als sie in ihrer Wohnung in Chicago die Taschen fallen ließen, hatten sie bereits einen Plan. Sie liefen um die Hochzeitsgeschenke herum, die im Esszimmer für sie aufgestapelt worden waren, sahen rasch die Post durch, hörten den Anrufbeantworter ab und nahmen sich kaum genug Zeit, um auszupacken.

Ryan brauchte nur wenige Tage, um das ursprüngliche Filmmaterial mit dem Redakteur durchzusehen, während Shelby die Geschichte überarbeitete und eine neue Perspektive für die zusätzlichen Interviews vorschlug. Sobald die Gespräche vereinbart waren, brachen sie mit einer kleinen Crew nach Norden auf – nur sie beide, eine Licht- und Tontechnikerin und der Kameramann, der schon beim ersten Mal dabei gewesen war. Ryan und Shelby hatten sich kaum eine Woche in Chicago aufgehalten, da packten sie schon wieder ihre Sachen und brachen erneut auf. Ein weiteres Mal ließen sie ihr Leben in Chicago hinter sich, doch Shelby bedauerte das nicht im Geringsten.

In dem Augenblick, als der schwarze Transporter der Firma Chambers Media das Straßenschild mit der Aufschrift »Willkommen in Tamarack, Wisconsin, Pop. 1,032« passierte, zogen über dem Lake Superior Gewitterwolken auf. Nachdem es die lange Fahrt von Chicago hinter sich gebracht hatte, bog das Gefährt in die Pine Street und durchquerte das Stadtzentrum. Der Transporter fuhr an die Bordsteinkante und parkte in dem Strom von Regenwasser, der die Straße hinunterfloss.

»Ist es hier in Ordnung, Ryan? Du wolltest dich doch ein bisschen umsehen«, sagte der Fahrer, Cullie James, der bullige Kameramann, der sein dunkles Haar lang und offen und den Bart an seinem kantigen Kinn kurzgeschoren trug. Er drehte sich auf dem Fahrersitz zu Shelby und Ryan um, die nebeneinander auf der Rückbank saßen. Shelby hatte den Blick auf das schwarz-grüne Tattoo einer aufgerollten Schlange auf Cullies rechtem Bizeps geheftet, die wie zum Angriff bereit dalag.

»Brauchst du keine Hilfe beim Abladen?«, fragte Ryan.

»Nee, wir machen das schon«, erklärte Tina Leighton, ihre Licht- und Tontechnikerin, die vorn auf dem Beifahrersitz saß.

Shelby war überrascht gewesen, als sie Tina auf dem Parkplatz von Chambers Media das erste Mal begegnet war. Sie war gerade dabei, den Lieferwagen zu beladen. Es schien kaum möglich, dass diese zierliche Frau in ihren schlanken Armen und Beinen genug Kraft hatte, um mit der PA-Ausrüstung umzugehen, aber sie stemmte scheinbar mühelos jede Box, jeden Mikrofonständer und jede Equipmentkiste. Mit ihrem langen blonden Zopf, der abgeschnittenen Jeans und den fransenbesetzten Wildlederstiefeln sah sie aus, als wollte sie sich auf den Weg zu einem Indie-Folk-Konzert machen und nicht zu einem Filmauftrag im nördlichen Wisconsin.

»Wir treffen uns dann wieder hier, in …«, sagte Cullie und blickte erst auf seine Armbanduhr und dann zu Tina. »Sagen wir in einer Stunde? Um fünf?«

»Vielleicht eher gegen halb sechs«, sagte Tina leise zu Cullie, wandte dann den Blick ab und drehte sich zum Fenster.

Die Pine Street wirkte abgesehen von einem älteren Paar in Regenmänteln, das den Gehweg hinunterlief, verlassen. An ihren zu Fäusten geballten Händen baumelten prall mit Lebensmitteln gefüllte Plastiktüten. »Alles klar. Sieht aus, als gäb's da oben eine kleine Pizzeria.« Shelby deutete auf ein rechteckiges rotes Schild, das über der Tür eines umfunktionierten Bankhauses hing. »Wir könnten uns dort treffen.«

»Mama Pott's.« Cullie las laut vor, was auf dem Schild stand. »In Ordnung, geht klar.«

Shelby öffnete die Wagentür und atmete die frische Luft am Lake Superior ein, die sie an zu Hause erinnerte. Die Seeluft fühlte sich kühl auf ihrer Haut an und war mit dem erdigen Duft nach Harz, Kiefern und Sommerregen gesättigt. Sie schüttelte ihre Beine aus, die steif waren von der langen Fahrt, griff nach ihrer Handtasche und dem Notebook und stieg aus dem Transporter.

Cullie und Tina verabschiedeten sich eilig von Shelby und Ryan und ließen ihnen gerade genug Zeit, um auf den Bordstein zu treten, bevor sie die Pine Street hinunterrauschten, an der ersten Ecke abbogen und verschwunden waren.

»Das ist also Tamarack«, sagte Ryan und sah sich um, um sich bei diesem ersten von mehreren Zwischenstopps auf ihrer Reise zu orientieren.

»Ich bin seit *Jahren* nicht mehr hier gewesen, und auch damals sind wir nur hier durchgefahren.«

»Ich bin froh, dass du dabei bist. Ich denke, dass die Leute mit dir sehr viel offener reden werden als mit mir in der ersten Interviewrunde.«

»Ich hoffe es. Aber sag mal … ganz was anderes … Wusstest du über die beiden Bescheid, bevor sie sich für dieses Projekt gemeldet haben?«, fragte sie ihren Mann.

»Cullie und Tina?«

Shelby nickte.

»Nein, absolut nicht.«

Sie spähte die Straße hinunter und konnte den Lake Superior erkennen, der in der nahen Ferne glitzerte, gleich hinter der Biegung der Straße, wo die Pine Street nach Norden abknickte. »Was für ein merkwürdiges Paar.«

»Das haben manche auch über uns gesagt«, neckte er sie.

»Jetzt sind wir wieder in meinem Revier. Versuchen wir die Medien mal zu vergessen.«

»Shelby, hast du schon vergessen, dass *wir* heute die Medien sind?«

Sie lachten und wärmten ein paar Geschichten auf, die sie während der Autofahrt gehört hatten: Tinas Erzählungen aus ihrer Zeit als Ersatzsängerin auf einem Kreuzfahrtschiff in den Bahamas sowie Cullies anschauliche Anekdoten darüber, wie er in Las Vegas bei seinem alleinerziehenden Vater aufgewachsen war.

»Da glaubt man, jemanden zu kennen«, sagte Ryan mit einer Stimme, die sie beide zum Lachen brachte. Die Luft schien den Klang ihres Gelächters über die ansonsten ruhige Straße zu tragen.

Shelby bemerkte, dass ein bärtiger Mann in einem ärmellosen Hemd, weiten Jeans und orangefarbenen Hosenträgern am Eingang einer nahe gelegenen Bar stehen geblieben war und sie neugierig betrachtete.

»Sieh jetzt nicht hin, aber wir werden beobachtet«, flüsterte sie und stieß Ryan leicht an.

Doch Ryan nickte dem Mann zu, was den dazu brachte, den Blick abzuwenden und weiterzugehen.

»Ich muss mir mal ein bisschen die Beine vertreten«, sagte Ryan und betrachtete neugierig das umliegende Stadtzentrum. »Hast du Lust auf einen Spaziergang?«

»Ich würde gern, aber ich bin ziemlich erledigt – und mir ist ein bisschen schwindelig«, gab sie zu und hoffte, dass sie nicht krank geworden war. »Ich habe auf der Fahrt hierher nicht viel gegessen, ich bin sicher, das ist der Grund. Hast du auch Hunger?«

»Nein, aber ich leiste dir Gesellschaft. Wie wär's, wenn wir in das Lokal da an der Ecke gehen, das wir gerade gesehen haben … Wie hieß es noch gleich?« Er blickte auf das rote Schild. »Mama Pott's.«

»Das musst du nicht. Es geht mir gut.« Sie standen vor einem Gebäude, über dessen verwitterter Tür ein Schild hing. Nur das Wort BAR stand darauf. Etwas an seiner Schlichtheit erregte ihr Interesse. *Zumindest könnte das später für eine gute Geschichte sorgen*, dachte sie.

»Geh doch ein bisschen spazieren, und ich suche mir da drin einen Tisch. Wenn du fertig bist, treffen wir uns dort.«

»Es ist erst Nachmittag, und du steuerst schon die nächste Kneipe an?«, fragte er und schüttelte grinsend den Kopf. »*Auch* eine Art, sich von den Strapazen der Reise zu erholen.«

»Betrachte es als Forschungsarbeit. Du weißt doch, am besten lernt man eine kleine Stadt kennen, indem man die Kneipe an der Ecke besucht, stimmt's?«

»Das muss ich dir wohl glauben.«

»Außerdem kann ich das als den dreihundertsten Grund

verbuchen, warum ich die perfekte Hilfe bei der Erledigung dieser Aufgabe bin.«

»Das bist du.« Ryan strich ihr sanft über die Wange, zog sie an sich und küsste sie flüchtig auf den Mund. »Ruf mich an, wenn du etwas brauchst. Hast du dein Handy?«

Sie durchsuchte ihre Handtasche, bis sie das Handy gefunden hatte, das er ihr geschenkt hatte, nachdem sie gerade nach Chicago gezogen war. Sie benutzte es nur selten, und meistens war es nicht mal aufgeladen. Shelby hatte kein Interesse daran, ständig online oder von einem Gerät abhängig zu sein, aber sie wusste, dass es Ryan wichtig war, in Verbindung zu bleiben.

Ryan ging allein die Straße hinunter, und Shelby schob ihr Handy in die Handtasche zurück und näherte sich der Bar. Als sie die schwere Tür aufzog, wurde sie von dem beißenden Geruch nach mit Bier getränktem Holz, Bratfett und abgestandenem Rauch begrüßt, der noch in den dicken Falten der Vorhänge hing, die das Sonnenlicht aus der Kneipe verbannten. Eine Ballade der Rolling Stones drang leise aus den Lautsprechern, die in allen vier Ecken des Raumes angebracht waren. Als sie sich der Theke näherte, bemerkte Shelby, dass ein beeindruckendes Motiv aus der Seefahrt in die Kante geschnitzt war. Die Holzdielen knarrten bei jedem Schritt, als liefe sie über das Deck eines alten Fischerbootes.

Außer ihr und dem Barmixer befanden sich nur eine Handvoll Leute in der Kneipe. Die meisten saßen zusammen an dem Tisch, der dem Fernseher am nächsten stand, und sahen sich ein Spiel der Brewers an.

»Hey«, sagte der Barmixer hinter der hohen Theke.

»Hey«, antwortete Shelby, blickte dem Barmann über die Schulter und las einen Satz, der auf der Kreidetafel hinter ihm stand. *Fragen Sie nach Craft-Bieren*. »Okay, ich bin zu jeder Schandtat bereit«, sagte sie zu ihm. »Was können Sie mir zu Craft-Bieren erzählen?«

Er gab ihr Lächeln mit einem wissenden Nicken zurück und antwortete: »Also, um es mal zurückhaltend auszudrücken: Ich bin ziemlich besessen von Craft-Bieren aus Wisconsin. Übrigens auch von dem Gesöff aus Minnesota. Bei mir stehen immer ein paar Flaschen kalt, falls jemand mal probieren will. Mal was anderes.«

»Ich bin dabei.«

»Ausgezeichnet«, sagte er und bückte sich, um den Kühlschrank unter der Theke zu öffnen. »Mal sehen ... heute habe ich New Glarus Totally Naked, Hopalicious von Asylum, ein paar Flaschen Lift Bridge Hop Dish aus Stillwater – und ein Fatty Boombalatty.«

Während die meisten sich für den einzigartigen Geschmack von Craft-Bieren interessierten, waren es in Shelbys Fall die interessanten Namen, die ihr die größte Freude bereiteten. »Ich probiere das Letzte.« Shelby stellte ihre Handtasche ab und spähte über die Theke, um zu sehen, was er aus dem Kühlschrank holen würde.

»Boombalatty?«

»Genau.«

Er stellte eine braune Flasche mit jeansblauem und gelbem Etikett vor ihr hin. Nachdem sie bezahlt hatte, hob sie die Flasche in seine Richtung, sagte: »Danke«, schnappte sich ihre Tasche und suchte sich einen freien Tisch.

In dieser namenlosen Spelunke fühlte Shelby sich wohler als in den vornehmen Restaurants und Clubs, die sie in Chicago mit Ryan besuchte. Diese Lokale waren schön, und das Essen war unglaublich gut. Aber größeren Gefallen fand sie an den bunt zusammengewürfelten Bierdeckeln aus Pappe, in die die Namen örtlicher Biere geprägt waren, an einfachen Gerichten zum Dinner und holzvertäfelten Wänden, die von merkwürdigen Andenken und alten Fotografien geschmückt waren – alles grundlegende Bestandteile der Orte, die sie kennengelernt hatte, als sie in dieser Gegend aufgewachsen war.

Shelby trank ein paar Schlucke Bier, schob dann die Flasche beiseite, öffnete ihr Notizbuch und entnahm ihm den da hineingeschobenen Steckbrief : *Mr Helge Wilmer – Wilmer Fishery.* Die Crew sollte Mr Wilmer genau um fünf Uhr am nächsten Morgen unten an seinem Bootsanleger treffen, um ihn und seinen Enkelsohn zu begleiten, wenn sie draußen auf dem See nach Weißfisch angelten. Sie las noch einmal Ryans Notizen auf dem Steckbrief, die besagten, dass die Familie Wilmer seit 1960 in dieser Gegend Fischerei betrieb. Die Familie existierte seit fünf Generationen – über einhundert Nachkommen, alle in ein und derselben Gemeinde geboren und aufgewachsen – und führte noch heute vier Haushalte in Tamarack. Als ältestes lebendes Familienmitglied war Mr Wilmer so etwas wie das wandelnde Geschichtsbuch der Stadt.

Shelby suchte in ihrer Handtasche nach einem Stift, als wie aus dem Nichts eine Frau auftauchte und die Hände auf die Lehne des Stuhls legte, der Shelby gegenüber auf der anderen Seite des Tisches stand.

»Dieser Platz ist wohl schon besetzt?«, fragte die Frau, aber eigentlich war es keine Frage. Sie hatte ein derbes, vom Wetter gegerbtes Gesicht in der Farbe von Tee mit Milch, und ihr aschgraues Haar war lose zu einem Zopf gebunden, der ihr wie ein Seil über den Rücken hing. Plötzlich breitete sich ein Lächeln auf ihrem Gesicht aus, so strahlend wie ihr oranges T-Shirt mit der Aufschrift *Go Jump in the Lake.*

»Eigentlich warte ich auf meinen Mann.« In Anbetracht der Art und Weise, wie sie Jenna vor annähernd einem Jahr in einem Sandwichladen in Chicago kennengelernt hatte, und angesichts des Vertrauensbruchs im Anschluss daran, hatte Shelby ihre Lektion gelernt. Mit schmalen Augen, geballten Fäusten und gestrafften Schultern errichtete Shelby eine Mauer um sich; auf weitere Zufallsbekanntschaften würde sie sich nicht einlassen. »Der Platz ist besetzt.«

Ohne Shelbys Worten die geringste Beachtung zu schenken, zog die ältere Frau den Stuhl mit lautem Schleifen über den Fußboden vom Tisch ab und pflanzte sich darauf. Dann drehte sie sich zur Theke, hob den Arm und schnippte mit den Fingern nach dem Barmixer. Sobald sie seine Aufmerksamkeit erregt hatte, zeigte sie auf die leere Stelle auf dem Tisch vor sich. Sofort brachte der Barmixer einen Korb mit Kartoffelchips und etwas, das wie ein Glas Bourbon auf Eis aussah.

»Bernice«, sagte die Frau zu Shelby, bevor sie sich ein paar Chips in den Mund steckte und quadratische, unter dem Schmelz leicht graue und von Nikotin verfärbte Zähne entblößte. »Und du bist …?«

»Ich heiße Shelby.« Sie suchte in Bernice' Augen nach einem Zeichen des Erkennens. Als sie in Bayfield aufgewachsen war, hatte sie es genossen, die Bekanntschaft von Leuten wie Bernice zu machen. Gesellige Menschen aus dem Mittleren Westen, die gern Geschichten hörten, Kontakte knüpften und die es liebten zu entdecken, wie jemand »tickte«. Doch seit sie nach Chicago gezogen war, hatte sie gelernt, wie wichtig es war, ihre Privatsphäre zu schützen. Vollständig begriffen hatte sie es erst, nachdem sie Jenna begegnet war. Shelby blickte zur Tür, denn sie wusste, dass sie beim ersten Anzeichen dafür, dass Bernice in ihrem Eheleben herumstochern wollte, sofort gehen musste.

»Was für ein Name ist Shelby? Kommst du aus der Gegend?«

»Ich bin nördlich von hier aufgewachsen.«

»Porcupine Lake?«

Sie scheint mich nicht zu kennen, dachte Shelby erleichtert. »Bayfield.«

»Ah, Bayfield«, sagte Bernice und lehnte sich auf ihrem Stuhl zurück. »Dann kennst du Red Cliff.«

»Ja, natürlich.« Red Cliff war eine Gemeinschaft von Indianern am Ufer des Sees im Norden von Bayfield.

Das Eis schwamm in dem Bourbon und stieß klirrend gegen das Glas, als Bernice den ersten großen Schluck trank. Sie stellte das Glas neben der Schüssel mit den Chips ab und versuchte vergeblich, in ihren Hängebacken einen Rülpser zu ersticken. Sie lächelte, und es wirkte keinesfalls, als wollte sie um Verzeihung bitten.

»Ich habe eine Nichte, die in dem neuen Casino dort arbeitet. Glaube ich jedenfalls. Hab sie schon eine ganze Weile nicht mehr gesehen …«, sagte Bernice. »Der da drüben, das ist ihr Sohn, hinter der Theke. Nelson.«

Shelby nickte und blickte in seine Richtung.

»Alle *lieben* Nelson«, fügte Bernice hinzu, bevor sie einen weiteren Schluck trank und ihre Finger wieder in die Schüssel mit den Chips schob. »Das liegt an seinen braunen Augen. Ein zuverlässiger Junge, wirklich, das ist er.«

Shelby blickte den jungen Mann an, der mit einem gestreiften Handtuch ein Bierglas abtrocknete. Er musste es bemerkt haben, denn er hob den Kopf, ihre Blicke trafen sich, und er lächelte.

»Emmit, mein Mann, hatte jedenfalls blaue Augen. Blaue Augen, die so groß und strahlend waren, dass es beinahe aussah, als würde er in seinem Kopf zwei kleine Rotkehlcheneier ausbrüten. Schon komisch. Aber er war ein Mann fürs Leben, ein feiner Kerl.«

Shelby hob ihr Bierglas an die Lippen, doch dann überlegte sie es sich anders. Eine Welle leichter Übelkeit überkam sie. Sie stellte die Flasche wieder auf den Tisch und schob sie von sich. Vielleicht lag es am Bier oder an dem Geruch nach feuchten Kartoffelchips in Bernice' Atem. *Langer Tag,* dachte sie bei sich, denn sie hatte sich schon während der Reise zwingen müssen, sich nicht zu übergeben. »Hat mich gefreut, dich kennenzulernen, Bernice, aber ich muss jetzt los.«

Als Shelby ihren Stuhl zurückschob, fragte Bernice: »Würdest du, bevor du gehst, nicht gern mit mir über deine Kinder sprechen?«

»Tut mir leid. Ich glaube, du verwechselst mich mit jemandem.« Shelby legte die Aufzeichnungen für das Interview in ihr Notizbuch zurück und schob sich den Riemen ihrer Handtasche auf die Schulter. »Ich habe keine Kinder.«

»Oh, nein, ich irre mich nicht«, sagte Bernice im Brustton der Überzeugung. »Ich habe einen ausgeprägten Sinn für die Kraft von Stammbäumen, und ich spüre, dass die Beziehung zu deinem Mann eine starke Basis hat. Da du mit einem Mann verheiratet bist, der im Licht der Öffentlichkeit steht und dich anhimmelt, frage ich mich, warum du hier sitzt und mit einer alten Frau etwas trinkst.«

Stammbäume?

Shelby wusste nicht, ob sie Bernice richtig verstanden hatte. Sie hatte etwas in ihrer Miene gesehen, als sie Stammbäume erwähnt hatte – als ob sie irgendwie wüsste, dass Shelby in der Apfelplantage ihrer Großeltern schon immer eine Metapher für die Familie gesehen hatte. Shelbys Intuition sagte ihr, dass sie ihre Erfahrungen in Chicago, wo Fotografen Grenzen überschritten und ihr Privatleben an die Öffentlichkeit gezerrt hatten, hinter sich lassen sollte. Stattdessen sollte sie wieder auf die den Menschen innewohnende Güte vertrauen. Denn so war sie aufgewachsen.

Shelby stellte ihre Sachen zurück auf den Tisch und setzte sich wieder.

»Du bist also aus Bayfield?«, fuhr Bernice fort.

Shelby nickte und griff nach ihrer Bierflasche – nicht, um zu trinken, sondern um ihre Hände zu beschäftigen.

»Mmh«, sagte Bernice und nickte. »Aber du lebst nicht mehr dort.«

»Ich bin verheiratet«, sagte Shelby nur. »Wir sind aus Illinois hergekommen.«

»Ja. Du gehörst zu dem Filmteam, stimmt's?«

Shelby nickte erneut. »Aber was die Kinder betrifft, irrst du dich. Nicht jeder Frau ist es bestimmt, Mutter zu werden.«

»Das ist richtig. Das ist absolut richtig«, sagte Bernice. »Aber du *bist* dazu bestimmt.«

»Ich habe kein Kind.«

»Dass er nicht in deinen Armen liegt, bedeutet nicht, dass er nicht hier ist.«

Shelby seufzte. *Das ist ja verrückt.*

»Warst du schon unten am Wasser?«, fragte Bernice und wechselte zum Glück das Thema.

»Noch nicht.«

»Hm. Das überrascht mich. Fühlst du dich nicht dort hingezogen?«

»Doch natürlich. Geht das nicht jedem so?«

Bernice schwieg.

»Wir fahren morgen mit dem Boot hinaus.«

»Ah.« Bernice hob ihr Glas, ließ das Eis darin kreisen und hörte zu, wie es an die Innenseite des Whiskyglases stieß und leise klirrte, wie ein Glockenspiel im Wind. »Hast du schon mal von einer Frau namens Louisa May Alcott gehört?«, fragte Bernice und hob ihren Drink an die Lippen.

So viele Fragen! Shelby merkte, wie geschickt Bernice den Spieß umgedreht hatte. Eigentlich war sie in diese Stadt gekommen, um Interviews zu führen, doch nun war sie es, die befragt wurde und Antworten auf sämtliche Fragen gab. *Louisa May Alcott?* Geduldig wartete Bernice auf ihre Antwort.

»Lebt sie hier in der Stadt?«, fragte Shelby.

»Nö.«

Es dauerte einen Moment, bevor sie begriff. Die Junior-Highschool. Das mit Büchern beladene Regal in ihrem Kinderzimmer. »Die Autorin?« Shelby erinnerte sich, dass sie mit dreizehn oder vierzehn Alcotts *Kleine Frauen* gelesen hatte. Ihre Großmutter hatte ihr das Buch empfohlen. In einem Erinnerungsblitz sah Shelby ihr jüngeres Selbst auf der Couch neben ihrer Großmutter sitzen und die Geschichte der March-Mädchen vorlesen. Sie wechselten sich beim Lesen ab, nach einigen Seiten gab die eine das Buch an die andere weiter. Wenn ihre Großmutter vorlas, saß Shelby dicht neben ihr und lauschte der Geschichte, während sie zusah, wie das Feuer im Kamin flackerte. Shelby sehnte sich nach der Zeit zurück, als es nur sie drei gegeben hatte – ihre Großeltern und sie selbst – und als das Leben einfacher gewesen war.

»Ja, die Autorin. Sie hat auch Gedichte geschrieben.«

»Das wusste ich nicht.« Shelby fragte sich, worauf das Gespräch hinauslaufen würde. Sie blickte über die Schulter zur Tür. Noch immer keine Spur von Ryan.

»›Wie der stille Abendmond/Schaut auf den See im Wind/ Wacht der Mutter Antlitz sanft/Über dich, mein Kind‹«, trug Bernice in sanftem Tonfall vor und blickte Shelby dabei unverwandt in die Augen.

»Das ist hübsch, aber ich weiß nicht, was das zu tun haben soll mit …«, begann Shelby, doch Bernice fiel ihr ins Wort.

»Diese Worte wurden vor über einem Jahrhundert geschrieben, und dennoch treffen sie heute auf dich zu. Sie sind wie für dich gemacht.«

Du fühlst dich zu diesem See hingezogen wie ein Kind zu seiner Mutter. Der Mond ist immer für dich da wie eine Mutter. Er scheint auf dich und auf die Wasser von Lake Superior. Er kümmert sich um diejenigen, die du liebst, während du dein Leben in Trauer verbringst. Und in Angst.«

»Wie bitte?« Shelby lachte in sich hinein und wedelte mit der Hand, als wollte sie die Vorstellung verscheuchen, die Bernice' Worte ihr heraufbeschworen. »Ich habe keine Angst.«

»Und der Mond wird für dich da sein, wenn du dein erstes Kind zur Welt bringst. Wenn du ihn brauchst, wartet er am See auf dich. Wenn du nach Antworten suchst, geh zu ihm«, sagte Bernice, bevor sie vorsichtig ihren Stuhl vom Tisch abrückte und sich erhob. Vor Shelby blieb sie stehen, neigte den Kopf leicht zur Seite, nickte wissend und legte ihr schließlich sanft eine Hand auf die Schulter. »Hey, du siehst aus, als hättest du ein Gespenst gesehen. Mach dir keine Sorgen, und glaub bloß nicht, dass ich irgendeine verrückte alte Wahrsagerin bin. Ich habe dir nur Unfug erzählt, Herzchen.«

Bernice nahm ohne ein weiteres Wort die Hand von Shelbys Schulter. Sie schwang die Arme im Rhythmus ihrer Schritte, als sie zur Bar schlenderte und dem Barmixer zurief: »Bleib sauber, Nelson!« Damit setzte sie ihren Weg zur Tür fort.

Shelby blieb allein in ihrer Ecke vor der schaumigen Neige ihres Boombalatty zurück, völlig entgeistert angesichts dieser Begegnung mit einer verschrobenen, liebenswerten Frau und der Vorstellung, dass ein Gedicht aus dem 19. Jahrhundert über den Mond angeblich ihr Leben widerspiegelte. Als sie über den Tisch blickte, sah sie, dass Bernice ein gefaltetes Exemplar der örtlichen Wochenzeitung neben ihrem leeren Glas zurückgelassen hatte. Die Schlagzeile war nur teilweise zu lesen: »Chambers besucht … *Das war es also*, dachte Shelby. Ihr Zwischenstopp in Tamarack hatte es in die Zeitung geschafft, und Bernice hatte die Gelegenheit genutzt, um ihr Spielchen mit ihr zu treiben.

Als Bernice die Tür erreichte, betrat Ryan die Kneipe. Sie stand ihm von Angesicht zu Angesicht gegenüber. Bernice zögerte einen Augenblick, dann warf sie einen Blick über die Schulter und nickte Shelby vielsagend zu.

10

Nebel und Wellen

Nach einigen Tagen auf Tour hatten Shelby, Ryan, Tina und Cullie ihren Rhythmus gefunden. Schnell einen Kaffee und ein kleines Frühstück in einem Imbiss – in jedem Ort auf ihrer Route gab es einen –, und dann auf zum Ort des nächsten Interviews, den sie am Abend zuvor erkundet hatten. Cullie und Tina kümmerten sich um die Ausrüstung, und Ryan stellte die Kamera ein, während Shelby ihre Notizen durchging und in letzter Minute Änderungen vornahm, bevor der Interviewpartner auftauchte.

An diesem Morgen stellten sie den Transporter am Hamilton Beach ab und warteten auf Beth Dillard, die zum Interview erscheinen sollte. Niemandem schien es Sorge zu bereiten, dass die Sicht auf den See unter einem Morgennebel verschwunden war, der so dicht wie ein Leichentuch war. Da sie früh gekommen waren, ging Ryan sogar hinunter an den Strand und verschwand im Dunst, während die anderen im Lieferwagen blieben.

»Ich habe gestern Abend das Filmmaterial überprüft. Wir haben da ziemlich gutes Zeug«, meinte Cullie, bevor er nach seinem in Folie eingewickelten, vor Eigelb und Mayonnaise triefenden Eiersandwich griff und einen herzhaften Bissen davon nahm.

»Ekelhaft«, schimpfte Tina und hielt ihm eine Papierserviette hin. Sie hatte sich in den Beifahrersitz gelümmelt, ihre schlanken Beine ausgestreckt und die nackten Füße auf der Konsole abgestützt. Tina hielt einen Pappbecher mit Kaffee in der Hand und starrte in den Nebel, der den Van einhüllte wie eine feuchte Wolldecke. Shelby hatte sehr bald herausgefunden, dass Tina sich regelmäßig in diesem Zustand morgendlicher Gereiztheit befand, bis das Koffein zu wirken begann und ihre Persönlichkeit auf lau erwärmte.

»Mein Lieblingsinterview bisher war Wilmer, der Fischer aus Tamarack. Wenn man ihn so sieht, würde man es nicht glauben, aber, *verdammt,* er ist ein Lexikon auf zwei Beinen über alles, was den See betrifft«, sagte Cullie.

»Das stimmt«, pflichtete Shelby ihm bei, die auf der Rückbank saß, kleine Stücke aus ihrem Cranberry-Muffin zupfte und sie sich in den Mund steckte. Irgendetwas war mit diesem Nebel. Sie konnte nicht aufhören, durch das Wagenfenster zu starren. Sie stellte sich vor, wie Bernice aus dem Nebel heraustrat, das geflochtene Haar fiel ihr über den Rücken, und ein Gedicht über den Mond vortrug, der »all deine Wolken verjagen« konnte. Shelby hatte Ryan nichts von ihrer Begegnung mit Bernice erzählt. Wie auch, wo sie doch selbst kaum verstand, was vorgefallen war?

»Ich kam mir vor, als säße ich wieder auf der Schulbank. Eigentlich sollte der Typ Professor sein oder so was«, sagte Cullie bewundernd.

»Er ist ungefähr … achtzig Jahre alt«, brummte Tina.

»Ja, aber er benimmt sich nicht so«, erwiderte Cullie. »Was er alles über die ökologischen Veränderungen des Sees weiß. Die Auswirkungen auf das Fischereiwesen hier in der Gegend. Himmel. Ich hatte ja keine Ahnung.«

Helge Wilmers Beschreibung der Auswirkungen des Klimawandels auf den Lake Superior und die Great Lakes hatte Shelby nicht überrascht. Sie hatte ihren Großvater und seine Kumpel, mit denen er fischen ging, seit Jahren davon reden hören. Dennoch war es herzzerreißend. Während des Interviews hatte Mr Wilmer ihnen erklärt, wie groß der Stress war, den die veränderten Umweltbedingungen den Seen bereiteten. Die Wassertemperatur erhöhte sich auf ein Niveau, das vorteilhaft für invasive Arten war und die Feuchtgebiete an der Küste austrocknete, die als Schmutzfilter dienten. Und immer häufiger gab es Stürme. All das beeinträchtigte die Fischereibetriebe und gefährdete auch Mr Wilmers Existenzgrundlage.

Immer noch hüllte der Nebel den Lieferwagen ein, und nichts deutete darauf hin, dass er sich verziehen würde. In dem Gefährt war es warm, zu warm. Die Luft stand und roch streng nach Eiern und Cullies »Glückssocken«, die er als Teil eines seltsamen Aberglaubens nur am Ende der Dreharbeiten einmal wusch, wie sie am Abend zuvor erfahren hatte.

»Hey, Tina, würde es dir was ausmachen, Beth anzurufen? Sag ihr, dass wir die Aufnahme noch ungefähr um eine Stunde verschieben, bis der Nebel sich verzogen hat. Sicher versteht sie das«, sagte Shelby, als sie die Wagentür öffnete.

»Klar«, sagte Tina, verzog das Gesicht und machte deutlich, dass sie so früh am Morgen nicht zu Gesprächen aufgelegt war.

»Wohin des Wegs?«, fragte Cullie. Von seinem Sandwich war nur noch eine Spur Eigelb auf seinem Kinn übrig geblieben.

»Ein bisschen frische Luft schnappen und mal sehen, ob ich Ryan finde«, sagte Shelby. »Dauert nicht lange.«

Wegen des Nebels konnte sie das Ufer nicht erkennen, aber sie hörte die Wellen, die sich auf dem Sand brachen. Sie ging auf das Geräusch zu und genoss das Gefühl des kühlen Dunstschleiers auf ihrer Haut. Es half ihr dabei, einen klaren Kopf zu bekommen.

Sie lief eilig über den schmalen Strand ans Ufer. Von dem riesigen See waren nur schaumige Wellen zu erkennen, die auf den Kieselsteinen des Ufers ausrollten. Auf die Wasserfläche konnte sie kaum einen Steinwurf weit hinausblicken, bevor der Nebel ihr die Sicht nahm. Sie blickte über die Schulter und konnte den Lieferwagen nicht mehr sehen, und auch von Ryan gab es keine Spur. Sie rief nicht nach ihm, denn sie wollte eine Weile allein sein.

Sie setzte sich auf den Strand und fuhr mit den Fingern durch die feinen Sandkörner, zeichnete Wirbel und Muster um ihre überkreuzten Beine. Plötzlich fiel ihr auf, dass sie zum ersten Mal seit Wochen allein war.

Es dauerte nicht lange, da erwärmte die Sonne die Morgenluft, sodass der Nebel vom Wasser aufzusteigen begann. Shelby hob eine Handvoll Sand auf und ließ ihn zwischen den Fingern hindurchrieseln. Eine neue Idee nahm in ihrem Geist Gestalt an. Hinter der Geschichte der Großen Seen steckte mehr. Sie stand auf, wischte sich den Sand von den Kleidern und lief zurück zum Wagen. Auf einmal wusste sie, wie sie das Projekt aufziehen mussten, damit es ihrem Großvater wirklich Ehre machte. Anders als angebliche Journalisten wie Jenna wusste Shelby, dass sie es besser machen konnte. Denn wenn es auf Wahrheit beruhte, besaß das geschriebene Wort immer die Macht, eine positive Wirkung zu entfalten.

11

Rette sich, wer kann

Einige Wochen nach dem Ende der Filmaufnahmen und der Rückkehr nach Chicago fühlte sich Ryans und Shelbys neues Leben als Ehepaar viel aufregender und echter an. Ihre Reisen waren vorüber, und sie hatten sich in seiner Wohnung eingerichtet. In *ihrer* Wohnung.

Ryan war früh aufgestanden und betrat nun wieder das spärlich beleuchtete Schlafzimmer. Er rechnete damit, dass Shelby bereits wach war. »Gute Nachrichten, Shelby, wir haben alles geschafft! Ich habe gerade mit Cullie telefoniert. Er hat das gesamte Filmmaterial erfasst – von Tamarack bis Grand Marais –, und heute werden wir alle …«

»Stopp«, unterbrach sie ihn. »Bleib lieber da drüben. Heute Morgen willst du mich ganz bestimmt nicht küssen«, stöhnte Shelby, drehte sich auf die Seite und zog sich die Steppdecke bis unter das Kinn. »Ich glaube, ich habe die Grippe.«

»Tatsächlich?« Er trat an ihre Seite des Bettes, ein Glas mit Ginger-Ale in der Hand. »Heute ist ein großer Tag. Wir müssen ins Studio, schon vergessen? Der Schauspieler, den wir engagiert haben, nimmt heute die Off-Kommentare auf. Voice-over für das Drehbuch, das *du* geschrieben hast. Das willst du doch nicht verpassen.«

»Im Ernst, ich fühle mich schrecklich.« Sie wandte sich von

Ryan ab und drehte sich auf die andere Seite. »Komm mir bloß nicht zu nahe.«

Er stellte das Ginger-Ale auf ihren Nachttisch und setzte sich zu ihr auf das Bett. »Das Risiko gehe ich ein.«

Nun zog sie sich die Decke über den Kopf und stöhnte darunter hervor. »Geh. Weg. Rette dich, solange du noch kannst.«

Durch das Bettzeug hindurch rieb er ihr den Rücken. »Du hast keine Grippe, Shel.«

Sie stöhnte.

»Und auch keine Lebensmittelvergiftung«, fügte er hinzu.

»Ich bin mir ziemlich sicher, dass es ansteckend ist. Macht ohne mich weiter.«

Er zog eine Ecke der Bettdecke weg, gerade weit genug, um zu sehen, dass sie den Kopf tief in ihr Kissen vergraben hatte. »Du bist schwanger.«

Shelby riss die Augen weit auf, warf die Decke von sich und flitzte ins Bad. Ryan schüttelte den Kopf, als er hörte, dass seine Frau erneut von Übelkeit heimgesucht wurde wie schon an den Tagen zuvor. Er wusste aus Erfahrung, dass sie innerhalb einer Stunde wieder auf die Beine kommen, den ganzen Tag müde sein und sich vor Geflügel ekeln würde.

Seine Mutter hatte die Zeichen der Schwangerschaft erkannt, nicht Ryan selbst. Vor einer Woche war Charlotte vorbeigekommen und hatte behauptet, »gerade in der Gegend« gewesen zu sein, was eindeutig nicht stimmte. Die ganze Zeit hatte sie Bemerkungen über ihre Wohnung und deren allmähliche Verwandlung von einer Junggesellenbude in das Heim einer Familie gemacht. Ryan hatte es nicht eilig, und Shelby hatte bisher überhaupt kein Interesse daran gezeigt, aber Charlotte schien es als ihre Aufgabe anzusehen, ihnen bei der Lieferung eines neuen Teppichs zu »helfen« oder ihnen eine Vase mitzubringen, die ihr in ihrem Lieblingsgeschäft auf der Michigan Avenue ins Auge gefallen war. Wenn Ryan oder Shelby sie auch nur im Geringsten ermutigt hätten, hätte Charlottes Innenarchitekt innerhalb weniger Stunden auf ihrer Matte gestanden.

»Es ist sonnenklar. Du siehst es an ihrem Teint, William. Shelby ist schwanger, so sicher, wie jeden Morgen die Sonne aufgeht«, hatte seine Mutter im Flur zu ihm gesagt, nachdem Shelby sich verabschiedet hatte und ins Schlafzimmer gegangen war, um sich hinzulegen.

»Schwanger?«, flüsterte Ryan verblüfft.

»Deinem Gesichtsausdruck nach zu urteilen, war das nicht geplant?«

»Ähm, nein, ich meine, wir wollten immer, aber … nein, eigentlich nicht.« Er fuhr sich mit der Hand durchs Haar und dachte an die vergangenen Wochen zurück. Hatte er die Symptome bemerkt? Hatte *sie* sie bemerkt? Shelby hatte nie erwähnt, dass ihre Regel auf sich warten ließ oder sonst etwas, das ein klares Zeichen gewesen wäre. Tatsächlich hatte sie ihn sogar verspottet, wenn er das Gespräch auf ihre zukünftige Familie brachte. Es überraschte ihn, dass eine Frau mit Shelbys natürlicher Begabung, sich um andere zu kümmern und Zugang zu Kindern zu finden, nicht daran dachte, eines Tages ihre eigenen Kinder großzuziehen.

»Mm-hm«, sagte Charlotte mit vielsagendem Blick. Sie platzierte ihre Handtasche auf den Tisch im Flur und begab sich geradewegs in Ryans und Shelbys Küche. Mit verwirrter und zugleich begeisterter Miene lief er hinter ihr her, und Charlotte fing an, in der Küche zu stöbern, bis sie zwei Dosen Ginger-Ale und eine Dose Water Cracker fand. »Bring ihr das hier. Sorge dafür, dass sie langsam etwas isst, bevor sie morgens einen Fuß aus dem Bett setzt. Glaub mir, das hilft. Die Übelkeit hört bald auf, und sie wird wieder ganz die Alte sein. Wenn es so weit ist, besorg ihr alles, was sie will, um sich und das Baby zu ernähren. Als ich mit dir schwanger war, konnte ich nicht genug von Müsliriegeln bekommen.«

Ryan nahm das Ginger Ale und die Cracker, aber er rührte sich nicht vom Fleck. »Müsliriegel?«

»Nun geh schon«, sagte seine Mutter und wedelte mit den Armen, um ihn aus der Küche zu scheuchen. »Ich finde selbst hinaus. Du wirst Vater, also geh und kümmere dich um deine Familie!«

Shelby tapste langsam aus dem Badezimmer und sah elend aus.

»Besser?«, fragte Ryan.

»Ich bin *nicht* schwanger.«

»Aber ist es nicht schon eine ganze Weile her, dass du deine letzte … *du weißt schon* … hattest?«

»Seit wann kennst du dich so gut damit aus?« Sie legte sich wieder ins Bett und schüttelte ihr Kissen auf, bevor sie den Kopf darauf bettete. »Tut mir leid. Ich wollte nicht unfreundlich zu dir sein.«

»Aber, wäre es möglich?«

Sie stöhnte und starrte mit ausdruckslosem Blick an die Schlafzimmerwand, wobei sie offensichtlich in ihrem Kopf Berechnungen anstellte. Plötzlich passten die Teile des Puzzles zusammen. Schließlich drehte sie sich auf den Rücken und blickte zu Ryan auf, der auf dem Rand des Bettes neben ihr saß. Seufzend nannte sie ein mögliches Datum.

»Das ist jetzt wie lange her?«, fragte er sich laut und zählte im Stillen die Wochen.

»Ungefähr neun Wochen. Mehr oder weniger«, sagte sie, bevor er selbst zu demselben Schluss kam.

»Shelby, das ist ja wundervoll!« Er beugte sich über sie, um sie auf den Mund zu küssen, denn er konnte seine Begeisterung nicht mehr zurückhalten.

»Wirklich?«

»Was denn?«

»Nichts«, sagte sie, und ihr Lächeln spiegelte sein Glück wider.

Zärtlich legte er ihr eine Hand auf den Bauch. »Ein Baby!«, sagte er staunend, riss eine Dose Ginger-Ale auf und reichte sie Shelby.

»Ein Baby«, wiederholte sie leise.

»Ein Baby!«, kreischte Ginny ins Telefon, als Shelby sie später an dem Tag anrief, um ihr die Neuigkeit mitzuteilen. »Ich kann es nicht glauben. So bald! Ich meine, nicht *zu* bald natürlich, es ist nur … Meine Güte, ich werde Großmutter!«

»Also, Gran, streng genommen bist du eher die …«

»Psst! Ich bin viel zu jung, um *Ur*großmutter zu werden, Shelby. Wage es nicht, deinem Baby beizubringen, mich Uroma zu nennen. Nein, nein, da müssen wir uns etwas Besseres einfallen lassen. Oh Shelby, ist das nicht wunderbar!«, sprudelte es aus ihrer Großmutter hervor.

»Ja, das ist es«, sagte Shelby, unfähig, ihr die Freude zu verderben.

»Wie weit bist du denn? Ich muss mir die Daten gleich im Kalender eintragen. Hast du dir schon einen Arzt gesucht? Ich bin sicher, Ryans Familie kann dir jemanden empfehlen, der dich bestens betreut.«

»Nun beruhige dich mal, Gran.« Shelby lachte. »Es ist alles

noch ganz neu für uns. Wir haben noch Zeit genug, um uns alles genau zu überlegen.«

Shelby hatte regelmäßig mit ihrer Großmutter telefoniert, seitdem sie nach Chicago gezogen war, und sie hatte sich immer auf diese Gespräche gefreut. Obwohl Ginnys Erzählungen sich manchmal wiederholten, da sie mit der Zeit immer vergesslicher wurde, halfen Shelby die Routine und Leichtigkeit ihrer Unterhaltungen, mit manchen Schwierigkeiten fertigzuwerden, vor die sie das Leben in der Stadt stellte.

Nachdem sie über das Baby gesprochen hatte, wechselte Ginny vorsichtig das Thema.

»Ich habe die Geschichte gelesen, die deine Freundin Jenna für *The Daily* geschrieben hat – obwohl wir sie jetzt offen gesagt nicht mehr als Freundin betrachten können, stimmt's?«

»Nein.« Shelby legte den Kopf an die plüschige Lehne des Sessels und fuhr mit den Fingern über den weichen Stoff der Armlehne. Kurz nach ihrer Rückkehr aus der Schweiz hatten sie und Ryan den Artikel gelesen, den Jenna für eine regionale Illustrierte geschrieben hatte. Die Reichweite der Zeitschrift war begrenzt, aber über die Sozialen Medien war die Geschichte weit über den Mittleren Westen hinaus bekannt geworden. Es war ein Vertrauensbruch gewesen, wie Shelby ihn noch nie erlebt hatte. Dagegen waren die harschen Worte ihrer Mutter geradezu harmlos.

»Warum hast du mir das nicht früher gesagt? Wann hast du den Artikel gelesen?«

»Ich habe keinen Grund dafür gesehen, Gran. Es hätte dich nur aufgeregt. Und Mom auch«, sagte Shelby. »Vielleicht habe ich einfach gehofft, dass die Aufregung sich wieder legt.«

»Als Ryan Chambers die aus Wisconsin stammende Shelby Meyers bei einer idyllischen Hochzeitsfeier im Juni in der ländlichen Gegend um Bayfield zur Frau nahm, ahnte er nicht, dass er in eine Familie von Wölfen einheiratete«, mit diesen Worten begann Jennas Artikel. Und dann nahm sie all die Eigenschaften auseinander, die Shelby stolz auf ihre Familie sein ließen – Dinge, die sie Jenna zu einer Zeit anvertraut hatte, als sie in der neuen Umgebung eine Freundin gebraucht hatte, der sie vertrauen konnte.

Als sie Jenna gebeten hatte, Nachforschungen über Chad Covington für sie anzustellen, hatte sie ihr unwissentlich die Story geliefert, auf die Jenna immer gewartet hatte.

»Die glanzvolle Fassade des Vermächtnisses von Chambers Media wurde an jenem schicksalhaften Hochzeitstag nicht nur angekratzt; sie wurde zertrümmert. Stellen Sie sich vor, wie erstaunt Willam Chambers Senior gewesen sein muss, als er entdeckte, dass seine neue Schwiegertochter tatsächlich das uneheliche Kind eines Mannes ist, der sich ungefähr fünfundzwanzig Jahre lang vor seinen Pflichten als Vater gedrückt hat. Obwohl es angesichts der langen Liste von Männern, die als Vater der Braut von William Chambers Junior infrage kamen, vermutlich so lange dauern *musste*, ihn als den rechtmäßigen Vater zu identifizieren.«

»Ich hätte nicht übel Lust, den Verleger dieser dreckigen Postille selbst anzurufen und ihm etwas zu geben, worüber zu schreiben sich wirklich gelohnt hätte!«, sagte Ginny.

»Nein, bitte mach es nicht noch schlimmer, Gran.«

»Ich weiß nicht, wie du das aushältst.«

Ich halte es nicht aus, dachte Shelby, doch das würde sie ihrer Großmutter gegenüber niemals zugeben. Die Wahrheit würde nur dazu führen, dass sie sich noch mehr Sorgen über etwas machte, was sich ihrer Kontrolle entzog. Und das wollte Shelby unbedingt verhindern.

»Wie hat Mom es aufgenommen?«, fragte sie.

»Sie ist ziemlich wortkarg, was das betrifft«, antwortete Ginny und zögerte. Dann fuhr sie fort: »Ich habe es schon mal gesagt, aber sie hat sich tatsächlich auf bemerkenswerte Weise verändert, seitdem sie wieder auf die Farm gezogen ist. Und was Chad betrifft: Der ist gar nicht so übel, wie alle glauben. Ehrlich, Shelby, er ist mir hier eine große Hilfe.«

»Das glaube ich dir.«

Liebe Shelby,

ich habe nun schon lange nichts mehr von dir gehört, aber ich weiß, dass du sehr beschäftigt bist. Ich habe das Gefühl, wir sollten mal darüber reden, was auf deiner Hochzeit mit Chad passiert ist, und über alles andere auch. Wir können nicht besonders gut am Telefon miteinander sprechen, vielleicht finden wir also bei deinem nächsten Besuch zu Hause ein wenig Zeit, uns zu unterhalten. Es gibt ein paar Dinge, die du einfach nicht verstehst, und wir wissen beide, dass das, was die Presse schreibt, Bockmist ist.

Wie dem auch sei. Gran scheint es recht gutzugehen. Ich glaube, wir werden in diesem Jahr eine gute Ernte haben. Schwer, in dieser Jahreszeit nicht an Dad zu denken, aber das weißt du ja selbst am allerbesten. Glückwunsch nochmal zu dem Baby. Bestimmt bist du deswegen sehr aufgeregt. Das sind wir alle.

In Liebe
Mom

12

Ein silbernes Spiegelbild

Shelby hatte schon immer einen leichten Schlaf gehabt, und die Schwangerschaft machte es nicht besser. Obwohl die Tritte und Boxhiebe des Babys in diesem Stadium noch sanft waren, fühlte sie sich wie die Prinzessin auf der Erbse – wenn sie auch nur das leiseste Unbehagen empfand, fand sie nicht in den Schlaf. Wenn Shelby nachts wach war, blieb Ryan oft mit ihr auf und tat sein Bestes, um sie so weit zu beruhigen, dass sie wieder einschlafen konnte. Das Problem war nur, dass er ihr zwar gut zureden und sie wieder zum Schlafen bringen konnte. Doch er selbst lag danach noch stundenlang wach.

So kam es, dass Ryan um fünf Uhr an diesem Herbstmorgen die Hoffnung auf Schlaf aufgegeben hatte, sich schon in der Küche aufhielt und leise eine Kanne Kaffee aufbrühte, während Shelby noch in einem Kokon aus Decken zusammengerollt im Bett lag.

Barfuß und nur mit einer Pyjamahose bekleidet, die er locker gebunden auf der Hüfte trug, einen Becher mit frisch gekochtem Kaffee in der Hand, betrat Ryan das Wohnzimmer. Er setzte sich, ohne das Licht einzuschalten, in einen überdimensionalen Sessel am Fenster. Obwohl er sehr müde war, genoss er die Stille.

Ryan spähte aus dem Fenster und sah zu, wie die Sonne

über dem See aufstieg. Er bedauerte, wie schnell die letzten Monate über einer Reihe von Aufgaben und Abgabeterminen vergangen waren. Zwar war er in eine Arbeit vertieft gewesen, die sich unverhofft doch noch als lohnend und bereichernd erwiesen hatte, doch gleichzeitig war ihm klar, dass er wegen dieser Aufgabe nicht bei seiner Frau sein konnte, die ihr erstes Jahr in der Familie Chambers verlebte. Sie war ein abenteuerlustiger Mensch, was er besonders an ihr liebte. Er wusste, dass sie sich ebenso wenig in seiner Wohnung verkriechen würde, wie ein Adler sich in seinen Horst sperren ließe.

Doch dass sie sich ahnungslos und leichtgläubig in ihre neue Umgebung hinausgetraut hatte, hatte ihrer Seele erheblichen Schaden zugefügt. Shelby genoss es, in der City Menschen zu begegnen. Was sie verabscheute, waren die Medien. Und die hatten ihr in jedem schwachen Moment erbarmungslos aufgelauert, die Wahrheit verzerrt und sie als kalt dargestellt, nur, um eine »gute« Story zu bekommen.

»Ich sage ihnen einfach, was sie hören wollen«, behauptete sie oft. »Niemand interessiert sich wirklich dafür, wohin ich gehe oder was ich trage. Es gibt weiß Gott wichtigere Nachrichten auf der Welt als das, was in meinem Leben vor sich geht.«

Er stellte die Kaffeetasse auf dem Beistelltisch neben sich ab, stand auf und dehnte im Licht des herbstlichen Sonnenaufgangs, das durch das Fenster hereinfiel, seinen Rücken.

Da er Shelby nicht wecken wollte, verzichtete Ryan auf eine Dusche. Er warf sich nur einen Pullover über und schlüpfte in seine Jeans, schnappte sich seine Lederjacke und eine graue Strickmütze und beschloss in letzter Minute, sich seine Kamera über die Schulter zu hängen. Bevor sich irgendjemand in dem Gebäude regte, fuhr er mit dem Fahrstuhl hinab und konnte es kaum erwarten, ungestört durch den Millenium Park zu spazieren, wie er es als Junggeselle unzählige Male getan hatte.

Ryan lief in dem Park unbemerkt über grüne Rasenflächen, absichtslos und ohne ein bestimmtes Ziel im Auge zu haben. Er wollte einfach nur draußen sein, allein mit seinen Gedanken und ohne jede Verpflichtung.

Er hatte für Shelby eine Notiz auf einen Zettel gekritzelt und ihn auf der Küchentheke liegen lassen, wo sie ihn bestimmt finden würde, wenn sie schließlich aufwachte und ihr Tag begann. Ohne sie fragen zu müssen, wusste er, dass sie ihn zu dem langen Morgenspaziergang ermutigt hätte. »Ich liebe dich zu sehr, um zuzusehen, wie du deine Interessen vernachlässigst«, hätte sie gesagt. »Du musst rausgehen. Fotografieren. Ich sehe kaum noch, dass du deine Kamera mitnimmst. Du bist viel zu talentiert, um sie an den Nagel zu hängen.« Was sie nicht wusste – was er ihr nicht gestanden hatte –, war, dass er in den vergangenen Monaten viele Male versucht hatte, Fotos zu machen, dass diese Arbeit ihn jedoch nicht mehr befriedigte. Er wusste nicht, ob es an der Stadt lag, an den Leuten, denen er begegnete, oder an einer Krise seiner Kreativität, aber keines seiner neueren Fotos machte ihm so viel Freude wie die Bilder aus Bayfield und seiner ersten Ausstellung in Chicago, *Stammbäume*.

Ein weiterer Grund, mit dem er Shelby während ihrer Schwangerschaft nicht behelligen würde, lag in dem zunehmenden Interesse der Medien. Nach ihrer Hochzeit und der Störung, die ihre Mutter und Chad Covington verursacht hatten, war die Aufmerksamkeit der Presse übergekocht, und das machte es Ryan nahezu unmöglich, der Arbeit nachzugehen, die er liebte. Inzwischen erregten Shelby und er mehr Neugier als je zuvor. Als Fotograf liebte er es am meisten, Porträts einzufangen, die einen Blick auf die Persönlichkeit eines Menschen erlaubten, nicht nur auf irgendeinen Augenblick in seinem Leben. Und das gelang ihm nur, wenn er unbemerkt blieb und auf den Auslöser drücken konnte, ohne dass es jemand sah.

Er hätte niemals seine Frau dafür verantwortlich gemacht, dass seine Arbeit in dieser Weise beeinträchtigt war – sie wollte diese Aufmerksamkeit noch weniger als er –, aber das Leben hatte sich für sie beide seit ihrer Rückkehr aus der Schweiz dramatisch verändert.

Er folgte einem Weg voller herbstlich verfärbter Blätter, die der Wind von den Bäumen geweht hatte, bis er schließlich das *Cloud Gate* erreichte. Die Skulptur stammte von Anish Kapoor und bildete das Herzstück des runden Platzes in der Mitte des Parks. Normalerweise zog sie eine Menge Betrachter an. Das Kunstwerk, das wegen seiner Form von vielen Leuten »Die Bohne« genannt wurde, bestand aus einhundertachtundsechzig Platten rostfreien Stahls, die zusammengeschweißt und auf Hochglanz poliert worden waren. Das Äußere wies keine sichtbaren Nähte auf und wirkte wie ein Spiegel, dessen Oberfläche die Skyline der City in verzerrter Form widerspiegelte.

Er hielt an und setzte sich auf eine freie Bank in der Nähe des *Cloud Gate*, um sich einen Augenblick auszuruhen. Auf einmal bemerkte er, dass es spät wurde und er bald in die Wohnung zurückgehen sollte. Shelby war inzwischen garantiert wach, und sie hatten den ganzen Nachmittag verplant. In diesem Augenblick sah er ein kleines Kind hinter der Skulptur hervorflitzen. Ryan blickte sich auf dem leeren Platz um. Das Kind schien allein zu sein, obwohl er annahm, dass dieser Zustand nicht lange anhalten würde. Wahrscheinlich war der kleine Junge der Person, die ihn begleitete, nur vorausgeeilt.

Das Kind trug Jeans und ein hellblaues Sweatshirt, dessen Kapuze hinten aus einer Jacke mit Reißverschluss lugte, die dasselbe Rot hatte wie seine Sneakers. Ryan beobachtete, wie der Junge im Kreis lief, die Arme ausgestreckt wie die Tragflächen eines Flugzeugs, sich um die eigene Achse drehte und über Betonplatten und raschelnde Blätter glitt. Er schien von unendlicher Energie erfüllt, wirkte begeistert und frei, schien mit den Blättern zu treiben und war offenbar nicht aufzuhalten. Bis er sein Spiegelbild in der »Bohne« entdeckte und abrupt stehen blieb.

Ryan griff nach seiner Kamera, entfernte die Abdeckung vom Objektiv, schob sie in die Jackentasche und hielt sich die Kamera vor das Gesicht. Er spähte durch den Sucher und stellte vorsichtig die Bildschärfe ein, bis er den Jungen deutlich sehen konnte.

Ryan lächelte auf seinem Platz auf der Bank am äußeren Rand des Rondells, unbemerkt von dem Kind, als der Junge sein Spiegelbild auf der glänzenden Oberfläche der Skulptur betrachtete. Er neigte den Kopf erst zur einen, dann zur anderen Seite. Dann streckte der Junge die Zunge heraus, und Ryan schoss das erste Bild.

Klick.

Der Junge schüttelte sich, ganz vorsichtig zuerst, dann immer schneller, bis er einen wilden Tanz vollführte, bei dem er Arme und Beine verdrehte und voll kindlicher Leidenschaft um sich trat und boxte. Ryan lachte in sich hinein.

Klick.

Dann hörte der Junge auf zu tanzen und ging mit ausgestrecktem Arm auf die Skulptur zu. Als er sich ihr näherte, schien sein Spiegelbild nach ihm zu greifen. Da auch der Himmel sich in dem Metall widerspiegelte, erzeugte das Gesamtbild, das Ryan durch die Linse seiner Kamera sah, den Eindruck eines Jungen auf der Erde, der nach einem anderen Kind in den Wolken greift. Ryan zoomte näher heran, kreiste das Motiv ein, und er verstand nicht, warum diese Szene ihn schmerzhaft mitten ins Herz traf. Ein Kind, das die Hand nach etwas ausstreckte. Ein himmlischer Junge, der unfähig ist, die Wolken zu verlassen und mit seinem Spiegelbild auf den Betonplatten und verstreuten Blättern zu tanzen. Ein junges Leben, das sich nach mehr sehnt.

Klick.

Der Augenblick war so schnell vorüber, wie er begonnen hatte, als die Eltern des Jungen hinter der Skulptur hervorstürmten und laut auf ihn einredeten. Sein Vater fasste ihn fest am Ellbogen, und sie gingen weiter, in einen anderen Bereich des Parks. Ryan war froh, dass ihn niemand bemerkt hatte, denn inzwischen war ihm klar geworden, dass es vermutlich peinlich geworden wäre, wenn er sich hätte rechtfertigen müssen – ein Mann, der allein auf einer Parkbank sitzt und Kinder fotografiert. *Wäre es nicht ein großer Spaß für die Boulevardzeitungen, diese Geschichte zu etwas Verachtenswertem zu verdrehen?*

Als er aufstand, um die Abdeckung wieder auf das Objektiv zu setzen und den Heimweg anzutreten, fühlte er sein Handy in der Hosentasche vibrieren. Er legte sich den Trageriemen der Kamera über die Schulter und nahm das Handy beim Weitergehen heraus.

»Scheiße«, murmelte er und fragte sich, wie er es geschafft hatte, sie zweimal zu überhören. Sie hatte sogar eine Nachricht hinterlassen.

»Hey, ich bin's. Ich weiß, dass du gerade spazieren gehst. Du musst dich nicht beeilen, nach Hause zu kommen«, drang ihre Stimme aus dem Handy, lebhafter, als sie in letzter Zeit geklungen hatte. Seit ziemlich langer Zeit sogar, und als er sie jetzt hörte, musste er lächeln. *Himmel, wie habe ich diese Seite an ihr vermisst,* dachte er. Er hatte gar nicht gemerkt, dass ein Großteil ihres Temperaments sich heimlich davongemacht hatte, bis er diese kurze Nachricht hörte. Warum war ihm das vorher nicht aufgefallen? »Ich wollte dir nur sagen, dass wir am Wochenende einen Überraschungsgast haben. Sie ist einfach so aufgetaucht, ohne Vorankündigung, um uns heute Abend zum Filmfestival zu begleiten! Komm nach Hause und sieh selbst!« Shelby hatte lachend aufgelegt. Das süße, aufgeregte Lachen der optimistischen Frau, die er geheiratet hatte. Als er seinen Schritt beschleunigte und zu ihrer Wohnung zurückging, war es ihm egal, wer sie besuchen würde. Wer auch immer es war, konnte gern übers Wochenende bleiben. Zum Teufel, er hätte nichts dagegen, wenn diese Person die ganze Woche bei ihnen blieb. Ihn interessierte nur eins: Shelby klang glücklich.

Der Überraschungsgast erwies sich als Nic Palmer, Shelbys beste Freundin und ein Glücksfall für Ryan. Wenn irgendjemand die Leichtigkeit in Shelbys Charakter zum Vorschein bringen konnte, dann war es Nic. Die beiden hatten sich seit der Hochzeit regelmäßig besucht und sich oft bis in den späten Abend hinein unterhalten. Als Shelby in ein anderes Zimmer ging, stellte Nic Ryan in der Küche zur Rede.

»Ist es so schlimm, wie ich glaube?«

»Meinst du Shelby?«

»Sie erzählt mir am Telefon keine Geschichten mehr. Es ist fast, als würde sie mir Dinge mitteilen, von denen sie glaubt, dass ich sie hören will – um mir zu beweisen, dass alles *normal* ist. Du und ich, wir wissen beide, dass das Schwachsinn ist.«

Später am Abend zog Ryan einen anthrazitfarbenen Anzug und ein frisches weißes Hemd mit offenem Kragen an, um das lang ersehnte Filmfestival zu besuchen. Als eine schwarze Limousine mit Chauffeur vorfuhr, um sie zum Whitney Theatre zu bringen, trat Ryan stolz an der Seite seiner Frau vor die Wohnungstür. Sie war elegant gekleidet, in einem duftigen marineblauen Kleid mit Empiretaille, perlenbesetztem Mieder und luftigem Rock, der ihre schwangere Silhouette sanft umspielte.

»Du wirst die schönste Frau dort sein«, sagte er, nahm sie bei der Hand und half ihr, in den Fond des Wagens zu steigen. Sie berührte seine Wange und lächelte, bevor sie den Rock raffte und sich auf der Rückbank niederließ.

»Hey, und was ist mit mir?«, ertönte die unverwechselbare Stimme hinter ihm. »Werde ich hier etwa ignoriert?«, witzelte Nic, als sie dem Paar zum Wagen folgte.

»Natürlich nicht.« Ryan lachte. »Niemand kann dich heute Abend überstrahlen, Nic. Du siehst unglaublich aus.«

»Das wollte ich hören«, gab sie zurück und schob sich an Ryan vorbei, um die Beifahrertür zu öffnen. »Schließlich habe ich für dieses Kleid gutes Geld gezahlt.«

»Nic, es ist genug Platz, du könntest hier hinten bei uns sitzen.«

»Wie, ich soll mir den Blick aus der ersten Reihe auf Chicago bei Nacht entgehen lassen?« Sie musterte ihn, als wäre sein Vorschlag vollkommen absurd. »Nein, danke.« Sie glitt auf den Beifahrersitz und ließ Ryan keine Chance, ihr beim Einsteigen zu helfen. Im Stillen fragte er sich, warum sie sich in den High Heels so geschickt bewegen konnte, denn auf ihrer Hochzeit hatte sie lautstark ihre Abneigung gegen die Schuhe zum Ausdruck gebracht, die sie damals trug. Die Antwort bekam er, als sie bereits saß und die Beine in den Wagen nachzog. Unter dem Saum ihres Kleides sah er ein Paar paillettenbesetzte Sneakers hervorblitzen.

Sie ertappte ihn dabei, dass er auf ihre Beine starrte, versetzte ihm einen Klaps, damit er von der Autotür verschwand, und neckte ihn mit einer gelungenen Nachahmung von Scarlett O'Hara: »Sir, Sie sind kein Gentleman.«

Nic war genau, was Shelby brauchte, um ihre Lebensgeister wieder zu wecken, und dafür war Ryan ihr dankbarer, als er sagen konnte – vor allem an diesem Abend, vor der Premiere seines Films. Trotz aller Neckereien und ihrer unkonventionellen Einstellung hatte ihre Freundlichkeit Shelby gegenüber eindeutig bewiesen, dass sie eine Lady war.

13

Seeblicke

Shelby saß in einem Plüschsitz des prachtvollen Whitney Theatres und war ungeheuer stolz, als die ersten Bilder von Ryans Film vor dem Publikum des Chicago Film Festivals über die Leinwand flimmerten. Sie war über einer prächtigen historischen Bühne angebracht und auf beiden Seiten von schweren, roten Samtvorhängen gerahmt. Zum ersten Mal hörte sie den Text, den sie geschrieben hatte, sah die kleinen Orte am Ufer des Lake Superior mit den Augen ihres Mannes und staunte über die Schönheit des Sees, den sie so liebte. Ryan saß neben ihr am Gang, während Nic zu ihrer Rechten Platz genommen hatte. Als der Film begann, griff Ryan nach ihrer Hand und hielt sie zärtlich fest, während eine Szene weich ausgeblendet wurde und in die nächste überging. Von Anfang bis Ende war *Seeblicke* ein aufrichtiger, tief empfundener Film, der den überschwänglichen Applaus voll und ganz verdiente, der aufbrauste, als die Namen aller Beteiligten über die Leinwand liefen.

Ryan legte Shelby den Arm um die Schulter und neigte sich zu ihr, um sie auf die Wange zu küssen. »Wie hat es dir gefallen?«, fragte er ungeduldig und voller Zuneigung. Er wollte, dass sie den Film liebte, und genau das tat sie auch.

»Fantastisch«, sagte sie und küsste ihn auf den Mund. »Du

hattest recht. Es war richtig zu warten und den Film im Ganzen zu sehen. Er ist fantastisch!«

»Du ahnst nicht, wie sehr es mich freut, das von dir zu hören«, sagte Ryan.

»Gran wird ganz verrückt nach diesem Film sein; sie hält die Spannung kaum noch aus. Und Grandpa – er wäre so stolz auf dich gewesen. Genau wie ich.«

Sie wusste, dass Ryan sich nach diesen Worten gesehnt hatte, und war erleichtert, dass sie der Wahrheit entsprachen. Es war ein toller Film. So viel stand fest.

Als der Applaus des Publikums aufbrandete und die Zuschauer, die in ihrer Nähe saßen, Ryan und seinem Team ihre Glückwünsche auszusprechen begannen, setzte Shelby sich wieder auf ihren gepolsterten Sitz, dankbar, dass die Lichter in dem Saal noch gedämpft waren. Obwohl sie es sich nicht eingestehen wollte, hatte sie noch etwas anderes empfunden, als sie *Seeblicke* sah. Vielleicht war es Heimweh. Oder einfach nur Erschöpfung. Aber beim Betrachten des Films und der Menschen und Orte, die sie so sehr an ihre Heimat erinnerten, hatte sie sich so gut gefühlt wie seit Monaten nicht mehr. Ryans Film, seine Sichtweise und die Handlung setzten ihren geliebten See auf atemberaubende Weise in Szene. So sehr, dass sie das Gefühl hatte, in die Leinwand hineingehen und die Füße in das kalte, klare Wasser tauchen zu können. Sie konnte fast den Wind fühlen, der sich über den Wellen erhob, und den vertrauten Duft nach Pinien und Hemlocktannen riechen.

Ryans ausgeprägtes Auge für Standfotografie war unglaublich gut auf die bewegliche Kamera übertragen worden. Sie war beeindruckt und wirklich stolz auf seine Leistung. Auf der Leinwand wirkten die Bilder ihrer Heimat überlebensgroß.

All das verschwand, als der Abspann lief und sie in ihre Chicagoer Realität zurückkehrte, hübsch angezogen, in einem eleganten Theater – und an nichts von beidem gewöhnt. Sie fühlte sich verloren. Die Lichter im Saal strahlten immer heller. Der Traum war vorüber.

»Heilige Scheiße, war das gut«, sagte Nic, schlug sich auf die Knie und wandte sich Shelby zu. »Wer hätte gedacht, dass Ryan so etwas auf die Reihe kriegen würde? Ich meine, er lässt Bayfield praktisch wie Bali aussehen! Ich hatte keine Ahnung, dass die Küste so geil ist, du etwa?«

»Er hat das unglaublich gut hingekriegt«, pflichtete Shelby ihr bei und war unerhört froh, dass ihre Freundin zu Besuch war.

»Und hast du nicht gesagt, dass du die ganzen Texte geschrieben hast?«

»Ich habe einige umgeschrieben, aber es war nicht viel.«

»Also, ich weiß ja nicht genau, in welchem Teil dein Text war, aber sagen wir einfach, deiner war am besten.«

»Was würde ich nur ohne dich tun?« Shelby lächelte.

»Guck nicht hin, aber da vorne kommen seine Eltern/Ollen«, sagte Nic, kniff sie leicht in den Arm und wies mit dem Kopf auf Ryans Eltern, die über den Mittelgang auf sie zukamen. »Auf zehn Uhr.«

»Oh Shelby! William! Ihr beide habt das fantastisch gemacht!«, rief Charlotte. Sie legte ihrem Sohn eine Hand auf die Schulter und streckte die andere nach Shelby aus. »Ich wusste, dass all das in euch steckt. So viel *Talent* in einer einzigen Familie!«

»Gute Arbeit, William«, fügte sein Vater hinzu und schüttelte Ryan die Hand, der von seinem Platz aufgestanden war und sich zu ihm auf den Gang gesellt hatte.

»Danke, Charlotte.« Shelby lächelte und blieb sitzen, bis sie verpflichtet war, sich »unter die Leute zu mischen und Beziehungspflege zu betreiben«, wie es die Mitglieder der Familie Chambers zu tun pflegten.

Nic spähte hinter Shelbys Rücken hervor und machte sich nicht die Mühe, die Lautstärke zu dämpfen, als sie sich räusperte.

»Oh, ist das eine Freundin von dir?«, fragte Charlotte und blickte mit hochgezogenen Augenbrauen von Nic zu Shelby und dann zu ihrem Sohn.

»Das ist meine Freundin Nicole Palmer«, sagte Shelby und lehnte sich in ihrem Sitz zurück, als Nic sich erhob und Charlotte und William die Hand reichte.

»Ihr erinnert euch doch an Nic – von der Hochzeit?«, versuchte Ryan ihrem Gedächtnis auf die Sprünge zu helfen.

»Natürlich«, erwiderte Ryans Vater und nickte seiner Frau zu. »Shelbys Trauzeugin.«

»Ach, natürlich«, wiederholte Charlotte und beugte sich vor, um Nic die Hand zu schütteln. »Wie schön, Sie wiederzusehen.«

»Bist du bereit?«, fragte Ryan und griff nach Shelbys Hand, um ihr beim Aufstehen zu helfen. Sie legte die andere Hand fest auf die Armlehne und stieß sich auf ihren High Heels so elegant wie möglich aus dem Sitz ab – obwohl ihr Körper, der sich ständig veränderte, sie aus dem Gleichgewicht brachte. Am liebsten hätte sie einen Spaziergang gemacht, um Rücken und Beine zu lockern, aber sie wusste natürlich, dass das nicht möglich war. Es würde einen Empfang geben. Gefolgt von einem Dinner, das bis spät in den Abend dauern würde. Erst danach konnte sie wieder in die Behaglichkeit ihrer eigenen Wohnung zurückkehren, sich Pyjamas anziehen und Wollsocken überstreifen.

»Also, gibt es später hier noch eine Party oder so?«, fragte Nic.

»Nic …«

»Was denn?« Sie zuckte mit den Schultern. »Ich meine, wir sind alle so schön aufgebrezelt – wär doch Quatsch, jetzt schon Feierabend zu machen, stimmt's?«

»Stimmt.«

Im Gang, der zum Ausgang des Theaters führte, drängten sich Gratulanten und Leute, die Ryan und seine Eltern gut zu kennen schienen, die jedoch für Shelby nur Fremde waren. Natürlich lächelte und nickte sie ihnen zu, schüttelte Hände und drehte sich so, dass sie nicht mit dem Bauch gegen die festlich gekleideten Besucher stieß.

Und in diesem Moment, als Shelby mitten in einem engen Gang im Theater festsaß, traf sie die Erkenntnis wie ein Blitz. Ihre Gefühle drehten sich nicht nur um ihre unleugbare Sehnsucht, nach Hause zurückzukehren. Plötzlich wurde ihr klar, dass für all diejenigen, die den Film gesehen oder einen Beitrag zum Schutz des Sees geleistet hatten, wie großzügig und rücksichtsvoll sie auch sein mochten, der See nur ein Ort war. Ein schönes Reiseziel. Aber für sie stand der Lake Superior im Mittelpunkt ihres Lebens. Nicht am Rand. Wenn sie sich für längere Zeit von ihm entfernte, kam sie sich vor wie ein Zugvogel, dem man die Flügel gestutzt hatte, obwohl er nichts lieber wollte, als nach Norden zu fliegen. Nach Hause.

14

Geh nicht fort

Ryan blickte auf seine Armbanduhr und merkte, dass er sich so angeregt mit Gästen des Filmfestivals unterhalten hatte – mit Leuten, die möglicherweise seinen Naturschutzfonds finanziell unterstützen würden –, dass er jedes Zeitgefühl verloren hatte. Und er hatte Shelby aus den Augen verloren, obwohl er wusste, dass sie inzwischen vollkommen erschöpft sein musste.

Er entschuldigte sich und entfernte sich aus der Gruppe, in der sich einige potenziell großzügige Spender aus Chicago befanden. Er drängte sich auf der Suche nach Shelby durch die Menge. Plötzlich stand er seiner Mutter gegenüber.

»Hey, hast du Shelby gesehen? Oder Nic?«, fragte er Charlotte.

»Ja, vor ungefähr zwanzig Minuten«, sagte sie mit einem vielsagenden Lächeln, während sie mit einem Champagnerglas in der Hand elegant vor ihm stand. »Im Foyer.«

»Vor zwanzig Minuten?« Er blickte seiner Mutter über die Schulter und suchte den Raum ab. »Hast du sie seitdem noch einmal gesehen?«

»Nein.«

»Du weißt also nicht, wo sie ist?«

»Doch, das weiß ich, aber danach hast du mich nicht gefragt.«

»Mutter, bitte. Ich bin nicht in der Stimmung für Spielchen. Ich habe ihr versprochen, dass wir nicht lange bleiben, aber ich war da drüben in Gespräche verwickelt und … ach, egal, es ist nicht wichtig. Wo ist sie?«

»Ich habe sie nach Hause geschickt.«

»Was soll das heißen – nach Hause geschickt?«

»Na ja, ich habe nicht direkt darauf *bestanden*, dass sie mit ihrer Freundin in die Wohnung zurückfährt. Es war ihre Entscheidung.« Charlotte hob ihr Glas und nippte an dem perlenden Champagner. »Ich habe es ihr nur nahegelegt.«

»Ich gehe.«

Als er sich gerade umdrehen und aufbrechen wollte, griff seine Mutter nach seinem Arm. »Geh nicht«, sagte sie mit Nachdruck.

»Warum?« Überrascht starrte er auf die Hand, die ihn zurückhielt. »Was ist passiert?«

»Nichts.« Sie ließ ihn los, sah sich unauffällig in der Lobby um und lächelte, damit jeder, der sie vielleicht anblickte, sehen konnte, wie begeistert sie war. »Wie ich schon sagte, ich bin ins Foyer, und da habe ich gesehen, wie Nic neben Shelby auf der Chaiselongue saß und sie getröstet hat.«

»Hat sie sich über irgendetwas aufgeregt?« Er suchte in der Innentasche seines Anzugs nach dem Handy. »Ich muss sie anrufen. Und nach Hause fahren.«

»Das musst du nicht, Will. Alles ist in Ordnung. Es geht ihr gut«, entgegnete Charlotte. »Lass dein Handy mal eine Weile in der Tasche. Es ist besser, wenn ich dich ins Bild setze, bevor du sie anrufst.«

Er ließ die Hand widerstrebend sinken und steckte das Handy wieder ein. »Also gut. Komm, gehen wir da rüber, da sind wir ein bisschen ungestörter«, sagte er und deutete mit einem Kopfnicken auf eine weniger bevölkerte Stelle neben der Cocktailbar eines der Caterer. Dort angekommen, fragte er: »Also, würdest du mir jetzt bitte sagen, was passiert ist?«

»Ich bin natürlich sofort zu ihr gegangen. Wie sich herausstellte, war heute ein Journalist vom *Signature*-Magazin hier und hat sich zu deiner Frau durchgeschlagen. Sie hat sich auf ein Gespräch mit ihm eingelassen, weil ihr nicht klar war, dass er für die Presse arbeitet – und auch noch für diese *scheußliche* Illustrierte. Jedenfalls führte eins zum anderen, und bevor sie wusste, wie ihr geschah, wurde der Mann aggressiv – ich glaube, das war das Wort, das Shelby benutzt hat. Ich werde nicht wiederholen, wie Nic ihn genannt hat. Jedenfalls entgleiste das Gespräch – es ging um den Liebhaber ihrer Mutter, um das Baby, und ich weiß nicht, worum sonst noch. Es war einfach zu viel für sie.«

»Sie hat so viel durchgemacht, und ich weiß nicht, was ich tun soll.«

»Ich habe Nic aufgefordert, sie nach Hause zu bringen.«

»Gut. Das hast du gut gemacht. Ich wünschte nur, du wärest zu mir gekommen. Ich hätte die beiden nach Hause gefahren.«

»Ryan. Das ist nicht dein Ernst. Das hier ist dein Abend. Deine Premiere. Shelby versteht das, vielleicht sogar besser als du selbst. Du musst hierbleiben. Ihr wird heute Abend nichts passieren. Dir bleibt morgen der ganze Tag, um es wiedergutzumachen. Und außerdem ist sie nicht allein. Nic ist bei ihr.«

»Nein, es fühlt sich verkehrt an. Ich werde zu Hause gebraucht.«

»Ich bin ebenso besorgt um sie wie du, mein Schatz«, sagte

Charlotte. »Aber darf ich ehrlich zu dir sein? Sie sieht absolut elend aus, William – nicht nur heute Abend, sondern schon seit einer ganzen Weile.«

Er wusste, dass Charlotte recht hatte, aber es war weder der richtige Zeitpunkt noch der passende Ort, um darüber zu sprechen.

»Du hast es doch auch gesehen, nicht wahr?«, fuhr sie fort. »Schwangerschaften können eine Herausforderung sein – glaub mir, das weiß ich genau –, aber ich denke, da steckt noch mehr dahinter. Meinst du nicht auch?«

»Ich gehe jetzt«, sagte er und stellte sein Cocktailglas auf die Theke.

Charlotte fasste ihn am Arm und hielt ihn zurück. »Sie muss lernen, alleine zurechtzukommen, William«, sagte sie nachdrücklich, und ihre Stimme nahm den belehrenden Ton an, den er noch so gut aus seiner Pubertät kannte. »Ich verstehe ja, dass das hier nicht die Umgebung ist, in der sie aufgewachsen ist, aber sie hat sich bewusst dafür entschieden, ein Teil *unserer* Familie zu sein. Und sie muss lernen, damit zurechtzukommen. Das hier ist jetzt ihr Leben.«

»Das muss es aber nicht. Verdammt, es muss ja nicht mal *mein* Leben sein«, wurde ihm plötzlich verblüffend deutlich. Was für ein Idiot er doch gewesen war. Sie waren beide so viel glücklicher gewesen, als er noch in Bayfield gelebt hatte, weit weg von alldem hier. »Das hier ist dein Lebensstil, Mutter. Und du irrst dich, sie muss sich nicht anpassen. Ich muss es tun.«

»So jung.« Charlotte lächelte und schüttelte den Kopf. »So viele Vorstellungen davon, wie die Dinge sein sollten. Ich verstehe dich ja. So war ich auch einmal.«

»Bei allem gebührenden Respekt, ich glaube nicht, dass du

jemals begreifen wirst, was sie durchgemacht hat. Oder wie sehr sie sich hier anpassen muss.«

»Mhm. Mag sein. Dennoch, du weißt vielleicht auch nicht alles über meine frühen Jahre, und die deines Vaters. Aber dazu ein anderes Mal mehr.«

Er umfasste seine Mutter in der Taille und beugte sich über sie, um sie auf die Wange zu küssen, bevor er fortging. »Danke, dass du dich heute Abend um Shelby gekümmert hast. Ich weiß das zu schätzen.«

Bevor seine Mutter etwas erwidern konnte, und als Ryan erneut sein Handy hervorholte, um Shelby anzurufen und draußen nach einem Wagen zu suchen, wurden sie von zwei Frauen im Alter von Collegestudentinnen unterbrochen.

»Verzeihung, Mr Chambers«, sprach die größere der beiden Frauen ihn an. »Normalerweise mache ich so etwas nicht, aber, ähm, könnte ich ein Autogramm von Ihnen bekommen? Ich meine, *wir*?«

»Klar. Selbstverständlich«, sagte er und nahm ihr Kugelschreiber und Programmheft aus der Hand. »Wie heißen Sie?«

»Emma Covington.«

»Covington?« Er schrieb rasch seinen Namen und gab ihr das Programm zurück. »Ich kenne einen Covington.«

»Tatsächlich?«, fragte sie, errötete und umklammerte den Unterarm ihrer Freundin, um ihre Begeisterung nicht zu deutlich zu zeigen. »Wow. Ich meine, cool.«

»Woher kommen Sie?«

»Wir gehen in Iowa auf die Uni, aber wir verbringen dieses Wochenende bei den Eltern meiner Mitbewohnerin«, antwortete sie, begierig, ein Gespräch zu beginnen.

»In Evanston«, ergänzte ihre Freundin.

»Ja, sie wohnen in Evanston«, sagte das größere der beiden Mädchen.

»Also kennen Sie die Covingtons aus Ashland nicht?«, fragte Ryan. Er wusste, es war äußerst unwahrscheinlich, und er wollte eigentlich schnell aufbrechen, aber wenn es hier die geringste Chance gab, etwas in Erfahrung zu bringen …

»Äh, nein, aber meine Grandma kennt sie. Woher wussten Sie das?«

»Was soll das werden, William?« Er hatte beinahe vergessen, dass seine Mutter neben ihm stand.

»Sind Sie zufällig mit einem Chad Covington verwandt?«

»Ja«, nickte die junge Frau begeistert. »Das ist mein Onkel, aber ich habe ihn, na ja, *ewig* nicht gesehen. Woher wissen Sie das?«

»Nur so ein Gefühl«, sagte er und sah auf seinem Handy nach der Uhrzeit. Shelby war bei Nic. Es ging ihr also gut. Noch ein paar Minuten würden nicht schaden. »Haben Sie einen Augenblick Zeit? Können wir uns ungestört unterhalten?«

Die Studentinnen sahen sich an, als hätten sie gerade Backstage-Pässe für ein Rockkonzert ergattert. Noch bevor sie den Mund aufmachten, wusste er, dass sie Ja sagen würden.

15

Erinnerungen an zu Hause

Gegen Ende Oktober saßen Shelby und Ryan in ihrer sonnendurchfluteten Küche und genossen einen ruhigen Sonntag mit verschiedenen Zeitungen, die auf dem Tisch neben Kaffeetassen und von Krümeln übersäten Tellern ausgebreitet waren.

Die Rezensionen für *Seeblicke* waren erschienen und fielen zum großen Teil sehr positiv aus. Es gab ein paar Schwarzmaler, aber das war zu erwarten gewesen. »Eigennütziger Dokumentarfilm voller überflüssiger Aufnahmen von Lake Superiors unbestreitbarer Schönheit, dem es aber an bahnbrechendem Inhalt fehlt«, so lautete der Kommentar in einer Besprechung, die Shelby soeben vor sich liegen hatte.

Sie fand die kühle Art, mit der Ryan die Rezensionen überflog, unglaublich. Sie konnte an seiner Miene nicht ablesen, ob die Worte den Film befürworteten oder nicht. Er lächelte die ganze Zeit.

»Das bedeutet Sichtbarkeit, Shel. In dem Augenblick, in dem diese Rezension erschienen ist, haben wieder einige Leute mehr von unserer Geschichte erfahren. Von denen uns vielleicht eine Handvoll ihre Unterstützung anbieten werden. Und das ist mehr, als wir gestern erreicht haben.«

»Aber dieser Journalist hat dich selbstgerecht genannt!

Kommt er damit einfach so davon?«, platzte sie eines Morgens heraus, als sie eine Rezension im Internet las.

»Selbstverständlich. Es ist die Meinung einer Person. Auch wenn ich sie nicht teile, steht es ihm doch zu, sie zu äußern.«

»Aber nach dem zu urteilen, was er hier über nachhaltige Fischerei und die Rechte der Indianer sagt, hat dieser Kritiker den Film nie gesehen, Ryan! Wir haben überhaupt nichts getan, was die Fischereiwirtschaft oder die Fischer auf dem See herabgesetzt hätte!«

»Es lohnt sich nicht, sich darüber zu streiten, Shel«, erwiderte er gelassen. »Genau wie es sich für dich nicht lohnt, dich mit der Presse hier in Chicago zu streiten. Sie haben ein völlig unzutreffendes Bild von dir gezeichnet, und was haben wir gemacht?«

»Wir haben versucht, es zu ignorieren. Und dann haben sie behauptet, ich sei unnahbar. Kalt und egozentrisch.«

»Ja.« Er lachte, nicht darüber, wie schwierig diese Zeit gewesen war, sondern über ihren mürrischen Gesichtsausdruck. »Und dann …?«

»Und dann wurden sie der Sache überdrüssig und haben sich anderen Dingen zugewandt.«

»Wir behalten die guten Kritiken. Machen sie bekannt. Und den Rest beachten wir einfach nicht. Konzentrieren wir uns auf das Positive – wie wir es bei dir gemacht haben.«

»Ich weiß nicht, ob ich jemals dagegen gewappnet sein werde«, sagte sie und lehnte sich auf ihrem Stuhl zurück.

»Shel, wir kommen zu spät!«, hörte Shelby Ryan aus der Diele ihrer Wohnung rufen. Nach einem geruhsamen Morgen zu Hause stand sie nun in der Küche und warf die letzten Eisstückchen in eine Kühltasche, die gerade groß genug für zwei war. Sie brachen zu dem Event *Kunst auf dem See* im Park District auf, wo sie den Nachmittag verbringen würden, und sie wollte jede Menge Wasser mitnehmen.

»Geh schon mal vor und hol den Fahrstuhl, ich komme gleich nach!«, rief sie zurück.

Sie hörte ihn rasch über den Flur laufen, bis er neben ihr an der Küchentheke auftauchte und ihr half, den Reißverschluss der Kühltasche zu schließen. »Erzähl mir nicht, du hattest vor, das hier selbst zu tragen?«, fragte er und neigte stirnrunzelnd den Kopf.

»Äh … ja, warum?«

»Du weißt doch, was die Ärztin gesagt hat: Von jetzt an musst du mich alle schweren Sachen tragen lassen.«

»Ich wollte noch etwas mehr Wasser mitnehmen«, sagte sie.

»Prima Idee, aber du sollst trotzdem nichts Schweres tragen«, wiederholte er. Mühelos hievte er sich die Kühltasche über die Schulter und ging vor Shelby aus der Küche. »Ich weiß, dass du absolut in der Lage bist, auf dich selbst aufzupassen. Aber im Augenblick ist es deine Aufgabe, auf das Baby aufzupassen, deshalb musst du mir erlauben, auf dich achtzugeben.«

Bevor er die Wohnungstür öffnete, küsste er sie auf die Wange, bis sie schließlich nachgab und sein Lächeln erwiderte.

»Na gut«, sagte sie mit anklagender Stimme. »Aber dass ich schwanger bin, heißt noch lange nicht, dass ich schwach oder von dir abhängig bin. Außerdem hättest du keine Kühltasche mitgenommen. Und ich *passe* auf mich selbst auf – und auf das Baby.«

»Du hast recht, ich hätte uns einfach ein paar Drinks gekauft«, sagte er.

»Dabei haben wir hier ausgezeichnetes Wasser, direkt aus der Leitung.«

»Komm, lass uns jetzt von hier verschwinden.«

Gerade, als sie aus der Tür treten wollten, hielt Shelby erneut inne. »Warte! Mein Handy ...«

»Das habe ich«, sagte er und legte ihr eine Hand ins Kreuz, um sie aus der Wohnung zu schieben und die Tür hinter ihnen abzuschließen.

»Meine Jacke!«

»Die hast du im Auto gelassen.«

»Ich kann immer noch nicht glauben, dass du mich für dieses Event eingespannt hast«, sagte er und schaukelte auf den Absätzen vor und zurück, während sie darauf warteten, dass die Türen des Fahrstuhls sich öffneten.

»Es wird dir guttun. Außerdem hilfst du damit Adrien.«

Als der Fahrstuhl ankam, streckte Ryan den Arm aus, um Shelby die Tür aufzuhalten. Sie machte einen Schritt in den Aufzug und blieb plötzlich wie angewurzelt stehen. »Das Eis! Ich habe die Kühlschranktür nicht zugemacht!«

»Nein, nein, ist schon okay«, entgegnete er, nahm sie bei der Hand und zog sie wieder in den Aufzug. Er drückte auf den Knopf für die Lobby. »Darum habe ich mich gekümmert. Wir können los.«

»Ich bin so zerstreut«, sagte sie und schlug die Augen nieder, sodass sie ihr Spiegelbild nicht mehr sah. »Vielleicht sollten wir doch absagen.«

»Absagen?« Er lachte. »Was ist denn heute nur los mit dir?«

Die Fahrstuhltüren schlossen sich mit einem leisen Zischen, und Shelby lehnte sich an das Messinggeländer, das um die drei verspiegelten Wände herumlief. Mit einem Seitenblick sah sie die Spiegelung ihres runden Bauches, über dem sich der weiße Baumwollstoff ihres T-Shirts spannte. Die sichtbare Erinnerung an die Veränderungen, die mit ihr vor sich gingen, sowohl in ihrem Körper als auch in ihrem Leben. Nichts war mehr wie zuvor. Und sie fragte sich insgeheim, wie lange es dauern würde, bis sie diese Veränderungen akzeptieren konnte.

»Wir werden uns großartig amüsieren, ganz sicher«, versuchte er sie zu beruhigen. »Vergiss nicht, das hier war deine Idee.«

Armer Kerl, dachte Shelby. Sie wusste, dass *das hier* nicht seiner Vorstellung von »sich amüsieren« entsprach. Ein paar von seinen gerahmten Drucken hinunter in den Park zu schleppen, um Adrien Bouchard, einem frankokanadischen Künstler, der Ryans Interesse an Fotografien von den Großen Seen teilte, an seinem Stand bei dem beliebten Kunstevent Gesellschaft zu leisten. Ryan tat es für sie. Und für ihre Heimatstadt, die er mittlerweile fast genauso sehr liebte wie sie. Sie wusste, dass es so war. Das war der leichte Teil, als sie auf die Idee gekommen war, sich Bouchard zum Partner zu machen und zusätzliche Mittel für Olens Gedächtnisfonds aufzutreiben. Die Herausforderung hatte darin bestanden, Ryan davon zu überzeugen, dass es in Ordnung war, als »berühmter Gast« in Erscheinung zu treten, um Gönner anzuziehen. Es war doch nur für einen Tag. Wie schlimm konnte es schon werden?

Shelby saß bequem im Fond des schwarzen Sedan und genoss die weichen Ledersitze und den warmen Luftstrom, der ihr aus dem Lüftungsschlitz der Heizung gegen die Schultern blies. Sie blickte zu Ryan hinüber, der ihre Hand hielt, jedoch auf seiner Seite aus dem Fenster blickte, als sie den North Lake Shore Drive an der Küste hinunterfuhren.

»Stimmt etwas nicht?«, fragte sie. Seit dem Augenblick, in dem sie die Wohnung verlassen hatten, hatte sich seine Stimmung kaum merklich verändert.

»Nein, alles okay«, antwortete er, drehte sich kurz zu ihr und bedachte sie mit einem halben Lächeln, bevor er wieder aus dem Fenster sah.

»Ist es wegen der Kunstmesse? Sicher hätten sie Verständnis, wenn wir nicht …«

»Ist schon in Ordnung, Shelby«, wiederholte er. »Wirklich. Es ist nichts.«

Sie blickte auf ihre gefalteten Hände und wusste, dass auch er die Veränderungen in ihrem Leben bemerkte. Aber im Gegensatz zu ihr sprach er nicht darüber. Er bemühte sich, immer optimistisch und gut gelaunt zu bleiben. »Es ist alles zum Wohl des Babys«, würde er sagen – und es auch so meinen. Das bewunderte sie an ihrem Mann. Für sie und ihr ungeborenes Kind würde er alles tun.

Ihr ganzes Leben lang waren Autos für Shelby nichts anderes als Transportmittel gewesen. Es spielte keine Rolle, um welche Marke oder welches Modell es sich handelte, wie alt ein Wagen war oder welche Farbe er hatte, Hauptsache, er brachte sie von A nach B. Nie hätte sie sich träumen lassen, dass sie eines Tages in einer weltoffenen Stadt und in einer geräumigen Wohnung mit Blick auf den Lake Michigan leben würde, mit einem Fahrer, der ihr zur Verfügung stand, wenn sie etwas in der Stadt zu erledigen hatte.

Im Gegensatz zu ihr war Ryan quasi auf der Rückbank eines Wagens mit Chauffeur aufgewachsen, seitdem er nach seiner Geburt die erste Reise vom Krankenhaus nach Hause angetreten hatte. Natürlich besaßen seine Eltern auch eigene Autos, aber Ryan hatte ihr erklärt, dass sie immer den Komfort eines Fahrers vorgezogen hatten. Er hingegen konnte es kaum erwarten, mit sechzehn endlich fahren zu dürfen – und kaufte sich, sehr zum Leidwesen seiner Eltern, sofort einen gebrauchten Jeep Wrangler. So konnte er sich »normal« vorkommen, wenn er mit seinen Schulfreunden losfuhr, um sich einen Film anzusehen oder in der Pizzeria an der Ecke etwas zu essen. Später, als alleinstehender junger Mann, zog Ryan es vor zu gehen, mit dem Rad oder der Metro zu fahren, anstatt das Auto zu benutzen. Nie wäre es ihm in den Sinn gekommen, einen Fahrer einzustellen. Kein Gedanke.

Bis jetzt, denn jetzt hatte er eine Familie, die er beschützen musste.

»Erinnerst du dich an unsere erste Begegnung im Park von Bayfield?«, fragte Shelby, als der Wagen an einer Kreuzung vor der Ampel anhielt. Sie versuchte, Ryan aus seinen Grübeleien zu reißen. Er starrte die Fußgänger und Radfahrer an, die sich frei und ungezwungen auf dem Uferweg des Lake Michigan bewegten.

»Natürlich, aber streng genommen ist das nicht der Ort, an dem wir uns kennengelernt haben.«

»Nein, nein, ich meine nicht, wo wir uns zum ersten Mal *begegnet* sind, ich meine unser erstes Date.«

Mit einem warmen Lächeln wandte er sich zu ihr um. Shelby war glücklich, dass es ihr gelungen war, seine Aufmerksamkeit auf sich zu ziehen. »War das ein Date? Ich war mir da nie so sicher.«

»Was?« Sie lachte. »Natürlich war es ein Date.«

»Ich weiß nicht. Soweit ich mich erinnere, hatte ich dich auf einen Drink eingeladen, aber du bist nur mitgegangen, weil Ginny und Olen dich an dem Abend so unter Druck gesetzt haben«, zog er sie auf. »Ich wette, wenn sie nicht gewesen wären, wärst du nie aufgetaucht.«

»Nein, wäre ich auch nicht«, sagte sie und erwiderte sein Lächeln. »Glaube ich auch.«

»Mhm-mhm«, sagte er. Dann hielt er inne und blickte ihr in die Augen. »Hast du jemals darüber nachgedacht, wie es weitergegangen wäre? Ich meine, wenn du an dem Abend damals nicht gekommen wärst?«

Ein finsterer Gedanke schoss ihr durch den Kopf. Vielleicht war es ein Fehler gewesen. Wenn sie sich nicht kennengelernt hätten, hätte er vielleicht eine andere geheiratet. Eine Frau, die besser zu seinem Lebensstil gepasst hätte.

»Olen und Ginny waren damals in Kupplerlaune. Ich werde ihnen ewig dankbar dafür sein, dass sie dich an dem Abend zur Tür hinausgeschoben haben.«

Er lachte, hob ihre Hand an seine Lippen und küsste sie. »Aber um deine Frage zu beantworten: Ja, natürlich erinnere ich mich an diesen Abend.«

Der Abend war schön und beängstigend zugleich gewesen. Der Mond schien auf das Wasser. Lange Gespräche an einem warmen Sommerabend. Musik erklang aus der Bar oben auf dem Dach des *The Inn*. Und plötzlich die entsetzten Schreie einer Frau, deren Sohn in das dunkle Wasser der Marina gefallen war. Ohne zu zögern, war Ryan losgerannt und ins Wasser gesprungen, um das Kind zu retten. Das war der Moment, in dem zwischen ihm und Shelby an jenem Abend das Eis brach. Seine Beschützernatur war das Erste, was sie an ihm wirklich anziehend gefunden hatte, darum war es keine Überraschung, dass es auch an diesem Tag noch zu spüren war.

Als sie das Veranstaltungsgelände erreichten, fuhr der Wagen langsam durch gesperrte Straßen weiter, an Imbisswagen, Messeständen und Besuchern auf den Straßen und Gehsteigen vorbei.

»Ich hatte keine Ahnung, dass es so voll sein würde!«, sagte Ryan und beugte sich vor, um durch die Windschutzscheibe hinauszuspähen. Er sprach mit dem Fahrer, der ihm versicherte, dass er sie zu einem reservierten Parkplatz am Ufer in der Nähe ihrer Open-Air-Galerie bringen konnte.

»Das ist ja verrückt«, sagte Shelby. »Ich habe zwar gehört, dass hier immer viel los sein soll, aber das hier … Dagegen ist das Apfelfest in Bayfield nicht mehr als ein Sonntagnachmittag im Park. Es müssen Tausende hier sein.« Sie blickte ihren Ehemann an und zweifelte erneut daran, dass es eine gute Idee gewesen war, heute hierherzukommen. Das bisschen Werbung, das die Veranstalter der Messe gemacht hatten, musste weitreichende Wirkung gehabt haben, denn es waren unglaublich viele Besucher gekommen. Und nach allem, was sie bisher mit Ryan und seiner Familie erlebt hatte, gab es nur zwei Möglichkeiten: Die Menge würde Ryan entweder respektieren und sich höflich und zurückhaltend zeigen – wie sie es von den Bewohnern des Mittleren Westens gewohnt war –, oder sie würde furchtbar aufgeregt sein, sodass Shelby es bereuen würde, ihn je in diese Sache mit hineingezogen zu haben.

Sobald der Fahrer den Wagen geparkt hatte, schnappte Ryan sich die Kühltasche und eine Umhängetasche, in der sich sein Laptop befand, und streckte die Hand aus, um ihr beim Aussteigen zu helfen.

»Bist du so weit?«, fragte er.

»Absolut.«

Die zahlreichen Menschen, die in Ryans und Adriens Zelt herein- und wieder hinausströmten, verhielten sich unterstützend und freundlich. Vielleicht lag es daran, dass Ryan zugestimmt hatte, ohne Publicity und großes Trara an der Messe teilzunehmen – sie waren einfach zwei Fotografen, die ihre Werke für einen guten Zweck verkauften. Oder vielleicht lag es an der freundlichen, für den Mittleren Westen so typischen Atmosphäre der Veranstaltung selbst. Unter der Plane des Ausstellungszeltes war Shelby jedenfalls entspannter als in goldglänzenden Theaterfoyers oder auf den überfüllten Abendveranstaltungen, bei denen sie das Champagnerglas erheben und oberflächliche Unterhaltungen mit Leuten führen musste, an deren Namen sie sich niemals wieder erinnern würde. Es gab einfach zu viele neue Menschen in ihrem Leben, um sie alle auseinanderzuhalten. Zu viele Fremde. Während Ryan sich bei diesen Anlässen mühelos zu bewegen schien, fühlte sie sich wie ein Kind, das sich an die Hand seines Vaters klammerte, weil es nicht wusste, wohin es gehen oder wen es als Nächstes kennenlernen sollte.

Die Monate zogen ins Land, doch bei Shelby stellte sich nicht das Gefühl ein, allmählich ein Teil ihrer neuen Umgebung zu werden, etwas, das sie an ihrem Leben in Bayfield so geliebt hatte, wie sie nun feststellte. Ihr Selbstbewusstsein veränderte sich so schnell wie das Innere ihres schwangeren Körpers. Sie spürte, dass sie durch diese unaufhaltsame Verwandlung zu einer Person wurde, die sie kaum wiedererkannte. Sie zog sich immer weiter in Ryans gesellschaftlichen und beruflichen Schatten zurück.

»Heute bist du ganz in deinem Element«, sagte Ryan warmherzig, näherte sich ihr von hinten und legte ihr die Hände um die Taille. Das Gedränge hatte sich ein wenig gelichtet, und zum ersten Mal seit ihrer Ankunft auf der Messe konnten sie miteinander reden, ohne ständig unterbrochen zu werden.

»Ist es nicht unfassbar, wie viele Besucher gekommen sind?« Sie legte die Hände auf seine Arme. »Die Leute scheinen deine Arbeit wirklich zu lieben.«

»Ehrlich gesagt finde ich es aufregender, wie die Leute auf unsere Aktivitäten zur Spendensammlung reagieren. Da ist echtes Interesse. Ich habe darüber nachgedacht – vielleicht können wir unser Engagement sogar ausweiten und uns auch um Lake Michigan kümmern oder sogar um die Großen Seen insgesamt.«

»Ich weiß, dass du das schaffen kannst.«

»Wir. *Wir* können es schaffen«, korrigierte er sie. »Du gehörst genauso dazu wie alle anderen auch.«

Tatsächlich?, fragte sie sich.

»Wenn ich heute all die Leute hier unten am See sehe, erinnert mich das ein bisschen an zu Hause.«

»Ich hoffe, es gefällt dir.«

»Ja«, sagte sie und drehte sich in seinen Armen um, um ihm ins Gesicht sehen zu können. »Und es sorgt dafür, dass ich diesen unbeschwerten Lebensstil vermisse. Du erinnerst dich doch noch daran, oder? Wie produktiv du sein konntest, aber ohne den Stress, der mit Menschenmengen und Verkehr und der ganzen Aufmerksamkeit einhergeht? Nur du, deine Arbeit und die freie Natur.«

»Keine Frage, Bayfield ist ein einzigartiger Ort. Ich vermisse ihn auch.«

»Wir sollten nächstes Wochenende mal hinfahren. Oder am Anfang der Woche. Wir könnten Gran überraschen. Nur du und ich, ein kleiner Ausflug. Das Cottage steht bereit. Und die Farben des Herbstes sind prachtvoll um diese Zeit. Lass uns hinfahren!«

Er ließ sie los. »Das werden wir, irgendwann. Die Ferien stehen vor der Tür; dann können wir sie besuchen …«

»Die Ferien?« Shelby war bestürzt, versuchte aber, ihre gute Laune zu bewahren. »Bis dahin dauert es noch lange. Stell dir vor, wie schön es wäre, für eine Weile von hier zu verschwinden!«

»Aber das ist es doch gerade, Shelby. Ich habe nicht das Bedürfnis, jetzt von hier wegzugehen. Tatsächlich wäre es sogar schrecklich für mich, jetzt fahren zu müssen. Es ist nicht der beste Zeitpunkt dafür.«

Das Lächeln in ihrem Gesicht erstarb in dem Augenblick, als sich, wie immer mit tadellosem Timing, Adrien näherte.

»Hey, ihr zwei, wir haben unglaublich viele Besucher!«, rief er und legte ihnen die Hände fest auf die Schultern. »Sieht aus, als ob die Menge sich allmählich beruhigt. Wenn ihr losziehen wollt, kann ich hier die Stellung halten.«

»Vielleicht sollten wir einfach zusammenpacken«, sagte Ryan und blickte Shelby an.

»Würde es dir etwas ausmachen, vorher noch für einen Moment hinunter ans Wasser zu gehen? Ein ehemaliger Kollege von mir, ein Kurator aus Miami, hat seinen Stand unten am Rand des Parks«, sagte Adrien. »Natürlich nur, wenn du einverstanden bist, Shelby.«

»Geht nur«, sagte sie mit tonloser Stimme. Ihr Mann hatte sie enttäuscht, und wenn sie ehrlich war, wollte sie lieber noch auf der Kunstmesse bleiben, als in die Stille der leeren Wohnung zurückzukehren. »Ich habe überhaupt nichts dagegen.« Und das war ihr voller Ernst.

Es war gut, dass Ryan eigenständig Kontakte knüpfen konnte, ohne auf die Verbindungen seiner Familie zurückgreifen zu müssen. Außerdem war Adrien so nett gewesen, zwei Praktikantinnen aus seiner Galerie mitzubringen, die am Stand aushelfen konnten. Darum hatte Shelby nicht viel mehr zu tun, als sich mit Leuten zu unterhalten und das Gemeindefest zu genießen, das sie an ihre Heimat erinnerte.

»Es dauert nicht lange«, versprach Ryan ihr. »Und ich werde nochmal darüber nachdenken – über deine Idee, nach Bayfield zu fahren. Vielleicht kann ich ein paar Meetings verlegen oder von dort aus arbeiten. Mal sehen, was sich machen lässt.« Er küsste sie flüchtig auf den Mund und verschwand dann ebenso schnell in einer Gruppe vorüberziehender Messebesucher, die sich in einem Strom von Rucksäcken, Kinderwagen und Taschen bewegten.

Die beiden Männer waren erst seit zehn Minuten fort, als Shelby hörte, wie jemand hinter ihr sie beim Namen rief und ihr dann vorsichtig auf die Schulter tippte.

»Shelby Meyers?«, wiederholte die Frau.

Shelby drehte sich um und erkannte sie sofort. Die Frau hatte noch immer die wilde braune Mähne, die sie stets zu zähmen versucht hatte, indem sie sie streng aus dem Gesicht strich. Die olivfarbene Haut war immer schon makellos gewesen, sogar damals auf der Highschool, als alle anderen mit Cremes, Peelings und Gesichtswässern gegen störende Unreinheiten ankämpften. Und sie hatte das breiteste, strahlendste Lächeln, das Shelby je gesehen hatte.

»Lizzie!«, rief sie aus und wollte die Frau umarmen, doch dann stutzte sie. Ihre alte Freundin von der High School war nicht allein. »Du meine Güte, das tut mir leid! Ich habe dich gar nicht gesehen.« Sie wandte den Blick von Lizzie Clarks

Gesicht ab und richtete ihn auf ein Kind, das seiner Mutter wie aus dem Gesicht geschnitten war.

»Shelby, das ist mein Sohn Ethan«, sagte ihre Freundin. »Ethan, das ist eine alte Freundin von mir, Mrs Chambers.«

»Wie wär's, wenn du mich einfach Shelby nennst?«, fragte sie und hockte sich auf ein Knie, um den Jungen zu begrüßen und seine kleine Hand zu schütteln. »Freut mich, dich kennenzulernen. Amüsierst du dich heute auch gut mit deiner Mutter?« Er lächelte das gleiche breite, strahlende Lächeln. Einen flüchtigen Moment lang fragte Shelby sich, welche Eigenschaften und Merkmale sie und Ryan ihrem eigenen Sohn vererben würden. Sie versuchte sich vorzustellen, dass die Leute sie als Familie sahen, ihre Gesichtszüge miteinander verglichen und erkannten, dass sie zusammengehörten. Sie versuchte es sich auszumalen, aber vor ihrem geistigen Auge entstand kein klares Bild.

Shelby erhob sich wieder und umarmte Lizzie. Bald darauf fingen sie an, Versäumtes nachzuholen. Wie bei alten Freunden üblich, folgten atemlose Sätze auf Lachsalven. Shelby erfuhr, dass Lizzie Clark nun Lizzie Farrington hieß und dass sie und Ethan mit ihrem Ehemann Ty in Oconomowoc lebten. Sie arbeitete als Helferin in Ethans Vorschule, während ihr Ehemann die achten Klassen in Mathe unterrichtete. Sie lebten ein stilles, gutes Leben, sagte Lizzie, am Lac La Belle in einem »kleinen Haus, das gerade groß genug« für sie war, wie Lizzie es ausdrückte.

»Wo ist er?«, fragte Shelby und meinte damit Ty. Sie blickte Lizzie über die Schulter, denn sie glaubte, dass er irgendwo in der Nähe sein müsste. »Ich würde ihn zu gern kennenlernen.«

»Er ist bei Tony, seinem Cousin. Kennst du Tony Dodd? Er war auf der Highschool ein paar Jahrgänge über uns.«

»Klar kenne ich ihn.«

»Wir sind ein paar Tage bei den Dodds zu Besuch. Tony arbeitet bei einem Eventveranstalter und ist für das audiovisuelle Equipment zuständig – bei der Firma, die diese Kunstmesse durchführt. Jedenfalls hat Tony vor ungefähr zwanzig Minuten bei Ty angerufen, weil es Probleme mit ein paar Lautsprechern gibt. Mein Ehemann ist einer dieser Männer, die lieber an elektronischen Geräten herumbasteln, als über eine Messe zu schlendern, und im Augenblick tut er genau das. Ethan und ich sind eine Weile allein, stimmt's, E.?« Sie zerzauste ihrem Sohn das Haar am Hinterkopf, als er zu ihr aufblickte.

»Die Welt ist klein«, sagte Shelby und betrachtete erneut Ethans vollkommenes Gesicht.

»Was ist mit dir?«

»Hm?«, machte Shelby geistesabwesend.

»In Bayfield und Umgebung reden alle über dich«, sagte Lizzie. »Mom kennt kein anderes Thema mehr, wenn ich sie anrufe – immer nur die letzten Neuigkeiten über dich, die Hochzeit, die so schön gewesen sein soll, und dann dein Umzug nach Chicago. Im Vergleich zu dem, was ich in Oconomowoc treibe, klingt das alles so *glamourös.*«

»Glaub mir«, sagte Shelby und deutete mit einem Kopfnicken auf Lizzies Sohn, »du hast da etwas viel Besseres als alles, was in meinem Leben vor sich geht. Wirklich, Lizzie, ich freue mich so für dich.«

»Na ja, er macht es mir leicht, stimmt's, Ethan?«, antwortete sie und bückte sich, um ihren Sohn auf die Wange zu küssen. »Aber so wie es aussieht, wirst du ja bald genau dasselbe erleben.«

»Was denn?«

»Mutterschaft«, sagte Lizzie und wies mit einem Kopfnicken auf Shelbys gerundete Mitte.

»Oh. Ja«, antwortete Shelby mit leiser Stimme. »Vermutlich werde ich das.«

Während sie sich weiter unterhielten, gingen immer weniger Menschen an ihnen vorbei, und Shelby bemerkte, dass einige Aussteller bereits anfingen, ihre Ware einzupacken. Die Praktikantinnen, die sich um Adriens Stand kümmerten, taten dasselbe, und sie bestanden darauf, es ohne ihre Hilfe zu schaffen. Es war eine neue Erfahrung für Shelby, zur Unterstützung vor Ort zu sein, im Grunde aber keine echte Aufgabe zu haben, im Gegensatz zu den vielen Jahren, in denen sie ihren Großeltern geholfen hatte, die Farm zu führen.

»Ist Ryan hier? Ich würde ihn sehr gern kennenlernen«, sagte Lizzie.

Eine frische Brise wehte durch den Park, ließ die Zelteingänge rascheln und lose Broschüren und Flyer der Künstler von den Ausstellungstischen aufflattern. Shelby spürte, dass die Temperatur plötzlich fiel. »Das ist merkwürdig, ich hätte nicht gedacht, dass sich das Wetter heute Nachmittag noch verschlechtern würde …«, sagte Shelby, als die beiden Frauen in den Himmel blickten. Shelby kannte sich mit dem Wetter am Lake Superior ziemlich gut aus, und sie wusste, dass Stürme über den Großen Seen schnell aufziehen und überraschend großes Chaos anrichten konnten. »Tut mir leid, Lizzie, ich muss den Mädchen dort helfen, das Zelt zu schließen. Es wird garantiert gleich regnen.

»Ich helfe dir.« Mit Ethan im Schlepptau setzten sie sich in Bewegung, um den anderen im Zelt zu helfen, Adriens und Ryans Arbeiten sicher in Kisten zu verstauen.

»Also, du hast mich nach Ryan gefragt«, sagte Shelby, als sie und Lizzie Seite an Seite arbeiteten. »Wir wollten eigentlich schon gehen, aber dann hat er beschlossen, mit Adrien zusammen einen Kurator zu treffen. Ich glaube, er hat sich in seinem Zelt ein bisschen eingesperrt gefühlt – er ist wesentlich glücklicher, wenn er sich frei bewegen kann.«

»Wahrscheinlich werde ich gleich in Ohnmacht fallen. Ich bin nämlich noch nie einem *echten* Promi begegnet.«

»Er würde dir garantiert versichern, dass er gar kein Promi ist.« Shelby lachte. »Tatsächlich ist er wahrscheinlich bodenständiger und normaler als ich.«

Eine der jungen Praktikantinnen unterbrach sie. »Mrs Chambers, wir könnten jetzt anfangen, die hier zum Truck zu bringen. John hat ihn geholt – er ist von hinten an das Zelt herangefahren.«

»Perfekt, vielen Dank, Molly.«

»Er müsste gleich wieder da sein.«

Eine weitere Böe fegte über den Park. Diesmal so heftig, dass sich eine Seite des Zeltes aus der Verankerung im Boden löste. Die Plane trieb über den Weg auf den Rasen und sank dort in sich zusammen. Ethan drängte sich an seine Mutter und klammerte sich schutzsuchend an ihr Bein. Lizzie hob ihn hoch, setzte ihn sich auf die Hüfte und blickte in den Himmel. »Shelby. Wir müssen hier raus.«

Shelby trat aus dem Zelt und blickte in den Himmel. Eine große Gewitterwolke zog heran, schob sich im nächsten Augenblick vor die Sonne und warf ihren unheilverkündenden Schatten über den Park.

»Ist alles im Truck?«, rief Shelby Molly und den anderen zu. Die Helfer signalisierten, dass sie alles in Sicherheit gebracht hatten. »Dann lauft jetzt alle zum Wagen, meine Freundin und ich kommen gleich nach«, drängte Shelby, während Messebesucher an ihr vorbeistürmten, um sich in Sicherheit zu bringen, bevor der Himmel die Schleusen öffnete.

»Ich muss nur noch diese Halterungen befestigen, Lizzie, dann können wir mit Ethan hinausgehen – draußen wartet ein Wagen auf uns. Es ist nicht weit von hier.« Während die beiden Frauen emsig daran arbeiteten, das Zelt zu sichern, wurde der Wind noch stärker und heulte hinter den dünnen Zeltwänden. *Wo ist Ryan?*, fragte Shelby sich nervös, blickte in Ethans ängstliches Gesicht und wusste, dass ihnen nicht mehr viel Zeit blieb. Sie musste dafür sorgen, dass das Kind in Sicherheit war, wenn der Sturm schließlich losbrach.

»Ich will zu Daddy!«, schrie Ethan auf dem Arm seiner Mutter. Lizzie drückte ihn schützend an sich, und er schlang die Arme um ihren Nacken.

»Okay, laufen wir zum Wagen«, verkündete Shelby, und in demselben Augenblick prallte etwas heftig auf das Zeltdach, und die Menschen rannten schutzsuchend los.

»Shelby!« Ryan tauchte im Laufschritt neben ihr auf. Während Lizzie trotz des Kindes auf ihrem Arm zügig laufen konnte, fühlte Shelby sich wohler, wenn sie nur gelegentlich ein paar Schritte trabte und sich dabei fest die Hand auf den runden Bauch legte. Er war so groß, dass er auf ihre inneren Organe drückte, sodass sie schnell außer Atem geriet und leichte Übelkeit verspürte. »Wartet doch!« Shelby und Lizzy verlangsamten ihren Lauf zu flottem Gehen, bis Ryan sie schließlich einholte.

»Ich hatte gehofft, ihr hättet es schon zum Auto geschafft«, sagte er nach Luft ringend und legte Shelby die Hand ins Kreuz, um sie zu stützen. *Ich kann selber zum Auto laufen*, dachte sie, eher entrüstet, weil er so spät zurückgekommen war, als verächtlich, weil er glaubte, dass sie von ihm abhängig sei. *Ich bin schwanger, nicht schwach.*

»Wir mussten deine Arbeiten in Sicherheit bringen.«

»Scheiß auf die Fotos, Shelby. Du bist diejenige, die in Sicherheit sein muss.«

Sie schüttelte das Gefühl von Verärgerung ab, indem sie, während sie weiter zum Wagen liefen, das Thema wechselte. »Ryan, das sind Lizzie und Ethan. Aus Bayfield.«

»Freut mich, euch kennenzulernen«, sagte er, wurde jedoch abgelenkt, als ein Regenschauer die umliegenden Zelte traf und die kleine Gesellschaft nass spritzte.

»Ich freue mich …«, setzte Lizzie an. Aber inzwischen waren sie alle außer Atem, und es blieb ihnen keine Zeit mehr. Plötzlich öffnete der Himmel die Schleusen; der mäßige Regen verwandelte sich in einen ausgewachsenen Wolkenbruch.

»Komm, ich helfe dir. Ich kann ihn tragen«, sagte Ryan und meinte Ethan. »Dann kommen wir schneller voran.«

Für weitere Höflichkeiten blieb keine Zeit mehr. Lizzie nickte Shelby zu, als sie sich zu viert zum Wagen durchkämpften. Regenwasser lief ihnen über die Gesichter, die nassen Haare klebten am Kopf, und die Klamotten hingen nass und schwer am Körper. Shelby hätte eigentlich außer sich sein müssen, doch sie fühlte sich heiter und beschwingt. Als hätten die weißen Verkaufszelte, der Duft von Popcorn in der Luft, die Menschenmengen im Park und der nahe gelegene See, das unerwartete, heftige Gewitter – als hätten all diese Ereignisse ihrem Tag voller Heimweh die Krone aufgesetzt und sie daran erinnert, wer sie war. Und daran, dass ihre Wurzeln in ihrer Heimatstadt lagen.

16

Dates mit Baby

In Chicago hatten winterlicher Schneefall und Lichterketten die bunt wirbelnden Herbstblätter abgelöst. Da Ryan und Shelby im Herbst keine Zeit mehr gefunden hatten, die Reise nach Bayfield anzutreten, konnte sie es kaum erwarten, Weihnachten nach Hause zu fahren. Shelby war nun im achten Monat, und ihre Schwangerschaft verlief normal. Zumindest versicherte ihre Frauenärztin ihr das immer wieder. Shelby aber kam die wachsende Präsenz in ihrem Inneren alles andere als normal vor. In dem Maße, in dem ihr Körper wuchs, wuchs auch ihre Sorge um das neue Leben in ihr. Immer wieder zweifelte sie an ihrer Fähigkeit, eine gute Mutter zu sein.

Ihre Nächte blieben schlaflos. Sie verbrachte den Abend damit, sich entweder im Bett zu wälzen oder ihre Kissen zu richten, bis sie bequem darauf liegen konnte, oder sie stand auf und lief durch die Wohnung, bis die Bewegungen des Babys nachließen. Ryan streichelte ihr sanft den Bauch, wenn das Kind sie mit dem Ellbogen anstieß, damit es sich beruhigte und wieder einschlief. In den meisten Nächten funktionierte das recht gut, aber manchmal war sie zu aufgeregt, um sich berühren zu lassen.

An diesem Tag war Ryan schon zu Chambers Media gefahren, als Shelby morgens aufwachte. Nun saß sie vor dem Panoramafenster im Arbeitszimmer, starrte auf die weite Fläche des Lake Michigan und auf das Eis, das sich an seinen Rändern gebildet hatte und das Ufer den Winter über gegen das Wasser abschottete. Auf dem Bildschirm ihres Laptops war eine Nachrichtenseite geöffnet, als ihre Gedanken plötzlich von Bewegungen in ihrem Bauch abgelenkt wurden. Sie blickte an dem Bildschirm vorbei auf das Buch, das unberührt in dem niedrigen Bücherregal neben ihr stand und darauf zu warten schien, dass sie es las. Das Buch mit dem rosa geblümten Einband. Geschrieben von einem renommierten Frauenarzt. Der ihr alle Geheimnisse über das verraten würde, was Monat für Monat in ihrem Bauch geschah. Das Buch, das ihr sagen würde, was sie tun sollte, um gut für ihr ungeborenes Kind zu sorgen. Aber konnte es ihr auch erklären, wie sie es anstellen sollte, so zu fühlen, wie man es von einer werdenden Mutter erwartete – wenigstens ein kleines bisschen?

Sie griff nach dem Buch und befühlte den glatten Einband. Ryan hatte es ihr schon vor Monaten geschenkt, zu ihrer Unterstützung, aber auch, weil es seine eigene Vorfreude steigerte. Pflichtbewusst arbeitete sie jedes Kapitel durch, wie ein Gärtner, der den *Gartenkalender* las, um vorherzusagen, was die Monate des vor ihm liegenden Jahres bringen würden.

Als sie zu einem Ledersessel im angrenzenden Zimmer schlenderte, spürte sie ein Ziehen in der Seite. Wie eine Warnung fuhr der Schmerz durch ihren vorstehenden Bauch. *Nimm das ernst, Frau, denn ich komme, ob du willst oder nicht!*

Sie massierte die verkrampfte Stelle, setzte sich hin und

öffnete das zwölfte Kapitel: »Dein achter Monat«. Eilig überflog sie die ersten Seiten auf der Suche nach einem Rat, der ihr Erleichterung verschaffen könnte. »Die Bewegungen sind deutlich spürbar – das Baby tritt, stößt mit den Ellbogen und boxt … stärker und häufiger … es bewegt sich ungefähr dreißig Mal pro Stunde.«

Erzähl mir was Neues, dachte Shelby. Sie fuhr mit dem Finger über die Seite, auf der Suche nach etwas – irgendetwas –, das ihr Hoffnung geben würde. Sie legte das offene Buch auf die Wölbung ihres Bauches und lehnte den Kopf an die Lehne des Sessels. Eine vertraute Welle von Kummer überrollte ihren Schoß, wie die Wellen, die sich um einen gesunkenen Stein herum kräuseln und ausbreiten.

Anfangs hatte sie versucht, das Gefühl zu bekämpfen, doch jetzt gab sie ihm nach. Es stieg in ihrem Hals auf und ließ ihr Kinn zittern und schmerzen. Sie war ein guter Mensch. Sie wusste, wie man liebte und geliebt wurde. Die Familie bedeutete ihr alles. Warum also fühlte sie ihrem ungeborenen Kind gegenüber nichts als Angst? Und tiefe Trauer, weil ihr jeder natürliche mütterliche Instinkt fehlte?

Dafür kann es nur einen Grund geben, dachte sie. Wenn Ryan neben ihr im Bett lag, rollte er sich stets instinktiv zusammen, legte ihr eine Hand auf den Bauch und redete mit sanfter, liebevoller Stimme mit seinem ungeborenen Kind – während sie selbst nicht wusste, was sie sagen sollte.

Shelby seufzte und erhob sich schwerfällig aus dem Sessel. Sie ging zu dem Schreibtisch am Fenster. Ihr Handy lag auf den Papieren, die auf der Schreibtischplatte verstreut waren. Keine Nachrichten. Sie nahm das Telefon in die Hand und schrieb Ryan eine SMS.

Bist du beschäftigt?

Nie zu beschäftigt für dich. Was gibt's?

Bin nervös. Bitte, sag mir irgendwas Nettes.

Sie lächelte, als das Handy gleich darauf wieder aufleuchtete und seine Antwort anzeigte.

Hallo, meine Schöne, ich lade dich zum Dinner ein.

Glücklich stand sie von der Couch auf und sagte laut: »Okay, Baby. Scheint, als hätten wir ein Date.«

Sie genossen das gemeinsame Dinner in einem ihrer Lieblingsrestaurants, einem gemütlichen Lokal in Familienbesitz, das sie wegen seiner original sizilianischen Küche liebten und dafür, dass es verborgen in einem Keller lag, zu dem sie von der Straße aus einige Stufen hinabsteigen mussten.

Endlich war sie offen zu ihm gewesen. Komisch, dass es eines kleinen Restaurants im Herzen Chicagos und eines gemeinsamen Tellers mit schlichten Spaghetti und Fleischbällchen bedurfte, damit sie zu heucheln aufhören konnte und stattdessen ihre Ängste und Sorgen mit ihm teilte. Als sie erst einmal zu reden begonnen hatte, strömten die Worte aus ihr heraus, und sie schimpfte mit sich selbst, weil sie sich ihm nicht früher anvertraut hatte. Er nahm ihre Ängste zur Kenntnis – auch er war besorgt, meinte aber, das sei normal –, doch es bereitete ihm Sorge, dass sie ihren Kummer so lange mit sich selbst ausgemacht hatte.

»Du wirst eine wundervolle Mom sein, weißt du das denn nicht?« Er wischte ihre Befürchtung entschieden beiseite, sie könnte so werden wie ihre Mutter. Stattdessen würde Shelby genau die Mutter sein, die sie sein wollte. Das musste sie ihm einfach glauben.

Ryan vertraute ihr mehr als sie sich selbst. Und was er tat, verstärkte aufs Neue ihre Gewissheit, dass er der bessere Elternteil sein würde. Für ihr Kind war es ein Segen, dass Ryan da war.

Nach dem Essen hielt er ihr beim Hinausgehen die Tür auf, und kalte Luft schlug ihnen entgegen. Aber Shelby fühlte sich zu gut, als dass ihr die Kälte etwas ausgemacht hätte. Sie verknotete die Enden ihres Schals und zog ihren Mantelkragen etwas höher, als sie die Stufen hinaufstieg, auf die Straße trat und sich bei Ryan unterhakte. Das letzte Mal war sie so zufrieden gewesen, als sie zusammen in Zermatt waren; es war, als wären sie wieder ein frisch verheiratetes Paar und keine werdenden Eltern. Sie war trunken von der grenzenlosen Liebe ihres Mannes und glaubte ihm, als er ihr versprach, dass alles gut ausgehen würde. Sie vertraute ihm. Alles würde besser werden. Es musste einfach so sein.

»Ich schaue noch bei meinen Eltern vorbei. Meine Mutter hat etwas, das ich unterschreiben muss, es geht um eine Änderung im Familien-Fonds. Es wird nur ein paar Minuten dauern, und danach komme ich sofort nach Hause«, sagte Ryan.

»Ich kann dich begleiten.«

»Lass nur, ich kenne dich gut genug, um zu wissen, dass du viel lieber zu Hause bist, als dich durch die Stadt zu quälen, um dann nur herumzusitzen und dir Charlottes Geschichten über die Finanzen der Familie anzuhören.«

»Na ja, manchmal ist sie wirklich ein bisschen langatmig«, stimmte Shelby zu und lachte.

Sie ging zu dem wartenden Wagen und winkte Peter, dem

Fahrer, durch das Seitenfenster zu, dann öffnete Ryan ihr die Tür.

»Ist schon okay, nimm du den Wagen«, sagte sie. »Wenn ich schon mal hier bin, kann ich auch kurz bei Saks vorbeischauen. Ich besorge schnell ein paar Sachen und nehme danach ein Taxi nach Hause.«

»Ich nehme ein Taxi. Peter kann auf dich warten.«

»Nein, wirklich, ich möchte gern allein sein«, sagte sie. »Außerdem, wenn du mit gepackten Sachen bei deinen Eltern auf ein Taxi warten musst … Wer weiß, wie lange es dauert, bis du eins für den Heimweg kriegst. Du nimmst den Wagen – ich wette, ich bin eher zu Hause als du.«

Er trat wieder zu ihr auf den Gehweg und legte ihr den Arm um die Schultern, um sie gegen die Kälte abzuschirmen. »Was willst du denn kaufen?«

Sie warf ihm einen Seitenblick zu. »Glaubst du, ich verrate dir so kurz vor Weihnachten all meine Geheimnisse?«

»Also gut«, sagte er. Er beugte sich über sie und flüsterte ihr ins Ohr: »Besorg, was immer du besorgen willst, und dann treffen wir uns um fünf in der Wohnung. Vielleicht gebe ich dir mein Geschenk ein paar Tage früher.«

»Bitte nicht. Ich bin aufgebläht wie ein Wal.«

»Du hast wirklich keine Ahnung, stimmt's?«

»Wovon habe ich keine Ahnung?«

»Du warst noch nie schöner als jetzt.« Seine Lippen berührten flüchtig ihr Ohr, und er küsste sie auf die Wange, bevor er mit den Fingern sanft die andere Seite ihres Gesichts berührte und ihre Lippen küsste.

»Man kann uns sehen«, flüsterte sie zurück.

»Na und?«, erwiderte er und küsste sie erneut, sodass der Schmerz, das Ziehen in den Muskeln, ihre plumpe Körperhaltung und ihre Sorgen dahinzuschmelzen schienen. Und übrig blieb nur die Frau, die sich in diesen Mann verliebt hatte.

Shelby hatte eigentlich nur schnell in das Geschäft springen und ein Geschenk für Ryan abholen wollen, einen grellbunten Weihnachtspullover, der sie an ihren Großvater erinnerte und Ryan zum Lachen bringen würde. Stattdessen wurde sie bereits von einer Menschenmenge erwartet.

Es begann mit einer Frau, die vor Shelby in der Schlange an der Kasse stand. Das aufdringliche Starren der Frau war beunruhigend, und Shelby gelang es nicht, es zu ignorieren. Sie neigte den Kopf, um ihr Portemonnaie wieder in die Handtasche zu stecken, und musterte die Frau von der Seite. Und indem sie das tat, verschaffte sie der anderen die Gelegenheit, auf die sie gewartet hatte und die sie umgehend nutzte.

»Ich kenne Sie«, sagte die Frau und trat mit übereifrigem Lächeln einen Schritt auf Shelby zu.

»Verzeihung, ich glaube nicht, dass wir uns schon einmal begegnet sind«, erwiderte Shelby und richtete ihre Aufmerksamkeit wieder auf die Verkäuferin, die sorgfältig den Pullover in Geschenkpapier packte. Er war mit einer Lichterkette verziert, zu der sogar ein Satz Batterien gehörte, und wenn sie eingeschaltet wurde, blinkte sie zur Melodie von »Let It Snow«. Der Pullover war so kitschig, dass er schon wieder schön war.

»Nein, ich meine, ich kenne Sie von irgendwoher.« Die Frau ließ nicht locker. »Sind Sie beim Fernsehen?«

Höflich schüttelte Shelby den Kopf und wünschte inständig, die Verkäuferin würde das Klebeband schneller anbringen.

»Sie sind nicht beim Film, das weiß ich«, fuhr die Frau fort. Sie würde nicht aufgeben, bis sie einen Namen heraufbeschworen hätte. »Aus dem Vorabendprogramm?«

Shelby lächelte höflich. *Bitte, geh. Bitte, bitte geh endlich.*

»Warten Sie … Moment! Ich hab's gleich …« Die Unbekannte stellte ihre Einkäufe auf dem Tresen ab und begann, leicht mit der flachen Hand auf das Holz zu schlagen. Shelby konnte praktisch hören, wie es in ihrem Kopf arbeitete. Die Frau grinste so breit wie eine Kandidatin bei einer Spielshow und als wäre Shelby die Frage, um die es gerade ging.

»Es ist gut so, Sie müssen keine Schleife draufkleben«, wandte sich Shelby mit höflichem Lächeln der Verkäuferin zu. »Ich habe es ein bisschen eilig, den Rest kann ich auch zu Hause erledigen.«

Die Verkäuferin blickte von ihrer Arbeit auf und Shelby ins Gesicht. »Sind Sie sicher, Mrs Chambers?«

Verdammt, dachte Shelby. *Die Kreditkarte.*

»Chambers! Na klar, das ist es!«, platzte die Frau heraus. »Natürlich!«

So sehr sie sich auch bemühte, Shelby hatte sich immer noch nicht daran gewöhnt, erkannt zu werden. Tatsächlich bezweifelte sie, dass ihr das je gelingen würde. Zu Hause in Bayfield grüßten sich die Leute auf der Straße. Es war normal, in der Stadt oder unten am Wasser auf Menschen zu treffen, die man kannte. Es war eine eng verbundene Gemeinschaft, in der gute Nachbarschaft zum Lebensstil gehörte.

Aber in Chicago? Umgeben von völlig fremden Menschen? Wenn sie mit Ryan in der Stadt war, bewunderte sie sein bescheidenes Auftreten. Immer freundlich, niemals arrogant. So verhielt er sich und sorgte damit zwar für Ungestörtheit, nicht jedoch für Anonymität. »Du wirst dich daran gewöhnen,

Shel«, hatte er zu ihr gesagt, als sie gerade in Chicago angekommen war und mit aufdringlichen Blicken bedacht wurde, wenn sie Arm in Arm mit ihm unterwegs war. »Und wenn du dich erst einmal dran gewöhnt hast, spielt es überhaupt keine Rolle mehr.«

»Warum bist du dir da so sicher?«, hatte sie gefragt.

»Weil das alles vergänglich ist. Ich habe nichts getan, was Anerkennung verdient hätte. Es ist nur eine Frage der Zeit, bis der sogenannte Ruhm verblasst. Sieh's ein, Shelby«, zog er sie auf. »Eines nicht allzu fernen Tages werde ich der Typ sein, der früher mal aussah, als wäre er wichtig. Vielleicht willst du dann lieber nicht in meiner Nähe sein.«

»Ich wünschte, dieser Tag wäre schon da«, sagte sie. »Aber mal im Ernst, wie hast du dich daran gewöhnt?«

»Indem ich verstanden habe, dass die Aufmerksamkeit meistens auf guten Absichten beruht«, sagte er. »Manche Leute haben eben das Gefühl, mich zu kennen oder meiner Familie nahezustehen. Ein Hallo schadet niemandem.«

Doch hier an der Kasse im Kaufhaus, wo Shelby allein war und hilflos ihre Handtasche umklammerte, wurden diese Hallos verletzend. Aus einer lästigen Frau wurden plötzlich zwei. Sie machten Wirbel vor den Verkäuferinnen und erregten so das Interesse weiterer Menschen. Bevor Shelby nach ihrer Einkaufstasche mit dem Geschenk für Ryan greifen und sich still aus dem Geschäft begeben konnte, war sie von einem Auflauf neugieriger Menschen umgeben. Und alle stellten ihr Fragen.

»Wo ist Ihr Mann?«

»Wie gefällt es Ihnen in Chicago?«

Wie ein Schwalbenschwarm folgten sie ihr, wohin sie sich auch drehte.

»Sie sind viel hübscher als auf den Fotos.«

»Würden Sie hier für meinen Sohn unterschreiben?«

Sie blickte über die Schultern der Leute auf der Suche nach jemandem, der ihr vielleicht helfen konnte. Sicherheitskräfte des Kaufhauses. Ein vertrautes Gesicht. Irgendjemand.

»Ist Will Chambers heute hier?«

»Können Sie ein Selfie mit mir machen?«

»Ich kann einfach nicht glauben, dass das Shelby Chambers ist!«

»Verzeihung«, sagte Shelby und hielt den Kopf gesenkt, hob die Einkaufstasche vor ihren Bauch und bahnte sich einen Weg durch die kleine, aber angriffslustige Menschenmenge. Sie verstand einfach nicht, worin der Reiz für diese Leute bestand, und noch weniger, warum sie den Kreis um sie immer enger zogen. Shelby hob die Schultern und hielt ihre Einkaufstüte und die Handtasche fest. Sie benutzte die Ellbogen, um sich durch den Pulk zu schieben. Sie wurde grob von rechts angestoßen, verdrehte sich den Fuß und kam ins Stolpern, fing sich aber wieder.

»Entschuldigen Sie«, sagte sie noch einmal, lauter jetzt und weniger höflich. Sie fühlte ihr Herz schneller schlagen. Sie hielt den Blick gesenkt, sah nichts außer dem glatten Boden des Kaufhauses und einer Ansammlung von Schuhen und Stiefeln. Füße und Fußabdrücke und Schneeklumpen, die zu kleinen, dreckigen Tümpeln schmolzen. So etwas hatte sie in ihrer gesamten Zeit in Chicago noch nicht erlebt, und ganz sicher war ihr so etwas noch nicht an der Seite ihres Mannes passiert.

Sie hatte den Ausgang des Kaufhauses beinahe erreicht und damit auch ein Taxi, das sie nach Hause und in Sicherheit bringen würde.

Und da plötzlich schoss eine Hand aus der zudringlichen

Menge und berührte ihren schwangeren Bauch. Ihr Baby. *Ihr Baby!* Wie konnte diese Fremde es wagen, ihr ungeborenes Kind zu berühren!

»Wann ist es denn so weit?«, erklang die Stimme einer Frau.

»Aufhören!«, brüllte Shelby. Wie angewurzelt blieb sie stehen und richtete das Wort an die Gruppe. »Gehen Sie zurück!« Sie hörte ihre Worte, nahm aber das giftige Zischen in ihrer Stimme nicht wahr. »Sie haben kein Recht dazu!«

Sie drehte sich zu der Gruppe um, und ihr Blick musste wie eine Drohung wirken. *Kommt mir bloß nicht in die Quere! Wagt es nicht, meinem Kind wehzutun!* Dem Ausdruck auf den Gesichtern der Leute nach zu urteilen, hatte sie Erfolg damit. Nach und nach schienen die Umstehenden das Interesse zu verlieren und entfernten sich. Einige machten immer noch Fotos von ihr, aber so schnell die Menge sie umzingelt hatte, so schnell löste sie sich nun wieder auf, und sie fragte sich, ob sie sich alles nur eingebildet hatte. Verschwunden waren die Augen und Stimmen und die zudringlichen Hände. Sie drehte sich wieder zum Ausgang und sah ihren Fluchtweg. Frei und ohne jedes Hindernis.

Sie legte eine Hand auf die harte Wölbung ihres Unterleibs und rieb so fest darüber, dass das Baby die Liebkosung durch die dünne Gewebewand spüren konnte, die die Hand vom Rücken des Kindes trennte. »Alles ist gut, Kleines«, flüsterte sie. Hocherhobenen Hauptes eilte sie aus dem Geschäft und in die Kälte hinaus, wo Autos hupten, der Wind zwischen Wolkenkratzern pfiff und die Stimmen der Menschen als stetes Summen auf den Gehwegen zu hören waren. Und in diesem Augenblick wusste sie, wie sich das instinktive Bedürfnis anfühlte, ein Kind zu beschützen. In dem Augenblick, als sie den Rücken ihres Kindes streichelte, wusste sie, dass sie es die ganze Zeit schon geliebt hatte. Wie dumm sie gewesen war, diese Tatsache zu leugnen. *Ihn* zu verleugnen.

Shelby winkte rasch ein Taxi heran und war erleichtert, als sofort eines an den Bordstein rollte. Sie ließ sich auf der Rückbank nieder, lächelte und nannte dem Fahrer ihre Adresse. Sie stellte ihre Handtasche und den Einkauf neben sich ab und lächelte, liebkoste ihren Bauch und sprach in Gedanken mit ihrem ungeborenen Kind.

Es tut mir so schrecklich leid. Ich weiß nicht, was ich in all diesen Monaten gedacht habe. Ich glaube, ich hatte einfach Angst. Ich war nicht bereit, die Verantwortung zu übernehmen, die es mit sich bringt, deine Mutter zu sein, und dann warst du da – und hast geduldig auf mich gewartet. Du warst so unglaublich geduldig. Ich verspreche dir etwas. Ich werde den Rest meines Lebens damit verbringen, es wiedergutzumachen. Ich will dir mehr Liebe schenken, als meine Mutter mir je gegeben hat. Es tut mir so schrecklich leid, mein Kleiner.

Ihre Hände hielten inne. Ihr Lächeln verschwand. Plötzlich fiel ihr auf, dass sie in letzter Zeit keine … *Nein. Ich bin sicher, es ist nichts.*

Sie öffnete den Reißverschluss ihres Mantels, schob die Hände unter den Pulli und fühlte die weiche Wärme ihrer straff gespannten Haut. *Komm, Süßer. Sei nicht schüchtern. Wach auf.*

Als das Taxi durch die Straßen der Stadt fuhr, begann es draußen zu schneien. Langsam schwebten Schneewölkchen wie abgerissene Stücke von Zuckerwatte herab und häuften sich überall in der Stadt an. Sie hörte das rhythmische Wischen der Scheibenwischer an der Windschutzscheibe des Taxis, links – rechts, links – rechts, so verrannen die Sekunden, ohne dass sie irgendeine Bewegung in ihrem Bauch spürte. Kein hungriger Tritt. Oder ein längeres Dehnen. Nicht einmal ein kleines Kitzeln vom Fuß eines schlafenden Babys.

Links – rechts. Links – rechts. *Wusch. Wusch.*

Wie lange dauert das jetzt schon?, fragte sie sich und blickte auf der Suche nach einem Zeichen auf ihren Bauch. *Lieber Gott, bitte, gib mir ein Zeichen!*

Beim Frühstück? Beim Lunch mit Ryan? Hatte sie die Tritte des Babys gespürt, als sie durch das Kaufhaus spaziert war, bevor die Menschenmenge zusammengelaufen war?

Sie blickte auf ihren Bauch hinunter, als könnte er ihr die Antwort geben. Erneut rieb sie über den Rücken des Babys und merkte jetzt, dass es nicht darauf reagierte. Er zuckte nicht, stieß sie nicht an und trat auch nicht. In Gedanken raste sie durch den Tag. Lesen im Arbeitszimmer. Mittagessen mit Ryan. Shopping.

»Grundgütiger«, sagte sie laut. Entsetzt riss sie die Augen auf, ihre Lippen zitterten.

»Haben Sie etwas gesagt, Miss?«, fragte der Fahrer durch die Glasscheibe, die die Vordersitze von der Rückbank trennte.

Sie spürte, dass ihr Panik in die Brust stieg, ihr die Kehle zuschnürte und ihre Lippen beben ließ. *Mein Gott! Was für eine Mutter bin ich? Ich kann mich nicht mehr erinnern, wann ich das letzte Mal gefühlt habe, dass mein Baby sich bewegt!*

»Zum Krankenhaus …« Ihre Stimme war nur ein leises Quietschen.

»Was ist denn, Miss?«, fragte der Fahrer und drehte den Kopf, um sie durch die Trennscheibe besser hören zu können.

»Bitte. Zum Krankenhaus. Ich glaube, es ist ein Notfall.«

Shelby hoffte, dass er ihr keine weiteren Fragen stellen würde. Er musste wissen, wohin er sie bringen konnte. Ihr blieb nichts anderes übrig, als ihre ganze Hoffnung in diesen Taxifahrer zu setzen.

»Zum Krankenhaus?«

»Memorial!« Sie atmete tief durch. *Vielleicht ist ja gar nichts. Vielleicht hat er sich im Kaufhaus bewegt, und ich habe es nur nicht gemerkt. Es ist nichts, ganz bestimmt.*

»Also jetzt nicht mehr zum Lake Shore Drive?«

»Nein«, antwortete Shelby, schluckte ihre Angst hinunter und versuchte, die Fassung zu wahren. Ebenso wie die Hoffnung. »Memorial Hospital. Und, bitte, beeilen Sie sich.«

Sie spürte, dass das Taxi schneller fuhr und an der Ampel plötzlich nach links abbog; der Schwung drückte ihren Körper gegen die Beifahrertür. Es machte ihr nichts aus; sie war froh, dass der Taxifahrer Gas gab. Sie richtete sich wieder auf und griff nach ihrer Tasche, öffnete sie und durchwühlte sie, bis sie die glatte Oberfläche ihres flachen Handys in der Hand spürte. Sie entsperrte das Display und tippte schnell auf die Kurzwahltaste in ihrer Kontaktliste. *Ryan.* Mit dem Handy am Ohr wartete sie darauf, dass er antwortete, und sah dabei zu, wie der Schnee noch immer in dicken Flocken auf die Stadt fiel. Sie bemerkte, dass das Winterwetter der Umgebung den größten Teil ihrer Farbigkeit genommen hatte. Während das Taxi durch die schwarz-weißen Straßen der Stadt raste, wartete sie und lauschte.

Ring.

Ring.

Ring.

17

Lass es klingeln

Ryan saß im Wohnzimmer der Penthouse-Wohnung seiner Eltern, als er das leise Klingeln des Handys aus seinem Mantel dringen hörte, den er lässig auf einem stattlichen Polstersessel im Flur abgelegt hatte.

»Ach, lass es doch klingeln«, sagte seine Mutter, die im Wohnzimmer in einem Sessel gegenüber von ihm saß. »Meine Güte, können wir nicht mal zehn Minuten miteinander verbringen, ohne dass uns jemand stört? Mit dir zusammen zu sein ist inzwischen genauso, als wäre ich mit deinem Vater zusammen.«

»Lass mich nur kurz nachsehen. Vielleicht ist es Shelby.« Ryan erhob sich aus seinem Sessel und wollte an seiner Mutter vorbeigehen, als diese eine Hand nach ihm ausstreckte und ihn aufhielt.

»Shelby ist ein großes Mädchen, Liebling. Kannst du sie nicht später zurückrufen?«, fragte sie, ohne wirklich zu fragen. Sie bestand darauf.

»Mutter, sie ist im achten Monat schwanger«, sagte er und nahm an, dass Charlotte ihn verstehen würde, doch als er ihr ins Gesicht sah, wusste er, dass er sich geirrt hatte.

»Sie hat doch meine Festnetznummer. Sicher würde sie dich hier anrufen, wenn es ein Notfall wäre«, fuhr Charlotte fort und nahm ihr Weinglas von dem Beistelltisch neben sich. »Ich bin sicher, es ist nichts passiert. Und ich würde es begrüßen, wenn wir unsere Unterhaltung beenden könnten, bevor dein Vater nach Hause kommt.«

Obwohl sein Instinkt ihn drängte, nach seinem Handy zu greifen, ließ er sich wieder in dem Sessel nieder. Sie hatte ja recht. Ihr Gespräch war für sie beide wichtig, und es wäre am besten, vor der Rückkehr seines Vaters damit fertig zu sein.

»In Ordnung. Aber wenn es wieder klingelt oder sie hier auf dem Festnetz anruft ...«

»... dann werde ich dich natürlich auf keinen Fall zurückhalten«, versicherte sie ihm, hob das Glas an die Lippen und nahm einen Schluck kühlen Chablis. »Aber im Ernst, William, du solltest dich entspannen. Alles ist gut.«

»Also, kommen wir wieder auf unser Thema zurück«, sagte Ryan und freute sich über die ungewohnt vertrauliche Unterhaltung, die er mit seiner Mutter führte. Doch zugleich spürte er, dass es ein Fehler war, diesen Anruf nicht anzunehmen.

»Ich bin sehr besorgt wegen der Art, wie die Presse Shelby ins Visier nimmt«, sagte Charlotte.

»Ich weiß. Das sind wir alle«, stimmte er ihr zu.

»Dein Vater und ich haben ausführlich darüber gesprochen und ...«

»Und ich habe ihm gesagt – genau genommen habe ich es sogar euch beiden gesagt –, dass sie nichts tut, was die Presse gegen sie aufbringt oder die Aufmerksamkeit auf sie lenkt.«

»Ryan«, unterbrach Charlotte ihn, stellte behutsam ihr Glas ab und sagte dann mit ruhiger Stimme: »Keiner von uns gibt Shelby die Schuld. Ganz im Gegenteil.«

»Aber ihr habt uns immer den Eindruck vermittelt, dass wir unser Verhalten ändern und uns der Presse gegenüber aufgeschlossener zeigen sollten. Was hat Dad in den vergangenen Monaten immer wieder gesagt? ›Mach gute Miene zum bösen Spiel, wenn schon nicht um deines eigenen guten Rufes willen, dann für den des Familienunternehmens‹?«

»Ja. Ich weiß.«

»Mutter. Ich werde nicht aufhören, das zu sagen, und wenn ich mir den Mund fusselig rede. Shelby hat nichts, aber auch wirklich gar nichts getan, um die Aufmerksamkeit der Presse auf sich zu ziehen. Trotzdem wird sie jedes Mal, wenn sie ausgeht, von Fotografen belästigt. Kein Wunder, dass sie am liebsten zu Hause bleiben würde. Und ich finde es absolut schrecklich, verdammt nochmal, dass keiner von uns bisher dafür sorgen konnte, dass das aufhört.«

»Das sehe ich genauso.«

»Ich wusste, dass dieses Leben eine Umstellung für sie sein würde, aber hast du sie in letzter Zeit mal gesehen?«

Charlotte nickte.

»Sie ist nur noch ein Schatten ihrer selbst«, sagte er, senkte den Kopf und rieb sich den Nacken. Charlotte bedrängte ihn nicht. Sie wartete, während er sich Zeit ließ, still im Zuhause seiner Kindertage saß und die volle Aufmerksamkeit seiner Mutter genoss. Er rieb sich mit dem Handrücken über die Augen und versuchte, das Gefühl zu verscheuchen. Er musste für seine Frau stark bleiben. Er musste einen Weg finden, ihr das Leben zu erleichtern. Schließlich blickte er seine Mutter wieder an und sagte ihr etwas, wovon er wusste, dass sie es ohnehin schon vermutet hatte. »Sie verlässt die Wohnung kaum noch. Wenn ich morgens zur Arbeit gehe, sitzt sie meistens auf der Couch im Wohnzimmer. Und wenn ich zurückkomme, ist es, als hätte sie sich den ganzen Tag nicht von der Stelle gerührt.«

»Es ist schwierig. Ich weiß.« Charlotte stand auf und nahm ihr Weinglas, dann setzte sie sich neben Ryan.

»Den ganzen Tag«, wiederholte er so leise, dass nur er selbst es hören konnte.

»Du bist unglaublich verständnisvoll mit ihr gewesen. Und geduldig. Fürsorglich«, versicherte Charlotte ihm, während sie ihm den Rücken streichelte. Nach dieser Art Aufmerksamkeit hatte er sich als Heranwachsender verzweifelt gesehnt, genau hier, in dieser Wohnung. »Und ehrlich gesagt hast du dich als stärkerer Partner herausgestellt, als dein Vater es mir je war.«

Ryan wandte sich ihr zu und blickte ihr in die Augen, überrascht von ihrer Offenheit. »Ich will meinen Mann in keiner Weise herabsetzen; wie wir alle hat er seine Stärken und seine Schwächen«, sagte sie. »Ich will damit nur sagen, dass Shelby das Glück hat, dich zu haben, William. Du wirst einen Weg finden und ihr helfen, das alles zu überstehen. Und ich bin zuversichtlich, dass du ein hervorragender Vater sein wirst. Ich bin sehr stolz auf dich.«

»Danke. Das bedeutet mir viel.«

»Also. Zu Shelby«, fuhr sie fort, erhob sich wieder mit dem Glas in der Hand und ging zum Fenster. »Wir müssen uns etwas Besseres einfallen lassen, um sie dazu zu bringen, häufiger auszugehen, vor allem in den letzten Wochen, bevor das Baby kommt. Wenn sie sich jetzt schon zurückzieht wie eine Einsiedlerin, kann es nur noch schlimmer werden, wenn sie ein Neugeborenes hat und völlig erschöpft ist.«

»Heute hat sie mit mir die Wohnung verlassen. Wir haben in der Stadt zu Mittag gegessen, danach wollte sie ein bisschen shoppen gehen«, sagte Ryan. »Heute war sie wieder fast die alte. Es war großartig.«

»Warum in aller Welt bist du dann hier bei mir? Um Himmels willen, du hättest es ausnutzen sollen. Wenn sie unterwegs war, hättest du mir absagen und sie etwas aufheitern können. Sie hat es nötig!«

»Aber du hast doch darauf bestanden …«

»Nun, ich habe mich geirrt. Auch ich kann mich mal irren, stimmt's? Warte mal, William, hast du das gehört?« Mit erhobener Hand signalisierte sie ihm, sich still zu verhalten. »Ist das dein Handy?«

Er stand rasch von der Couch auf und lief in den Flur. Seine Mutter stellte ihr Glas ab und folgte ihm.

Kaum hatte er das Handy aus seiner Manteltasche gezogen, da sah er Shelbys Namen auf dem beleuchteten Display. »Es ist Shelby«, sagte er zu seiner Mutter und fuhr gleichzeitig mit dem Finger über das Display, um den Anruf anzunehmen. »Hey, Shel. Wie geht's dir? Ist alles in Ordnung?«

»Mr Chambers?« Die Stimme eines fremden Mannes erklang am anderen Ende der Leitung.

»Wer ist da?«

»Ich heiße Thomas Allen«, sagte er bedächtig. »Ich bin Krankenpfleger im Memorial Hospital.«

»Einen Moment mal. Ich verstehe nicht ganz.« Ryan erhob sich, verharrte dann reglos, und seine Finger umklammerten das Handy. »Warum rufen Sie mich mit dem Handy meiner Frau an? Wo ist sie?«

Mit zögernden Schritten näherte sich seine Mutter. »Ryan? Was ist los?«

Er drehte sich von ihr weg, um ihre Fragen und ihre besorgte Miene auszublenden, während er dem Pfleger zuhörte.

»Wir wollten Sie darüber informieren, dass Ihre Frau in unser Krankenhaus eingeliefert wurde.«

»Ist das Shelby?«, fragte seine Mutter hinter ihm beharrlich. »Geht es dem Baby gut?«

»Verzeihung, ich konnte Sie gerade nicht verstehen«, sagte Ryan und bemühte sich, ruhig zu sprechen, während er mit einer Hand das freie Ohr bedeckte, um die Fragen seiner Mutter nicht hören zu müssen. »Was ist passiert?«

»Es hat Komplikationen mit ihrer Schwangerschaft gegeben, Mr Chambers«, fuhr der Krankenpfleger fort. »Sie sagte, Sie befänden sich auf der anderen Seite der Stadt. Kann jemand Sie herfahren?«

Ryan blickte über die Schulter zu den Wohnzimmerfenstern und verfluchte den Schnee, der in dichten Flocken vom Himmel fiel und auf den Straßen der Stadt mit Sicherheit ein Chaos anrichten würde. »Was für Komplikationen?«, fragte er, unfähig, die Angst in seiner Stimme zu unterdrücken.

»Ich glaube, es ist besser, wenn wir persönlich mit Ihnen sprechen, sobald Sie hier sind«, sagte der Pfleger. »Wie schnell können Sie kommen?«

»Bitte!« Angst und Zorn brachen aus Ryan heraus, und er hob den Stuhl neben sich hoch und knallte ihn wieder auf den Fußboden aus Hartholz. Dann schloss er die Augen, und ein stilles Gebet kam ihm in den Sinn. Um sich zu beruhigen, stützte er sich mit einer Handfläche an der Wand ab. Er versuchte, Ruhe zu bewahren, während er innerlich vor Furcht schrie.

Der Pfleger räusperte sich und sagte: »Es tut mir leid, Ihnen das sagen zu müssen, Mr Chambers, aber wir konnten bis jetzt keine Herztöne feststellen.« Ryan hörte den Schmerz in der Stimme am anderen Ende der Leitung, obwohl der Mann ein vollkommen Fremder für sie war. *Kein Lebenszeichen.*

»Der Muttermund hatte sich bei Ihrer Frau schon geöffnet, als sie hier ankam, und die Wehen haben ganz von selbst eingesetzt. Ich will Sie nicht beunruhigen, Mr Chambers, aber sie schreiten schnell voran. Sicher wollen Sie so bald wie möglich herkommen.«

Wieder gab es eine lange Pause in der Leitung.

»Ryan?«, fragte seine Mutter erneut, leiser jetzt, stieg über die Beine des umgefallenen Stuhls hinweg und legte ihm behutsam eine Hand auf die Schulter.

Ryan atmete flach. Er spürte kaum, wie die Luft in seine Lunge und wieder hinausströmte. Er schloss die Augen und blendete die noble Wohnung aus, das weiche Licht, das durch das Fenster nebenan fiel, während die Sonne zwischen den Wolkenkratzern der City vor den Fenstern daneben unterging. Und auch dem durchdringenden Blick seiner Mutter schenkte er keine Beachtung.

»Sie ist nicht allein, und wir tun alles, damit sie sich wohlfühlt. Ich bedauere Ihren Verlust wirklich sehr.« Das war das Letzte, was Ryan hörte, bevor er »Danke« murmelte und das Handy ausschaltete. Er ließ den Arm neben seinem Körper sinken, und das Telefon fiel ihm aus der Hand. Den Aufprall auf dem Holzfußboden hörte er kaum.

»Ryan. *Bitte*«, flehte seine Mutter. »Bitte sag mir doch, was passiert ist.«

»Er ist tot«, antwortete Ryan.

»Ich verstehe nicht. Tot?«

»Das Baby«, sagte er. »Shelby ist im Krankenhaus und …«

Ryan sackte, an die Wand gelehnt, in sich zusammen.

»Und *was?*«, fragte seine Mutter, stürzte zu ihm und legte ihm die Hände auf die Schultern.

»Sie können seinen Herzschlag nicht hören.«

»Oh William. Das tut mir schrecklich leid.« Sie nahm sein

Gesicht in beide Hände und sah ihm in die Augen. »Du weißt, was du tun musst. Du bist stark.«

Mit Tränen in den Augen blickte er zu ihr auf. »Ich … ich muss gehen … ich …«

»Ich liebe dich, mein Schatz. Es wird gut. Alles wird wieder gut.« Sie stellte den Stuhl wieder auf die Beine und wies Ryan an, sich hinzusetzen, bevor sie über den Flur lief und in der Wohnung verschwand.

Benommen setzte er sich, blickte durch den Flur zu der Fensterfront im Wohnzimmer. Noch immer fiel der Schnee heftig auf die Stadt.

Er ist tot. Gott, mein Gott, warum musste er sterben?

»Lois!« Er hörte seine Mutter nach ihrer Assistentin rufen. »William braucht einen Wagen. Bitte rufe einen der Fahrer an. Er muss so schnell wie möglich zum Memorial!«

Sie können seinen Herzschlag nicht feststellen, dachte Ryan ungläubig. *Er ist gestorben, bevor er auch nur seinen ersten Atemzug tun konnte.*

18

Seeglas

Während die Hebammen in dem Krankenzimmer die Funktion von Shelbys lebenswichtigen Organen überwachten und den Raum für die Wehen und die Entbindung vorbereiteten, lag sie in wohligem, künstlichem Schlaf, selig von der Realität dessen getrennt, was sie erwartete.

Während sie schlief, träumte sie davon, mit ihrem Sohn in der Sonne über einen Strand zu laufen. Er grub seine Füße in den feinen Sand, und sie tat dasselbe und genoss die Art, wie der Sand sich zwischen ihren Zehen bewegte und ihren Fußrücken kitzelte, als er sich auftürmte und wieder hinabrieselte.

Er war ein hübscher Junge mit wildem, etwas zu langem Haar, das zu ihrem passte, und mit Grübchen in der Wange, wie sie auch sein Vater besaß. Ihr Sohn streckte die Arme nach ihr aus und zeigte ihr einige zarte Stücke Seeglas, die er in der hohlen Hand hielt. Als sie die winzige Handvoll blauer und grüner Schätze bewundert hatte, schloss er die Hände wieder und griff in den Sand, um ein weiteres vom Wasser geschliffenes Stück Glas aufzuheben. Es war lavendelfarben, und er hielt es gegen die Sonne und lächelte stolz. Als sie ein Kind war, hatte auch sie das lavendelfarbene Seeglas am Strand am liebsten gemocht. Es war hübsch und nur selten zu finden.

Ihr Sohn lachte lebhaft glucksend, dann ließ er die runden Glasstücke in den Sand fallen und rannte auf unsicheren Beinen schwankend über den Strand davon. Seine Arme schlugen wie Flügel, als könnte er sich über die Wellen erheben, die an das Ufer rollten. Seine Beine waren weich und mollig und von der Sonne gerötet, und seine kleinen Füße hinterließen feine Abdrücke im feuchten Sand

Shelby stellte sich vor, dass ihr Sohn zu der Art Mann heranwachsen würde, die niemals ihren jugendlichen Eifer verlor. Er würde immer ein starkes Herz haben, viel lachen und die Schönheit kleiner Dingen zu schätzen wissen, die Schönheit von Fußabdrücken und Seeglas im Sand.

»Du hast es fast geschafft!«, feuerte sie ihn an, damit er ein Ziel erreichte, das jenseits ihres Blickfelds lag. »Ich bin für dich da!«, rief sie ihm hinterher. Aber er kehrte nicht zurück.

Shelby wachte abrupt auf. Sie fuhr hoch, saß kerzengerade im Bett und schnappte verzweifelt nach Luft, als würde sie ertrinken. Sie riss die Augen auf, und anstelle des Strandes nahm sie ihre Umgebung wahr, und ihr fiel wieder ein, dass sie im Krankenhaus war. Schmerz zuckte durch ihren Bauch und brannte in ihrem Rücken, sodass sie ihn wölbte und sich mit zusammengebissenen Zähnen wieder aufs Bett zurückfallen ließ.

Shelby lag in den Wehen.

»Es ist alles in Ordnung, Mrs Chambers«, hörte sie die beruhigende Stimme eines Mannes sagen, der am Fußende von ihrem Bett irgendetwas aufzustellen schien. »Ich heiße Thomas, und wir sind hier, um Ihnen zu helfen. Sie sind gerade für ein paar Minuten eingenickt. Bei den Medikamenten, die Sie bekommen haben, ist das ganz normal. Sie helfen Ihnen, ruhig zu bleiben.«

»Nennen Sie mich Shelby«, brachte sie noch heraus, bevor die quälende Heftigkeit einer weiteren Wehe sie vollends aus ihrem Dämmerschlaf riss.

»Ich bin Dr. Sorenson. Wie geht es Ihnen, Shelby?«, fragte eine Frau in einem blauen OP-Kittel. Shelby erkannte, dass sie Ärztin war, aber es handelte sich nicht um die Gynäkologin, die sie während der Schwangerschaft betreut hatte.

»Wo ist Dr. Logan?«, fragte Shelby atemlos, und ihre Frage wurde von einer weiteren Schmerzwelle erstickt, die ihr durch den Leib fuhr.

»Sie haben Wehen, Shelby, und sie kommen schneller, als wir vorausgesehen haben. Versuchen Sie, sie zu veratmen«, sagte Dr. Sorenson und wandte sich darauf an den Pfleger, so leise, dass Shelby es nicht verstehen konnte. Dann richtete die Ärztin ihr Augenmerk wieder auf Shelby und fuhr fort: »Wir haben Dr. Logan angerufen, doch da die Wehen so schnell voranschreiten, kommt er vielleicht nicht mehr rechtzeitig. Aber wir arbeiten in Praxisgemeinschaft, und ich habe all Ihre Unterlagen durchgesehen und stehe mit Dr. Logan in Verbindung. Ich versichere Ihnen, wir werden uns hervorragend um Sie kümmern.«

Und um mein Kind, dachte Shelby. *Sie wollte sagen: »Wir kümmern uns um Sie und Ihr Kind.«* Später würde sie die Ärztin auf ihren Fehler hinweisen müssen, doch jetzt rang sie um Luft, als neuer Schmerz sie überrollte.

Sie nahm wahr, dass ihr Körper sich ganz von selbst bewegte, ganz gleich, wie sie sich fühlte und wie sehr sie sich bemühte, ihre Bewegungen zu kontrollieren. Sie erinnerte sich vage, dass ihr eine Rückenmarksspritze gegen die Schmerzen verabreicht worden war, aber nun wurde ihr klar, dass sie alles fühlen konnte, was von der Taille abwärts mit ihr vorging.

»Ich kann meine Beine fühlen, aber ich kann sie nicht bewegen«, sagte sie mit ängstlicher Stimme und versuchte, nicht in Panik zu geraten. *Mein Gott,* dachte sie, *sie hat nicht gewirkt!* Die Spritze hatte ihr die Kontrolle über ihren Körper unterhalb der Taille genommen, aber nicht den Schmerz, und nun fühlten sich ihre unteren Gliedmaßen an wie zwei schwere Sandsäcke, die bewegungslos auf dem Geburtsbett lagen. Unfähig, sich zu bewegen, fühlte sie jede Drehung, jedes Ziehen und jedes glühend heiße Brennen. Das Einzige, woran sie sich klammern konnte, war die Tatsache, dass die Geburt ihres Sohnes ziemlich zügig vonstattenging. Während er zur Welt kam, in jeder Hinsicht vollkommen, außer dass sein Herz nicht schlug, schrie sie hemmungslos und aus ganzer Seele: »Mein Baby! Mein Baby!«, als könnte jemand außerhalb des kalten, sterilen Krankenzimmers ihre Worte der Verzweiflung und der bedingungslosen Liebe hören, und als könnten die Worte mit ihrem Kind in die Wolken hinaufsteigen.

19

Stille

Die Fahrt von dem Wohnhaus seiner Eltern zum Memorial Hospital kam ihm entsetzlich lange vor, als der Wagen sich vorsichtig über die eisglatten Straßen der Stadt tastete. Der Schnee bildete einen dichten Schleier über der City, während Ryan aus dem Fenster auf der Beifahrerseite blickte. Er kannte die Straßen gut und musste die schneebedeckten Straßenschilder nicht lesen und auch nicht an jeder Ecke die Gebäude identifizieren, um zu wissen, wie weit sie noch vom Krankenhaus entfernt waren, wo er endlich mit seiner Frau vereint sein würde.

Äußerlich wirkte er ruhig, abgesehen von seinen Beinen, die vor Nervosität zitterten und es nicht abwarten konnten, aus dem Wagen zu stürzen und loszurennen. *Verdammt nochmal, fahr schneller!*, kreisten die Gedanken in seinem Kopf, während er die Zähne zusammenbiss und die Fäuste ballte. Jeder Muskel war bis zum Äußersten angespannt wie ein Gummiband, das kurz davor ist, schmerzhaft zurückzuschnellen. Während Shelby unvorstellbare Angst und Kummer erlitt, fühlte er sich hilflos, unfähig, irgendetwas für sie zu tun. Er wünschte sich verzweifelt, bei ihr zu sein. Bei ihr und bei ihrem Kind, dem die Welt ein so bittersüßes Willkommen bereitete.

Ryan wollte schreien. Eingesperrt im Fond des Wagens, wäre er am liebsten *gerannt.* Wollte jedem Auto, Bus und Taxi zurufen: *Runter von der Straße! Wisst ihr denn nicht Bescheid? Versteht ihr denn nicht? Meine Familie braucht mich, und ich stecke in diesem gottverdammten Verkehr fest!* Er bedeckte das Gesicht mit den Händen und schluchzte. Er fühlte sich hilflos und allein und weinte hemmungslos, denn er wusste, dass er den Augenblick verpassen konnte, in dem seine Frau und sein Sohn ihn am dringendsten brauchten. Ryan hatte alles vermasselt. *Ich hätte sie nie allein lassen dürfen. Sie hat mich gebraucht, und ich habe sie allein gelassen.*

»Können wir nicht ein bisschen schneller fahren?«, rief er dem Fahrer zu, der sich auf die Straße konzentrierte und das Lenkrad fest im Griff hatte. Als er das sah, gewann Ryan die Fassung wieder und zwang sich, seinen Gefühlen nicht weiter nachzugeben. »Tut mir leid, Sam. Ich weiß, es ist nicht Ihre Schuld. Aber im Ernst, können Sie wirklich nichts tun, damit wir schneller vorankommen? Das Warnblinklicht einschalten? Von mir aus können Sie auch bei Rot über die Ampel fahren. Es ist ein Notfall!« Wenn Ryan für Shelby eine Hilfe sein wollte, musste er unter allen Umständen Ruhe bewahren.

»Ich tue, was ich kann, Sir«, sagte Sam Billings, ein Mann Ende fünfzig, der sein ganzes Leben in Chicago verbracht hatte und schon seit mehreren Jahren als Charlotte Chambers' Fahrer arbeitete. »Ich möchte, dass Sie heil dort ankommen. Einen zweiten Notfall können wir heute Abend weiß Gott nicht gebrauchen.« Der Wagen nahm Fahrt auf, die Räder drehten kurz durch, und die Scheibenwischer fuhren auf der rauen, vereisten Windschutzscheibe hin und her, während der Fahrer sich seinen Weg durch die verstopfte City zum Memorial Hospital bahnte.

Als Ryan endlich die Entbindungsstation im dritten Stock erreichte, machte er kurz Halt und erkundigte sich nach Shelby.

»Ihre Frau liegt in Zimmer 107, Mr Chambers«, erklang die freundliche Stimme einer Frau aus dem Schwesternzimmer. Er nahm sich kaum die Zeit, ihr ins Gesicht zu sehen, stürzte in die Richtung, in die sie zeigte und rief nur »Danke!« über die Schulter zurück.

Auf der Entbindungsstation war es still, bis auf den entfernten Schrei einer Frau, die sich vermutlich auf dem Höhepunkt der Wehen befand. Die Flure waren hell erleuchtet und rochen nach Reinigungsmitteln, abgestandener Luft und schwach nach irgendetwas Medizinischem. Die Pastellfarben, die verspielte Beschilderung und die Kunst an den Wänden zeigten ihm, dass er am richtigen Ort war. Sein Entsetzen stand in krassem Gegensatz zu seiner Umgebung.

Als er abrupt vor der geschlossenen Tür zu Zimmer 107 stehen blieb, rutschte er beinahe auf dem glänzenden weißen Boden aus. Er griff nach der Türklinke, an der ein Schild mit der Aufschrift »Bitte nicht stören« hing, und zögerte nur einen Moment.

Nun war es so weit. Das war das Zimmer seiner Familie. Er schloss die Augen, versuchte, die qualvollen Gedanken aus seinem Kopf zu verscheuchen, und öffnete mit einem leisen *Klicken* die Tür.

Shelbys Zimmer war dunkel bis auf ein dämmriges Licht, das am Kopfende ihres Bettes leuchtete. Ryan ging auf das Bett zu, auf dem Shelby unter weißen Baumwolldecken auf der Seite lag. Aus einem Infusionsständer tröpfelte eine Flüssigkeit durch einen Schlauch, der unter den Decken mit ihrem Arm verbunden war. Er hörte leise Pieptöne einen langsamen Rhythmus formen, während ihre lebenswichtigen

Funktionen auf dem Monitor neben dem Bett angezeigt wurden.

Ryan ging, in der Hoffnung, sie nicht zu wecken, so leise wie möglich auf das Bett zu. In dem Augenblick, als er ihr schönes Gesicht erblickte, das selbst im Schlaf noch kummervoll wirkte, musste er sich die Hand auf den Mund legen, um nicht zu schreien. Er schluckte heftig, rieb sich die Augen und blickte seine Frau voller Erstaunen an. Ryan wusste, dass sie stark war – Shelby hatte ihm diese Seite mehr als einmal gezeigt –, was zu den Eigenschaften gehörte, die ihn anfangs zu ihr hingezogen hatten. Er hasste sich dafür, dass er nicht rechtzeitig gekommen war. Er wünschte so sehr, dass sie sich in der schwersten Zeit ihres Lebens auf seine Stärke hätte verlassen können. Aber er war nicht da gewesen. Er kam zu spät.

Er sank auf die Knie und streckte die Hand aus, um ihre zu berühren. Da sah er, dass sie eine Ecke der Bettdecke umklammert hielt, die sie sich bis unter das Kinn gezogen hatte. Ihre Hand fühlte sich warm an, und in gewisser Weise war er froh, einen ruhigen Augenblick mit ihr zu haben, um alles zu verarbeiten, was geschehen war. So würde er die richtigen Worte finden, wenn sie aufwachte.

Doch die Worte kamen nicht. Nur Tränen und überwältigender Schmerz, der seinen gesamten Körper zu erfassen schien. Es war, als hätte ihn ein Teil seiner Seele verlassen und als schmerzte ihn die Leere, die er hinterließ. Sein Herz war gebrochen.

Seine zitternde Hand weckte sie. Shelby öffnete langsam die Augen, ihre Lider flatterten, als sie versuchte, in dem spärlich beleuchteten Raum klar zu sehen. »Ryan?«

»Hallo Süße«, sagte er leise, umfasste ihre Hände und drehte den Kopf so, dass er ihr ins Gesicht sehen konnte. »Ich bin so …«, setzte er an, doch er konnte die Tränen nicht länger zurückhalten. Er hasste sich selbst, weil er nicht stärker war. Er sollte sie trösten, stattdessen saß er hier und brach zusammen. »Es tut mir so leid, Shelby.«

»Du hast es doch nicht gewusst«, flüsterte sie, und vor Rührung brach ihr die Stimme.

»Und er hat nicht …« Ryan konnte es nicht laut aussprechen. Er war in einem Albtraum gefangen. Wenn er es laut aussprach, wurde es Wirklichkeit.

Sie schüttelte den Kopf, der auf dem Kissen lag, und blickte ihm in die Augen. »Es tut mir leid«, sagte sie mit so zaghafter Stimme, dass er ihre unangebrachte Entschuldigung kaum verstehen konnte. »Ich hätte …«

Ryan konnte nicht zulassen, dass sie auch nur die geringste Schuld auf sich nahm. Er unterbrach sie mit zärtlichen Küssen auf ihre zitternden Lippen. Küsse, die ihr sagten, dass er sie liebte. Dass er für sie da war. Er war so verzweifelt wie sie. Sie würden das hier überleben. Sie *mussten* es überleben, um ihres Sohnes willen, der für immer ein Teil ihres Lebens sein würde. Sie waren eine Familie.

Es klopfte sachte an der Tür, dann öffnete sie sich leise. Im Eingangsbereich hinter der Gardine, die dem Raum eine gewisse Privatsphäre verlieh, wurde das Licht eingeschaltet. Jemand zog den Vorhang zurück, und Ryan sah eine Krankenschwester in pinkfarbenem OP-Kittel und weißen Schuhen, die so weich und wulstig wie Marshmallows wirkten. »Entschuldigen Sie, Mr Chambers. Aber wir haben Sie ankommen sehen, und wir dachten, wenn Sie und Mrs Chambers daran interessiert sind, wäre jetzt ein guter Zeitpunkt, um Ihren Sohn zu sehen.«

Ryan blickte in Shelbys glänzende Augen. Sie wischte sich die Tränen weg, presste die Lippen zusammen und setzte eine tapfere Miene auf. Sie nickte.

»Ja, vielen Dank«, sagte er.

»Ich bin Megan«, sagte die Schwester. »Ich war die ganze Nacht bei Ihrer Frau.« Ryan konnte deutlich sehen, dass es auch für Megan eine schwere Nacht gewesen war; ihre Augen waren verquollen, und ihr Gesicht wirkte abgespannt. Er fragte sich, wie lange sie noch bleiben würde und ob sie nach dem Ende ihrer Schicht noch weiterarbeiten würde.

Megan flüsterte einer anderen Person etwas zu, die hinter dem Vorhang gewartet hatte. Sanft zog sie die Bettdecke zurück, als öffnete sie einen Vorhang, um dem Publikum einen Blick auf den Star des Abends zu gewähren. Eine andere Frau, ebenfalls in Schwesterntracht, betrat mit gesenktem Kopf den Raum. Sie wirkte jung, als hätte sie gerade erst die Schule hinter sich. Sie schob einen Stubenwagen, in dem ein geflochtenes Babykörbchen lag. Vorsichtig hob sie es heraus und reichte es an Ryan weiter. Sie sagte kein Wort, doch ihre Miene verriet Ryan, dass sie sein Kind als etwas Kostbares betrachtete. Als er auf das Gesicht seines Sohnes hinabblickte, sah Ryan, dass er kostbar *war*.

Doch vor allem verliebte Ryan sich in diesem ersten Augenblick in die Vergangenheit, die Gegenwart und die Zukunft seines Sohnes – denn das Leben des Babys vereinte all das in einem einzigen Tag.

Ryan hörte, dass Shelby den Schwestern mit stockender Stimme für ihre Fürsorge dankte. An Ryan gewandt, flüsterte sie dann: »Ich habe Angst.«

»Ich weiß. Ich auch«, versicherte Ryan ihr. »Aber es wird alles wieder gut.«

Er bewegte sich sehr vorsichtig, als er den Korb mit dem zerbrechlichen Körper seines Sohnes zu Shelbys Bett trug. Megans Worte drangen kaum zu ihm durch, als sie sagte, dass die Schwestern Tonabdrücke der Hände und Füße von Shelbys und Ryans Sohn gemacht hatten. Freiwillige hatten eine gelbe Babydecke für ihn gehäkelt, und die Schwestern hatten sich die Freiheit genommen, dem Baby ein Kleid anzuziehen, das jemand der Entbindungsstation gespendet hatte.

Während die Schwester sprach, hielt Ryan Shelby bei der Hand und betrachtete das vollkommene Gesicht seines Sohnes. Die kleine, runde Nase. Das Kinn mit dem Grübchen darin. Eine Andeutung von dunklem Haar. Gebogene Wimpern, die unter den geschlossenen Lidern eine weiche Mondsichel formten. Und geschürzte, perfekt geformte Lippen, doch anstatt warm und beerenrot waren sie kalt und lila verfärbt.

Megans Stimme schwoll in Ryans Bewusstsein an und wieder ab. Er schnappte kleine Stücke von dem auf, was sie sagte. Er wusste, dass ihre Anweisungen wichtig waren, doch sie entzogen sich seinem Verständnis wie Mehl, das durch ein Sieb rinnt. Nur wenige ihrer Worte konnte er behalten.

»Seien Sie vorsichtig, seine Haut ist so dünn wie Seidenpapier … der Trauerberater kommt morgen früh … Ressourcen … Shelby, Sie waren unglaublich tapfer … Nabelschnur … unvermeidlich … später Vorkehrungen treffen …« Dann nahm Megan das reglose, in die Häkeldecke gewickelte Baby und hielt es Ryan hin. »Möchten Sie ihn halten?«

Ryan nickte. Es gab keine Worte.

»Bitte lassen Sie sich so viel Zeit, wie Sie brauchen«, sagte Megan leise, bevor sie Ryan das Baby überreichte und den Raum verließ, damit sie ungestört waren.

Ryan hielt seinen Sohn in den Armen und drückte ihn zärtlich an die Brust. Dann beugte er sich über ihn und küsste in auf die kühlen Lippen. Und mit dieser winzigen Geste, in diesem kürzesten aller Momente löste sich Ryans Furcht wie durch einen Akt der Gnade auf. Alle qualvollen Gefühle verwandelten sich in Stolz. In grenzenlose Liebe. Bedingungslose Liebe, die so stark war, dass sie ihm den Atem raubte.

Als er zu Shelby aufblickte, sah er in ihren Augen nichts als vollkommene Liebe, als sie die Wange des Babys liebkoste und flüsterte: »Mein schöner, mein wunderschöner Junge.«

20

Schatten

Shelby konnte sich nicht erinnern, eingeschlafen zu sein. Sie erinnerte sich auch nicht an das Aufwachen. Minuten dehnten sich zu Stunden, in denen sie zwischen Albträumen und der Realität pendelte und nicht wusste, was von beidem schwerer zu ertragen war.

Im Zimmer war es dunkel und auf unheimliche Weise still. Ein Leuchtkörper in der Nähe der Tür strahlte gerade so viel Licht aus, dass sie die pastellfarbenen Muster an den Wänden erkennen konnte. Sie sollten junge Mütter und ihre Babys beruhigen, doch ihr gaben sie nur das Gefühl, nicht hierherzugehören. Ihr Baby war tot, deshalb konnte sie sich kaum als Mutter betrachten. Noch nie hatte sich Shelby so von ihrer Umgebung abgeschnitten gefühlt.

Sie sehnte sich verzweifelt nach ihrem Zuhause.

Abgesehen von dem abgestellten Herzmonitor neben ihr und dem Infusionsständer, mit dem sie durch eine Zuleitung und die Nadel, die in ihrem linken Handrücken steckte, verbunden war, gab es in dem Zimmer nicht viel. Kein Babyphon, keine Stillbroschüre, keine Blumensträuße von Gratulanten. Niemand hatte das Gewicht, die Größe und den Namen ihres Sohnes in großen Buchstaben auf das Whiteboard neben dem Wandschrank geschrieben. Stattdessen reflektierte die leere weiße Fläche das schwache Licht im Zimmer und schien in der Dunkelheit zu leuchten. Kein Stubenwagen stand neben ihrem Bett. Es gab nur sie und ihren geliebten Mann.

Sie wusste, dass er erschöpft war von dem emotionalen Trauma am Tag zuvor. Den Arm wie zum Schutz über den Kopf gelegt, schlief er auf der Couch, eine weiße Krankenhausdecke über seinem Körper ausgebreitet, der zu lang war, um bequem auf das gedrungene Möbelstück zu passen. Shelby fiel auf, dass er dieselbe Kleidung trug wie am Tag zuvor und dass seine Füße, die in schwarzen Socken steckten, unter der Decke hervorlugten. Die Jacke, die Ryan am Abend nachlässig auf einen Stuhl geworfen hatte, lag immer noch darauf, und seine Schuhe standen neben der Couch, wo er sie abgestreift hatte.

Shelby hörte, dass Ryans Atem stockte, vielleicht, weil er träumte. Sie flüsterte seinen Namen, doch er wachte nicht auf. Der schmerzvolle Ausdruck in seinem schlafenden Gesicht brach ihr das Herz.

Shelby warf einen Blick auf die Uhr, die an der gegenüberliegenden Wand hing. Vier Uhr. Vor Kurzem hatte die Nachtschwester ihre Schicht beendet, nachdem sie ihr über die Infusion ein Schmerzmittel verabreicht und einen nach Lavendelöl duftenden Wattebausch neben ihr Kissen gelegt hatte. Shelby hatte die Augen geschlossen, den beruhigenden Duft des Öls eingeatmet und sich vorgestellt, weit weg von diesem Ort zu sein. Die Krankenschwester hatte Shelbys Bettdecke durch eine wärmere ersetzt, ihr mitfühlend eine Hand auf die Schulter gelegt und ihr versichert, dass man sie und Ryan in den nächsten Stunden in Ruhe lassen würde, damit sie sich erholen konnten.

»Bevor Sie gehen … würde es Ihnen etwas ausmachen, diese Maschine auszustellen?«, fragte Shelby mit schwacher

Stimme und deutete mit dem Kopf auf die Drähte, die auf ihre Brust geklebt worden waren und sie mit einem Herzmonitor und einem Blutdruckmessgerät verbanden. »Es fällt mir damit schwer zu schlafen, und ganz ehrlich … in Anbetracht der Umstände … brauche ich das überhaupt?«

Shelby war überrascht, dass die Schwester Mitleid mit ihr hatte und sich bereit erklärte, die Maschine abzuschalten. »Also gut, aber nur, solange Sie schlafen. Wir müssen Ihre Werte morgen früh wieder überprüfen«, hatte die diensthabende Schwester verständnisvoll geantwortet. »Jetzt versuchen Sie, ein bisschen zu schlafen. Ich sorge dafür, dass heute Nacht niemand mehr Ihr Zimmer betritt, es sei denn, Sie brauchen uns.« Die Schwester schenkte ihr ein tröstendes Lächeln, dann verließ sie den Raum und schloss leise die Tür hinter sich.

Während die Medikamente durch ihre Adern strömten, spürte Shelby, wie sich Wärme in ihrem Körper ausbreitete und ihr Erleichterung verschaffte. Sie richtete sich vorsichtig in eine sitzende Position auf, worauf ihr der Schmerz trotz der Arzneimittel wie ein Blitz in den Bauch schoss. Behutsam schob sie die Decken zurück und hob die Beine über den Bettrand. Sie biss sich auf die Unterlippe, um den Schmerz zu ertragen, stieß sich mühsam vom Bett ab und verspürte ein Reißen an der Stelle in ihrem Inneren, an der noch vor vierundzwanzig Stunden ein Kind herangewachsen war.

Ein Tag. An einem einzigen Tag hatte sich ihr ganzes Leben verändert.

Am Tag zuvor, als alle geglaubt hatten, sie schliefe, hatte Shelby gehört, wie Dr. Logan hinter dem Vorhang mit gedämpfter Stimme mit Ryan gesprochen hatte.

»Ich habe sehr ausführlich mit Dr. Allister gesprochen, die Ihren Sohn entbunden hat, und wir haben den pathologischen Befund und den nachgeburtlichen Untersuchungsbericht überprüft«, hörte sie den Arzt zu Ryan sagen. »Als Ihre Frau im Krankenhaus ankam, hatten die Wehen bereits eingesetzt. Möglicherweise hat sie die ersten Kontraktionen gar nicht bemerkt, das kommt bei Erstgebärenden häufiger vor. Nach der schnellen Entbindung hat ihre Gebärmutter sich nicht so zusammengezogen, wie es sein sollte. Wir mussten etwas tun, um die Blutung zu stoppen, und jetzt bekommt sie Medikamente, die ihr helfen, den Heilungsprozess zu beschleunigen.«

»Aber sie wird wieder gesund?«

»Ich will ehrlich zu Ihnen sein, Mr Chambers«, sagte Dr. Logan behutsam. »Ihre Frau hat sehr viel Blut verloren. Normalerweise wäre sie nach einer Totgeburt in der Lage, nach Hause zurückzukehren. Aber unter den gegebenen Umständen würden wir sie gern zur Beobachtung hierbehalten und sie morgen früh noch einmal untersuchen. Ihr Körper und ihre Gebärmutter werden einige Zeit brauchen, um sich zu erholen.«

»Was genau bedeutet das?«, fragte Ryan mit erstickter Stimme.

»Das lässt sich zu diesem frühen Zeitpunkt noch nicht sagen, und wir sind guter Hoffnung, dass sie sich mit genügend Ruhe und Pflege wieder vollständig erholen wird. Allerdings besteht eine geringe Gefahr, falls ihre inneren Verletzungen nicht richtig heilen sollten, dass es schwierig – oder im schlimmsten Fall unmöglich – für sie sein wird, ein weiteres Kind auszutragen.«

Shelby konnte Ryans Antwort nicht verstehen, aber schon

der Klang seiner Stimme erfüllte sie mit Verzweiflung. Es spielte keine Rolle. Shelby musste nicht hören, was er sagte, denn die Botschaft war klar. Ryan war am Boden zerstört. Ihr Ehemann würde vielleicht niemals Vater werden, und dafür war sie allein verantwortlich.

Sie hatte während ihrer Schwangerschaft so viel Zeit damit verbracht, sich zu fragen, ob sie die Mutter würde sein können, die ihr Sohn verdiente, dass sie das Kind darüber ganz aus dem Blick verloren hatte. Indem sie befürchtete, genau wie ihre eigene Mutter zu werden, wurde sie am Ende zu einer noch viel schlechteren Mutter. Genau wie Jackie hatte auch Shelby ihre eigenen Bedürfnisse über die der Familie gestellt. Aber Shelbys Nachlässigkeit übertraf die ihrer Mutter bei Weitem. Shelbys Versagen hatte den Tod ihres Sohnes nach sich gezogen, und darum erwartete sie nicht, dass Ryan ihr jemals vergeben würde. Vor allem, weil sie wusste, dass sie selbst sich niemals verzeihen würde.

Während sie in einem weiten Krankenhaushemd, einem dünnen Morgenrock und vor Schmerz leicht gekrümmt neben ihrem Bett stand, betrachtete Shelby den dünnen, durchsichtigen Schlauch, der sie mit dem Infusionsbeutel verband. Vorsichtig löste sie das fleischfarbene Klebeband von ihrem linken Handrücken, entblößte das mit Blut gefüllte Endstück der intravenösen Leitung und die Nadel, die in ihrer Vene steckte. Bei der Aussicht auf das, was sie nun tun musste, breitete sich eine Welle der Übelkeit in ihrem Magen aus. Shelby wusste, was sie vorhatte, und sie wusste, dass sie schnell handeln musste. Sie biss die Zähne zusammen und kämpfte gegen den Drang zu weinen an. Mit einem Ruck zog sie die Infusionsnadel aus der Vene und ließ sie auf das

Bett fallen. Als sie sah, dass Blut aus ihrer Hand quoll, überlegte sie nur einen Augenblick. Dann zog sie mit der freien Hand den baumwollenen Gürtel aus ihrem Morgenrock und schlang ihn sich mehrfach um die linke Hand, um die Blutung zu stoppen.

Langsam, die Hand sorgfältig gegen den Bauch gedrückt, ging sie dann zum Wandschrank, um das Umstandskleid herauszuholen, das sie getragen hatte, als sie mit dem Taxi zum Krankenhaus gefahren war. Sie erinnerte sich nun, wie freundlich der Fahrer gewesen war. Er hatte dafür gesorgt, dass ein Pfleger sie sicher in Empfang nahm, bevor er davongefahren war, ohne sich die Fahrt bezahlen zu lassen. Sie nahm noch einige persönliche Gegenstände an sich, betrat dann das Badezimmer und schloss leise die Tür hinter sich. Als sie Licht machte, zuckte sie angesichts der Helligkeit zusammen. Doch ihre Augen gewöhnten sich daran, und sie sah in den Spiegel, starrte die kaum wiederzuerkennende Frau an, die sie darin erblickte. Bleiche Haut umgab müde, rot geweinte Augen, die von dunklen Schatten umgeben waren. *So sieht das also aus,* dachte sie voller Bitterkeit. *Gescheiterte Mutterschaft.*

Sie wandte sich von dem Spiegel ab und sog vor Schmerz scharf die Luft ein, als sie das Krankenhaushemd ablegte und es gegen ihr Umstandskleid tauschte.

Ein einziger Tag, dachte sie im Stillen, während sie sich kaltes Wasser ins Gesicht spritzte und sich das Haar glatt strich, um es dann mit einem Band zurückzuhalten, das sie in ihrer Handtasche fand. Das Herz ihres Ehemannes gebrochen. Das Lebenslicht eines Babys in einem Atemzug ausgelöscht. Niemand war daran schuld als nur sie selbst. *All das an einem einzigen Tag.*

Sie stellte ihre Handtasche auf das Waschbecken und nahm alles heraus, was sie nicht brauchte – ihr Handy, eine Haarbürste, Handcreme in Reisegröße und eine Sonnenbrille. Stattdessen stopfte sie die Pflegeartikel hinein, die für die Zeit nach der Entbindung gedacht waren und die die Krankenschwestern auf einem Regal im Badezimmer für sie zurückgelassen hatten.

Shelby schaltete das Licht im Bad aus, bevor sie lautlos die Tür öffnete und sich dann vorsichtig wieder zu dem Wandschrank tastete, wobei sie immer wieder vor Schmerz zusammenzuckte. Sie schob ihre nackten Füße in ihre Winterstiefel und schlüpfte in ihren Mantel. Auf dem Boden des Schranks bemerkte sie die Tüte, die das Geschenk enthielt, das sie für Ryan gekauft hatte. Sie bedauerte, dass Weihnachten nicht so verlaufen würde, wie sie es sich vorgestellt hatte, und ließ die Tüte zurück, damit Ryan sie nach ihrem Weggang finden würde.

Shelby ging wieder zu ihrem Nachtschränkchen und kritzelte eine Notiz für Ryan auf die Rückseite eines Faltblatts über trauernde Eltern. Als sie damit fertig war, steckte sie eine kleine Flasche mit verschreibungspflichtigen Schmerztabletten in ihre Manteltasche. Sie zog die Hand wieder heraus, und ihr Schlüsselbund mit den Wohnungsschlüsseln blieb an einem Knopf des Ärmels hängen und fiel mit einem leisen, metallischen Klirren auf den gefliesten Boden.

Sie blickte auf die Schlüssel auf dem Fußboden und sah, dass sie in der Dunkelheit irgendwohin gerutscht waren, und selbst wenn sie sie wiedergefunden hätte, hätte es ihr zu viel Mühe und Schmerz bereitet, sich zu bücken und sie aufzuheben. *Ich brauche sie sowieso nicht mehr*, dachte sie.

Bevor sie ging, betrachtete Shelby ein letztes Mal ihren

schönen Mann. Mit Tränen in den Augen und zitternden Lippen formte sie die Worte: »Ich liebe dich.« Dann tastete sie sich durch das verdunkelte Zimmer, an dem Vorhang vorbei und auf die Tür zu.

Als sie gerade nach der Klinke griff, fiel ihr ein, dass sie noch das Armband der Klinik mit ihrem Namen darauf trug. Sie schob den Ärmel des Mantels zurück, zog das Armband mit den Zähnen über ihre Hand hinunter und ließ es auf den Boden fallen. In demselben Augenblick hörte sie Ryans Handy in seiner Manteltasche vibrieren. Sie erstarrte und lauschte. Das Handy vibrierte noch einige Mal, dann nichts mehr. Als keine Schritte zu hören waren und er sich nicht rührte, atmete Shelby aus. Dankbar, weil Ryan weiterschlief, schlich sie auf den spärlich beleuchteten Flur der Entbindungsstation und hatte nur noch eins im Sinn. Wenn sie glaubte, dass es kein mütterliches Rollenvorbild für sie gab, irrte sie sich – denn sie hatte ihre Großmutter. Und in diesem Augenblick brauchte Shelby sie verzweifelt.

21

Sieben Stunden

Als Shelby durch die Eingangstüren des Krankenhauses hinausstürzte, empfing der bitterkalte Wind sie wie ein verdienter Schlag ins Gesicht. Doch das schreckte sie nicht sonderlich. Sie fühlte sich wie ein verletztes Tier, das Schmerzen litt und nun befreit war und in der Dunkelheit davonjagte.

Im runden Lichtkreis einer Straßenlaterne neben dem gut beleuchteten Eingang sah Shelby ein weißes Taxi, das nutzlos dastand und Abgase in die Winterluft blies. Sie presste sich die Hände auf den Unterleib, um einen Teil des Schmerzes zu unterdrücken, den sie fühlte, und lief über den frischen Schnee, der sich auf dem Gehweg vor dem Krankenhaus angesammelt hatte.

Als sie mit ihrer behandschuhten Hand an die Scheibe auf der Beifahrerseite des Taxis klopfte, schreckte der Fahrer auf, der offenbar damit beschäftigt gewesen war, sein Handy zu checken. Das Fenster glitt hinunter – begleitet von ein paar Schneeflocken, die sich unten am Fensterrahmen angesammelt hatten. Es öffnete sich gerade so weit, dass Shelby sich bücken und den Fahrer bitten konnte, sie mitzunehmen.

»Wo wollen Sie denn hin?«, fragte der Taxifahrer, ein korpulenter Mann mit dunklen Augen, rötlicher Haut und einer schwarzen Strickmütze, die er bis über die Ohren gezogen hatte.

»Können wir das unterwegs besprechen? Hier draußen ist es eiskalt, und ich habe es eilig.«

»Steigen Sie ein.«

Das Fenster fuhr wieder hoch. Shelby öffnete die hintere Tür auf der Beifahrerseite, schob sich vorsichtig auf die Sitzbank und biss die Zähne zusammen, als der Schmerz ihr in Bauch und Rücken schoss.

»Ihr Timing ist perfekt«, sagte der Fahrer, als er vom Bordstein fuhr. »Ich habe gerade jemanden pünktlich zum Dienstbeginn abgesetzt. Das Auto von dem Typen ist nicht angesprungen, also musste ihn jemand herfahren. Wenn dieser Fahrgast nicht gewesen wäre, hätten Sie sich ein Taxi rufen müssen. Das Krankenhaus erlaubt uns nämlich nicht, hier zu parken.«

»Oh, mein Glückstag.« Shelby schloss die Augen und lehnte den Kopf an den Sitz.

»Also, wie ist die Adresse?«

»Hm?«

»Die Adresse. Wo müssen Sie hin?«

»Bayfield.«

»Bayfield? Ist das eine Straße … oder ein Wohnblock?«

Sie hielt die Augen geschlossen und antwortete nicht. Der Lufterfrischer in Form eines Tannenbaums, der am Rückspiegel hing, schaffte es nicht, den Geruch nach billigem Kaffee und abgestandenem Rauch zu überlagern, der das Taxi erfüllte.

»Na, egal. Ich gebe es in mein Navi hier ein, wenn wir da vorn an der Ampel stehen.« Sie spürte, wie der Wagen langsamer fuhr und schließlich anhielt, und bei dem leichten Ruck fing ihr Körper wieder an zu schmerzen. Sie zuckte zusammen, aber sie wusste, dass sie es nicht anders verdient hatte. »Alles okay mit Ihnen dahinten?«

Sie hörte die Scheibenwischer über die Windschutzscheibe gleiten, zu langsam, um sich im Gleichtakt mit ihrem rasenden Herzschlag zu bewegen. *Fahr einfach,* dachte sie. *Los, fahr endlich!*

»In Tinley Park gibt es einen Bayfield Court«, sagte er, und Shelby spürte, dass der Wagen nun wieder schneller fuhr. »Das ist etwas über eine Stunde von hier entfernt. Ist es dort, wo Sie wohnen?«

»Ich muss einfach nur nach Bayfield«, sagte sie und hörte, dass sie kaum merklich lallte. Einen Augenblick lang war ihr schwindelig. *Die Schmerzmittel scheinen zu wirken.* Sie zwang sich, die Augen zu öffnen. *Bleib einfach wach, bis du die Stadt verlassen hast.*

»Können Sie einfach nach Norden fahren?«, fragte sie.

»Nach Norden? Aber das Navi sagt, dass Bayfield Court südlich von hier liegt.«

»Nicht Bayfield Court«, sagte sie und versuchte, selbstsicher zu klingen, doch es wollte ihr nicht gelingen. »Die Stadt Bayfield.«

»Bayfield?!« Sie sah seinen verblüfften Gesichtsausdruck im Rückspiegel. »Himmel, gute Frau, wie weit ist das von hier aus? Fünf oder sechs Stunden?«

Die Heizung setzte ein, warme Luft strömte aus den Öffnungen und erwärmte die Rückbank. Shelby zog die Handschuhe aus und legte sie sich sorgfältig auf den Schoß. Ihre linke Hand war noch immer in den Gürtel des Morgenmantels gehüllt. Erleichtert sah sie, dass die Blutung aufgehört hatte und das Blut nicht durch das Gewebe gedrungen war.

Sie streckte die Hand aus und fuhr mit den Fingern über den Ledersitz, bis sie auf einen unebenen Riss in dem Leder stieß und den Schaumstoff darunter fühlen konnte.

»Ich glaube, eher sieben«, sagte sie gleichmütig. Es war kein perfekter Plan, aber einen anderen hatte sie nicht. Sieben Stunden, und sie wäre zu Hause, wo sie die Abgeschiedenheit und Unterstützung bekäme, die sie brauchte, um die Bruchstücke ihres zerstörten Lebens zu betrachten.

»Sieben!« Plötzlich bog der Wagen von der Hauptstraße ab und fuhr auf das Gelände einer verlassenen Tankstelle. Der Fahrer hielt das Taxi an und drehte sich auf dem Sitz herum, um sie anzusehen. »Tut mir leid, gnädige Frau, aber ich werde heute Nacht auf keinen Fall zum Lake Superior fahren. Und jetzt bringe ich Sie gern zur Bushaltestelle oder meinetwegen auch zum Flughafen, damit Sie nach Duluth kommen. Aber Bayfield? Das kommt absolut nicht infrage.«

»Ich habe Geld. Ich kann Sie bezahlen.«

»Das ist doch verrückt. Die Fahrt würde Sie ein Vermögen kosten, abgesehen davon, dass ich übernachten müsste, bevor ich mich auf den Rückweg nach Chicago machen würde.«

Sie griff nach ihrer Handtasche, stellte sie sich auf den Schoß und fing an, darin zu suchen, bis sie schließlich eine Platin-Kreditkarte aus ihrem Portemonnaie zog. Es war eine Karte, die sie kaum je benutzte und deren Limit viel höher war als der Preis von Dingen, die sie niemals kaufen würde, doch Ryan hatte darauf bestanden, dass sie eine besitzen sollte.

Sie hielt sie durch die Trennscheibe zwischen Vorder- und Rücksitzen, bis der Fahrer sie ihr aus der Hand nahm. Er blickte auf die Karte, dann musterte er Shelby.

»Chambers?«

Sie nickte und sah die Taxilizenz, die auf der Trennwand zwischen ihnen angebracht war:

EMANUEL ELVIN PRATT –
CITY OF CHICAGO, ILLINOIS.

Shelby ertappte ihn dabei, dass er sie anstarrte und blinzelte, um ihr Gesicht in dem schwach beleuchteten Taxi besser ausmachen zu können. »Sie sind Nachrichtensprecherin, stimmt's? Nein, warten Sie. Das ist es nicht«, sagte er und legte den Kopf leicht schräg. »Jetzt hab ich's. Sie haben diesen Chambers geheiratet.«

Sie sah dem Taxifahrer in die Augen. »Glauben Sie mir, Emanuel. Was es auch kostet, mich nach Bayfield zu bringen, ich kann Ihnen so viel zahlen, dass es sich für Sie lohnt.«

Er musterte sie noch einen Augenblick. »Inklusive einer Übernachtung?«

»Ja. Können wir jetzt losfahren? Wir kommen früher an, wenn wir fahren, solange es dunkel ist, bevor der morgendliche Verkehr anfängt.« Inzwischen kämpfte sie gegen den Schlaf und wartete ungeduldig darauf, dass er ihrem Plan zustimmte, sodass sie sich während der restlichen Fahrt nach Norden ausruhen konnte. *Noch sieben Stunden, und ich bin endlich zu Hause.*

Der Mann ließ sich wieder in seinem Sitz nieder und schob den Automatikhebel aus der Parkstellung. »Nennen Sie mich Manny«, sagte er, als das Taxi von dem Tankstellengelände fuhr und seine lange Fahrt nach Norden antrat.

22

Leere Betten

Ryan erwachte mit schweren Lidern, steifem Rücken und der rasch wiederkehrenden Gewissheit, sich im Krankenhaus zu befinden. Er blinzelte in den schmalen Lichtstrahl, der durch eine kaputte Lamelle der geschlossenen Jalousie fiel. Er wandte sich von dem Licht ab und setzte sich auf, streckte den Rücken, um den Schmerz zu vertreiben, und bewegte sich vorsichtig, um Shelby nicht zu wecken. Sie würde nicht nur mit der tiefen Traurigkeit dessen konfrontiert werden, was passiert war, sondern sie musste sich außerdem noch von den körperlichen Schmerzen und Verletzungen erholen, die sie während der Geburt erlitten hatte. Shelby hatte sehr viel mehr zu bewältigen als er.

Abgesehen von dem Morgenlicht, das durch die Schlitze der geschlossenen Jalousien drang, war das Zimmer dunkel und still. Ryan ging um das Fußende von Shelbys Bett herum, ganz leise, um sie nicht aufzuwecken. Er blieb stehen, um sich den Schlaf aus den Augen zu reiben, und blickte dann auf die Kissen und zerwühlten Decken, die seine Frau verhüllten. Als er sich endlich an das schwache Licht gewöhnt hatte, bemerkte er, dass die Bettdecken überhaupt nichts verhüllten. Das Bett war leer.

Er drehte sich zu der geschlossenen Badezimmertür. »Shelby? Alles in Ordnung?«

Auf dem Weg zum Bad trat er auf einen scharfen Gegenstand und zog hastig den schmerzenden Fuß zurück. Er bückte sich, um Shelbys Schlüsselbund aufzuheben. Er drehte es in seiner Hand um und rief: »Shel?« Dann ging er zur Tür und klopfte, noch immer kam keine Antwort. Ryan drückte auf die Klinke und war ein wenig überrascht, als die Tür sich leicht öffnen ließ.

Er lief schnell wieder in das Zimmer zurück, um den Lichtschalter neben ihrem leeren Bett umzulegen, und als er allein in dem hell erleuchteten Zimmer stand, sah Ryan, dass hinter den halb offenen Schranktüren leere Kleiderbügel hingen. Ihre Stiefel, ihre Handtasche, alles war weg. Einfach weg.

Er zog panisch an der Schnur neben dem Lichtschalter, um die Schwestern zu alarmieren, und fing dann an, das Zimmer zu durchkämmen, um etwas – irgendetwas – zu finden, was das plötzliche Verschwinden seiner Frau erklären würde.

Er war dabei, seine Schuhe anzuziehen, weil er dachte, dass sie wahrscheinlich gerade durch die Krankenhausflure wanderte, da entdeckte er eine eilig hingeworfene Notiz.

R.,

Ich wollte dich nicht wecken. Du sahst so friedlich aus, und ich weiß im Moment nicht einmal, wie ich dir unter die Augen treten soll. Ich weiß, dass ich mich wie ein Feigling benehme. Ich habe euch beide enttäuscht, und ich kann es nicht ertragen, noch länger hierzubleiben. Ich weiß, dass du heute die beste Entscheidung für unseren Sohn treffen wirst. Ich vertraue dir. Und es tut mir so leid. Vielleicht kannst du mir eines Tages verzeihen. Ich werde euch beide immer lieben.

S.

»Nein!«, schrie Ryan auf und schleuderte in einem Moment der Panik die Schlüssel durch den Raum. Angst. Fassungslosigkeit.

»Mr Chambers?«

Er war sich nicht sicher, ob wirklich jemand etwas gesagt hatte, denn er war fassungslos und aufgewühlt und konnte es einfach nicht glauben. Gleichzeitig überlegte er, worum er sich als Nächstes kümmern musste. Seine Frau? Ihr Baby? Was sollte er jetzt tun?

»Ist das gerade ein schlechter Zeitpunkt?«, fragte die Stimme der Frau erneut. Er drehte sich zur Zimmertür, wo eine Krankenschwester mit sanftem Gesicht stand und ein Babykörbchen im Arm hielt. Er konnte sehen, dass um den kostbaren Inhalt sorgfältig eine blaue Decke festgesteckt worden war.

»Mr Chambers, ich dachte, Sie und Ihre Frau würden vielleicht gern ungestört ein wenig Zeit mit Ihrem Sohn verbringen.«

»Sie ist weg!« *Reiß dich zusammen,* befahl Ryan sich, während er in dem Zimmer umherlief und seine Sachen zusammensuchte. Er musste sie finden. Er musste einfach. Sie würden ihr Kind gemeinsam begrüßen, wie es sich für Eltern gehörte. Shelby konnte noch nicht weit gekommen sein.

»Ich weiß, dass Sie eine schwere Zeit durchmachen, Mr Chambers …«

»Nein … meine Frau … ich glaube, sie hat das Krankenhaus verlassen«, unterbrach er die Schwester und schlüpfte in seine Schuhe. »Informieren Sie die Security!«

Alle Kraft, die Ryan noch geblieben war, brauchte er nun, um an dem Körbchen vorbeizugehen, ohne in das Gesicht seines neugeborenen Sohnes zu blicken und ohne ihn zu berühren, doch Ryan musste Shelby an seiner Seite haben. Ein geliebter Mensch war Ryan schon genommen worden. Er würde nicht zulassen, dass er auch noch seine Frau verlor.

Stunden waren vergangen, und Ryan fühlte sich vollkommen hilflos. Es gab Entschuldigungen, es war von Sicherheitslücken die Rede, von Überwachungsbändern und Polizeiakten. Aus Gründen, die er nicht verstand – und vielleicht auch nie verstehen würde –, hatte seine Frau ihn in dem Krankenhaus zurückgelassen und setzte ihn und sich selbst dem entsetzlichen Schmerz allein aus. Der Kummer über den Tod ihres Kindes war unerträglich. In Verbindung mit der heftigen Angst um Shelbys Sicherheit laugte er Ryan emotional vollständig aus.

Er verbrachte die Zeit allein in einem Winkel ihres Krankenzimmers, schaukelte in einem Stuhl, der eigentlich für eine stillende Mutter und nicht für einen verzweifelten Vater vorgesehen war. Sein Sohn lag in Ryans Armen, reglos und in eine blaue Decke gewickelt, und er drückte ihn an sein Herz. Er blickte in das vollkommene Gesicht des Kindes, schaukelte, vor und zurück, und vergaß dabei, wie die Zeit verging. Ryan malte sich aus, dass jedes Klicken des Schaukelstuhls ein weiterer Tag Leben war, ein Moment, ein Jahr – Zeit, die er und sein Sohn nie haben würden. Er wollte nicht wegschauen, denn dies war die gemeinsame Lebenszeit, die ihnen blieb. Es war alles, was sie hatten.

Leute gingen in dem Zimmer ein und aus. Ryan konnte sie über den Flur heraneilen hören. Dann verstummten die Schritte, weil die betreffende Person um Fassung rang, bevor sie Ryans Zimmer betrat. Das Zimmer, an dessen Türklinke das Schmetterlingszeichen hing. Das Zeichen, das dem Personal sagte, dass ein Kind nicht überlebt hatte. Niemand würde Blumen bringen. Es bestand kein Bedarf an Stillberatung. Keine warmen Bäder mit zarten Schaumbläschen und nervös lachenden Eltern, die keine Ahnung hatten, wie sie allein zurechtkommen sollten, wenn sie erst mit dem Baby zu Hause sein würden.

Stattdessen traten die Besucher leise und respektvoll ein. Sie sprachen mit besorgten Stimmen und Mitleid im Blick.

»Der Kummer wird in Wellen kommen«, sagte die Frau in dem marineblauen Kleid mit dem Kreuz am Revers.

»Wir haben sie auf unseren Überwachungsvideos entdeckt. Sie wirkte verzweifelt, als sie das Krankenhaus heute Nacht um drei verlassen hat«, berichtete ein Bediensteter des Hospitals. Sein Verhalten und jedes seiner Worte verrieten das Bemühen, jegliche Verantwortung von sich zu weisen.

»Die Krankenschwestern würden gern Gipsabdrücke der Hände und Füße ihres Sohnes nehmen. Etwas, das Sie mit nach Hause nehmen können«, sagte die Oberschwester, deren Kittel mit Teddybären bedruckt war.

Ryans Eltern waren gekommen und wieder gegangen, hatten ihr tief empfundenes Beileid ausgesprochen und ihm angeboten, sich mit den Behörden in Verbindung zu setzen, um bei der Suche nach Shelby zu helfen.

Ryan hatte mit Ginny gesprochen, die natürlich den verzweifelten Wunsch verspürte, nach Chicago zu fahren. Ryan erklärte ihr, dass die Polizei noch immer nach dem Taxi suchte, in dem Shelby davongefahren war, dass es sich jedoch um ein nicht gekennzeichnetes Taxi handelte, dessen Nummernschilder aufgrund des anhaltenden Schneefalls nicht zu entziffern waren. Bevor sie auflegten, fragte Ginny: »Welchen Namen habt ihr ihm gegeben?«

Ryan schämte sich zuzugeben, dass Shelby und er noch einen Namen für ihren Sohn finden mussten.

»Noch keinen«, sagte er leise und blickte durch das vereiste Fenster hinaus, fragte sich, wo sie wohl sein mochte. Hoffentlich war sie in Sicherheit. »Ich wollte lieber warten, bis sie Shelby gefunden haben, damit wir uns gemeinsam für einen Namen entscheiden können.«

»Ich weiß noch, dass ich vor ein paar Monaten am Telefon mit ihr darüber gesprochen habe«, sagte Ginny. »Und da hat sie mir gesagt, dass ihr beide euch schon für einen Namen entschieden habt, mein Lieber. Sie wirkte ganz begeistert. Ich erinnere mich, dass es eine Überraschung werden sollte, aber sie hat gesagt, es sei der perfekte Name.«

»Das stimmt.« Während er noch einmal seinen Sohn ansah und zum ersten Mal seit einer gefühlten Ewigkeit wieder lächelte, fiel es ihm wieder ein.

»In gewisser Weise habt ihr ihm also schon einen Namen gegeben. In glücklicheren Zeiten.«

Er dachte an jenen Tag zurück. Es war im Oktober gewesen – einer jener Tage, an denen die Blätter sich in ein faszinierendes Schauspiel von Farben verwandelten, an denen die Luft kühl und klar war und die Sonne einen von innen zu wärmen schien wie eine Tasse dampfender, honigsüßer Tee. Sie überquerten eine Fußgängerbrücke, die über den Chicago River führte, und blieben stehen, um sich über das eiserne Geländer zu beugen und unten auf dem Fluss einige Kajak-Fahrer zu beobachten, die über das ruhige Wasser und unter der Brücke hindurchglitten, auf der Ryan und Shelby standen.

»Ich glaube, ich habe den perfekten Namen für unser Kind gefunden«, verkündete Shelby und blickte mit einem Lächeln zu Ryan auf, das ihr ganzes Gesicht erhellte.

»Wirklich?«, fragte er. Er legte ihr einen Arm um die Schultern und drückte sie an sich. »Sag es mir. Wie lautet der perfekte Name?«

»Rate mal.«

»Norton.«

»Nein.«

»Newton. Norman. Nelson.«

»Kalt, ganz kalt.« Sie lachte. »Komm schon. Der Name ist so naheliegend.«

»Hoffentlich nicht William«, hatte er gestöhnt. »Ich glaube nicht, dass die Welt *noch* einen William Chambers braucht.«

»Nein, nicht William«, sagte sie und schüttelte den Kopf. »Wenn du dir einen anderen Namen wünschen könntest, welcher wäre das?«

Es dauerte nur wenige Sekunden, bis er zustimmend nickte. »Der ist perfekt.«

»Ja, nicht wahr?«

Am Anfang ihrer Beziehung hatte Ryan Shelby erzählt, dass er manchmal, vor allem, wenn er auf Reisen war, ein Pseudonym benutzte. Es gab viele, aber seinen Lieblingsnamen hatte er sich schon einfallen lassen, als er noch sehr jung war. Als Kind war Ryan gefesselt von der Geschichte eines Jungen namens Charlie Bucket, der in der Folie eines Willy-Wonka-Schokoriegels eine der seltenen Goldenen Eintrittskarten findet. Ryan interessierte sich weniger für das Ende der Geschichte, bei dem Charlies gutes Benehmen seiner Familie Glück bringt – es war vor allem anderen der Anfang, der ihn faszinierte. Er hatte immer gedacht, dass es wundervoll sein müsse, sich in einem winzigen Zimmer zu verstecken, in warme, schützende Decken gehüllt und von Eltern und Großeltern umgeben zu sein, die ihn bedingungslos liebten.

»Charlie«, sagte er und fand sogleich wieder Gefallen an dem Namen.

»Charles William Chambers«, sagte sie und hörte den Klang des Namens über die Wellen hüpfen und den Kajak-Fahrern unter der Brücke folgen.

»Wie wär's mit Charlie Meyers Chambers?«

Am Ende seines Telefonats mit Ginny hatte sie sich widerstrebend bereit erklärt, in Bayfield zu bleiben, denn sie wussten beide, dass Shelby vermutlich zu ihr fahren würde. Der Kummer in Ginnys Stimme, als sie sich von ihm verabschiedete, brach ihm das Herz: Ginny wusste besser als jeder andere, wie schlimm es um sie stand. Shelbys Verhalten war untypisch für sie. Natürlich hatte sie ihre Fehler, aber was jedermann wusste und an ihr liebte, war, dass sie ihre Familie niemals im Stich lassen würde.

Schließlich, als alle Papiere unterzeichnet, der Abschiedssegen erteilt und alle notwendigen Vorkehrungen getroffen waren, war es an Ryan, sich von seinem Sohn zu verabschieden.

Es war Abend geworden, und in dem Krankenzimmer war es wieder dunkel, als er Charlie zu dem Bett trug, auf dem der Korb stand. Ryan beugte sich über das Gesicht seines Sohnes. »Ich liebe dich«, sagte er laut. Diesmal flossen die Tränen frei und ungehindert und fielen auf die kühle Haut des Kindes. Ryan küsste ihn noch einmal – auf die Wangen, auf Stirn und Nase – und versuchte sich Charlies Gesicht für immer einzuprägen. Er fürchtete sich schon jetzt davor, ihn jemals zu vergessen.

Behutsam legte er seinen Sohn in den Korb und steckte sorgfältig die Decke um seinen Körper fest, damit Charlie es behaglich und sicher hatte und ihm nichts passieren konnte. Er strich mit den Händen über die Decke, glättete jede winzige Falte. Wenn dies das Einzige war, was er für seinen Sohn tun konnte, dann würde er es perfekt machen.

»Auf Wiedersehen, mein süßer kleiner Junge«, sagte Ryan schließlich, als die Krankenschwester wieder in das Zimmer kam. »Ich werde dich immer lieben.«

Die Erinnerung daran, wie er zum letzten Mal die Lippen seines Sohnes geküsst hatte, war in Ryan noch lebendig, als er allein über den hell erleuchteten Flur ging. Er hatte es abgelehnt, sich begleiten zu lassen, denn er konnte die Blicke der Krankenhausmitarbeiter nicht mehr ertragen. Die, die seine Geschichte kannten, bedachten ihn mit einem mitleidigen Lächeln oder schlugen die Augen nieder. Unwillkürlich fragte er sich, ob sie insgeheim vielleicht ein wenig erleichtert waren, dass er nun fortging. Die Entbindungsstation belegte einen kompletten Flügel des Krankenhausgebäudes – ein Ort, an dem täglich Wunder geschahen und es Anlass zum Feiern gab, und an dem auf Schmerzensschreie normalerweise Freudentränen folgten.

Er war nur wenige Schritte vom Ausgang der Station entfernt, als eine der Doppeltüren aufgestoßen wurde. Ein Kind, nicht älter als vier Jahre, raste auf Ryan zu und rannte in seiner Eile gegen seine Beine. Instinktiv streckte Ryan eine Hand aus, damit das Kind nicht hinfiel. Als der Junge aufblickte, fühlte Ryan sich schwach. Das Funkeln in seinen Augen, seine vollen, geröteten Wangen, das glänzende Haar des Jungen ließen ihn seinen Verlust viel deutlicher empfinden. Ryan war seinen Gefühlen völlig ausgeliefert, als er da mit Tränen in den Augen auf dem hell erleuchteten Flur vor dem Kind stand.

Er räusperte sich und wischte sich rasch mit dem Handrücken über die Augen. »Tut mir leid«, sagte er, als der Junge ihn anstarrte.

»Ist schon okay«, sagte der Junge und zuckte mit den Schultern. »Nicht weinen.«

»Simon!«, erklang die Stimme eines Mannes, als die Tür sich wieder öffnete. »Simon, jetzt warte doch auf mich.«

Ryan hörte ein Kichern und dann das Geräusch kleiner Schritte, die von ihm weg und in Richtung der Entbindungsstation tapsten.

Ryan schob die Hände in seine Manteltaschen, als der Mann näher kam. »Tut mir leid«, sagte er und zögerte kurz, bevor er Ryan grüßte, wobei er den Jungen im Auge behielt. »Er ist heute Abend ein bisschen aufgeregt. Sie wissen schon, ein neues Baby und so.«

»Nein, schon gut«, sagte Ryan. »Ist schon in Ordnung.«

»Kaum zu glauben, dass der kleine Kerl jetzt ein großer Bruder ist«, sagte der Mann mit einem breiten Lächeln im Gesicht und schüttelte den Kopf. »Noch dazu von Zwillingsschwestern!«

Ryan zwang sich zu lächeln. »Glückwunsch.«

»Ist Ihre Frau auch …«

»Wir hatten einen Sohn«, sagte Ryan, ohne zu zögern. *Wir hatten einen Sohn,* wiederholte er im Stillen und genoss den Klang der Worte, während er gleichzeitig spürte, dass der Schmerz ihn erneut überwältigte.

»Dann gratuliere ich Ihnen ebenfalls. Aber passen Sie auf, wenn sie erst mal größer sind, können sie ziemlich anstrengend werden«, sagte der stolze Vater und lachte, als er Ryan stehen ließ.

Ryan drehte sich um und wollte weitergehen, doch seine

Beine versagten ihm den Dienst. Um nicht das Gleichgewicht zu verlieren, lehnte er sich an die Wand. Er hatte keine Ahnung, ob er stark genug sein würde, seine Frau ausfindig zu machen.

23

Bodenwelle

Shelbys Lider flatterten, und endlich schlug sie die Augen auf und wurde gewahr, dass sie auf dem Rücksitz eines fahrenden Autos lag. Im ersten Moment erinnerte sie sich nicht mehr an den Grund. Die hellen Blitze der Lichter auf dem Highway und der vorüberhuschenden Scheinwerfer, die sich in den Wagenfenstern spiegelten, waren nicht mehr zu sehen. Das einzige Licht im Wagen kam nun von dem schwachen grünen Leuchten des Armaturenbretts. Wo auch immer sie sich im Augenblick befanden, die Nacht um sie herum war kohlrabenschwarz, der Mond war nicht zu sehen.

Der Wagen fuhr über eine Bodenwelle, und ihr Kopf prallte gegen das rissige Leder der Sitzbank. Der Schlag reichte aus, um ihr alles wieder ins Gedächtnis zu rufen. Das Baby, Ryan, das Krankenhaus.

»Wo sind wir?«, rief sie und versuchte die Geräusche aus dem Radio zu übertönen, bevor sie die Augen wieder schloss. Es war leichter, sie geschlossen zu halten und zusammengerollt auf der Rückbank liegen zu bleiben.

»Was ist das?«, antwortete die Stimme eines Mannes vom Vordersitz. Im Rauschen des Radios erkannte sie einen Bee-Gees-Song, obwohl sie sich nicht an den Refrain erinnern konnte.

Wie hieß er nochmal?, fragte Shelby sich, aber es fiel ihr nicht mehr ein.

»Wo sind wir?«, fragte sie noch einmal.

»Sie haben eine ganze Weile geschlafen, Lady. Wir sind gerade durch *Fond du Lac* gefahren.«

Als Shelby die Augen wieder aufschlug, kam ihr die Straße holpriger vor. Allmählich wurde sie wieder klarer im Kopf. Sie konnte sich nicht erinnern, an welcher Stelle der Fahrer den Highway verlassen hatte und auf eine Landstraße gefahren war. Shelby hob den Kopf, um besser sehen zu können, doch sie sank auf den Sitz zurück. Der Schmerz war zu groß.

Sie spürte, wie das Auto nach rechts zog, über ein paar unebene Stellen auf der Straße holperte und stehen blieb. *Warum halten wir an?*

»Was machen Sie?«, fragte sie, doch der Fahrer antwortete nicht. Stattdessen hörte sie, wie die Fahrertür sich öffnete, und sie spürte, wie bitterkalte Luft in den Wagen drang. Sie zog sich den Mantel fester um den Körper und zwang sich erneut, sich aufzusetzen. Ein heftiges Reißen durchfuhr ihren Bauch, sie keuchte auf und hielt sich die Seite. Ihr ganzer Körper schmerzte, als wäre er innerlich und äußerlich verletzt. Sie tastete in ihrer Manteltasche herum, bis sie das Fläschchen mit den verschreibungspflichtigen Medikamenten fand. Als sie den Sicherheitsverschluss entfernt hatte und sich eine Tablette in ihre verbundene Hand geschüttelt hatte, blickte sie aus den beschlagenen Fenstern und versuchte, den Fahrer zu entdecken.

Noch immer kam die kalte Luft durch seine offene Tür herein. Irgendetwas stimmte nicht. *Was macht er da?*

»Sir?«, rief sie, doch ihre Stimme klang schwach, denn ihr war wieder schwindelig geworden. Der Schmerz wurde stärker. Shelby legte sich die Tablette auf die Zunge und zwang sich, sie mit trockener Kehle zu schlucken. *Hat er gesagt, dass er Danny heißt?* Wenn sie nicht so erschöpft gewesen wäre, hätten sich spätestens jetzt ihre Instinkte eingeschaltet und sie gewarnt. Sie wusste nicht, wo sie war, nur dass sie in einer verschneiten Winternacht mit einem völlig Fremden im Dunkeln auf dem Seitenstreifen irgendeiner Straße stand. Sie blinzelte, um wach zu bleiben, aber es war zu viel für sie.

Das Geräusch, als die hintere Wagentür sich öffnete, und das Gefühl der kalten Nachtluft auf ihrer Haut weckten sie schlagartig auf. Der Fahrer, ein großer Mann mit starken Händen, griff nach ihr. Panik überfiel sie, und ohne nachzudenken, zog sie die Beine an und versetzte ihm schnell einen Tritt in die Leistengegend.

»Herrgott nochmal, Lady, was soll denn das?«, brüllte er und ging auf dem Boden des Wagens auf die Knie.

»Wagen Sie bloß nicht, mich anzufassen«, zischte sie, bereit, trotz der Schmerzen mit dem anderen Stiefel noch einmal zuzutreten.

Doch er hob beschwichtigend die Hände. »Hören Sie. Niemand will Ihnen wehtun. Sie brauchen Hilfe. Ich will Ihnen nur helfen.«

»Bringen Sie mich nach Bayfield. Bitte. Mehr Hilfe brauche ich nicht.«

»Ich bin rechts rangefahren, um pinkeln zu gehen. Als ich zurückkam, sahen Sie nicht besonders gut aus.«

»Fahren wir weiter.« *Setz dich einfach ans Steuer und fahr. Wir müssen weiterkommen.*

»Sie sind sehr blass.«

»Mir geht es gut.«

»Waren Sie Patientin in dem Krankenhaus? Ist das der Grund, warum Sie es mitten in der Nacht so eilig hatten, von dort wegzukommen?

»Bitte.« Dann fiel ihr sein Name wieder ein, und sie fügte hinzu: »Manny.«

Er legte die Hände auf die Rückbank, drückte sich vom Boden ab und stand dann vor der offenen Beifahrertür.

Er blickte auf seine Hände, und nun war es Manny, dessen Gesicht blass wurde. »Meine Güte. Mrs Chambers, Sie bluten!«

Sie strengte sich an, den Kopf zu heben und die Augen offen zu halten. *Wenn ich doch bloß verschwinden könnte.*

Das Letzte, woran sie sich erinnerte, waren Mannys Hände, die nach ihr griffen, während er ihren Namen rief.

Dann wurde ihr schwarz vor Augen.

24

Gefunden

Als Ryan nach Shelbys Verschwinden das Krankenhaus verließ, kamen seine Eltern zu ihm in die Wohnung, um ihm ihre Hilfe anzubieten. Sie waren noch nicht lange dort, da rief die Polizei an.

»Mr Chambers, ich bin Lieutenant Ochoa von der Polizei in Fond du Lac. Ich freue mich, Ihnen mitzuteilen, dass wir Ihre Frau ausfindig gemacht haben«, informierte er ihn am Telefon, mit einer Stimme, die eine beruhigende Mischung aus Professionalität und Mitgefühl zum Ausdruck brachte. »Sie wurde in das Regency Community Hospital hier in Eau Claire eingeliefert.«

»Fond du Lac? Das verstehe ich nicht. Wie um alles in der Welt ist sie so weit gekommen?«

»Ein Officer vor Ort zieht in diesem Moment Erkundigungen ein. Bislang kann ich Ihnen sagen, dass Sie von einem Mann namens Emanuel Pratt in die Notaufnahme gebracht wurde. Kennen Sie ihn?«

»Nie gehört«, antwortete Ryan, und in seinem Geist blitzte sofort ein Katastrophenszenario auf. »Mein Gott, sie ist doch nicht …«

»Bislang glauben wir nicht, dass sie überfallen oder verletzt wurde«, versicherte der Lieutenant ihm. »Offenbar hat Ihre

Frau Pratt als Fahrer engagiert, und als sie hier in der Gegend ankamen, hat er festgestellt, dass sie sich in einem sehr schlechten Zustand befand. Sie wird gerade ärztlich untersucht, und es sieht so aus, als würde sie unter Komplikationen leiden, die von der kürzlich erfolgten Entbindung herrühren.«

»Was ist los, William?«, fragte sein Vater. Ryan hatte nicht bemerkt, dass seine Eltern inzwischen neben ihm standen, ihn aufmerksam musterten und auf Neuigkeiten warteten.

Er legte eine Hand über das Telefon und flüsterte: »Sie ist wieder im Krankenhaus.«

»Na, dann mal los!«, drängte William Senior und wies Charlotte mit einer Geste an, ihre Handtasche und ihren Mantel zu nehmen.

»Nicht hier, Dad. Sie ist in Fond du Lac.«

Charlotte ließ ihre Handtasche auf die Küchentheke fallen, und William Seniors Gesichtsausdruck wandelte sich von Besorgnis zu Unglauben. Keiner von ihnen sagte ein Wort, aber das war auch nicht nötig. Ryan wusste Bescheid. In seiner Frau war etwas zerbrochen, und diese Tatsache erfüllte ihn mit Entsetzen.

Als Ryan das Gespräch mit Lieutenant Ochoa beendet hatte, legte er das Telefon auf die Küchentheke, streckte beide Hände flach auf dem Holz aus und senkte den Kopf. *Wie konnte es so weit kommen? Wie um alles in der Welt konnte das passieren?* Er versuchte, die Ereignisse zu verarbeiten und seine nächsten Schritte zu durchdenken, als sein Vater ihn aus seinen Grübeleien riss.

»Ich weiß, dass du jetzt leidest, Ryan, und ich will nicht unsensibel wirken«, sagte William Senior widerstrebend, »aber wir müssen bedenken, was die Medien zu alldem sagen werden. Ich meine, eine junge Mutter, die mitten in der Nacht aus dem Krankenhaus flieht? Dich im Stich lässt, allein zurücklässt – damit du einsam und allein trauerst und dich nach dem Tod deines Kindes selbst um alles kümmerst?«

»Ich weiß, Dad.«

»Du weißt, dass das für die Presse ein gefundenes Fressen ist«, fügte sein Vater hinzu.

»Niemand sollte so etwas allein durchstehen müssen. Es ist schlimm genug, dass wir den kleinen Charlie verloren haben. Aber Eau Claire? Was glaubst du, was die Leute sagen werden«, fragte Ryans Mutter mit tränenerstickter Stimme und zog ein Papiertaschentuch aus ihrer Handtasche, um sich damit die Augen zu trocknen.

»Wir brauchen einen Plan«, sagte William Chambers Senior.

»William, jetzt ist nicht der richtige Ort und nicht der richtige Zeitpunkt, um über die öffentlichen Auswirkungen von Shelbys Verhalten zu sprechen«, entgegnete Charlotte und legte ihrem Mann eine Hand auf den Unterarm. »Zuerst müssen wir uns um die Familie kümmern.«

»Du bist naiv, Charlotte, wenn du glaubst, dass all das nicht ganz schnell herauskommen wird. Ryan muss zu Shelby fahren, sich vergewissern, dass es ihr gutgeht, und wir müssen uns eine logische Erklärung einfallen lassen. Ein öffentliches Statement abgeben, bevor jemand aus dem Krankenhaus zu reden anfängt, oder der Taxifahrer. Wir müssen den Aufruhr im Keim ersticken.«

»Mir ist es scheißegal, was die Leute reden«, sagte Ryan, hob den Kopf und blickte seinem Vater in die Augen. »Im Augenblick ist Shelby das Einzige, woran ich denke. Und ich brauche eure Hilfe hier, weil ich mich um meine Frau kümmern muss.« Und damit ließ er seine Eltern in der Küche stehen, packte rasch ein paar Sachen in eine kleine Reisetasche und stürmte aus der Wohnung.

25

Wahrheiten

Shelby öffnete die Augen und stellte fest, dass sie wieder im Krankenhaus und erneut an einen Infusionsbeutel und ein piepsendes Pulsmessgerät angeschlossen war. Als ihre Augen sich an die Dunkelheit in dem Raum gewöhnt hatten, erkannte sie, dass sie sich an einem anderen Ort befand. Verschwunden waren die Blumendrucke, die Pastellfarben und die für stillende Mütter vorgesehenen Schaukelstühle in der Klinik in Chicago. Dieser Raum war schlicht und ordentlich und frei von allem, was mütterlich und warm wirkte.

Zumindest dachte sie das, bis sie hörte, wie jemand auf einem Stuhl sein Gewicht verlagerte. Sie drehte sich zu der Person um, die in der dunklen Ecke des Zimmers saß und sagte nur: »Du bist es.«

»Na komm. Sag's schon.« Shelby glaubte, dass sie diesmal jedes der harschen Worte verdient hatte, mit denen ihre Mutter aufwarten konnte.

»Was soll ich denn deiner Meinung nach sagen?«, fragte Jackie Meyers mit tonloser Stimme.

»Wahrscheinlich willst du mich mit Beschuldigungen überschütten«, erwiderte Shelby. »Warum bringst du es nicht einfach hinter dich? Sag mir doch einfach nochmal, was für eine große Enttäuschung ich bin, dann kannst du gehen. Darin bist du doch so gut, Mutter.«

Jackie sagte gar nichts. Stattdessen erhob sie sich und schob den Stuhl über den Fußboden, bis er neben Shelbys Bett stand. »Wie geht es dir?«, fragte Jackie und setzte sich wieder hin. »Hast du Schmerzen?«

»Wo bin ich hier?«

»Wir sind in Eau Claire. Aber die eigentliche Frage ist doch: *Warum* bist du hier und nicht in Chicago, wo du hingehörst?«

»Ist Gran hier?«, fragte Shelby, setzte sich auf und krümmte sich gleich darauf vor Schmerz. Sie schrie auf und sagte dann eindringlich: »Ich muss sie sehen.«

»Nein. Sie hielt es für das Beste, dass ich komme.«

»Warum?«, fragte Shelby und zog die Stirn kraus, während sie den stechenden Schmerz in ihrem Unterleib zu unterdrücken versuchte. »Ich verstehe nicht, warum *du* an ihrer Stelle gekommen bist.«

»Ich weiß, dass du in schlechter Verfassung bist, Shelby. Aber das ist, um Himmels willen, doch kein Grund, so unhöflich zu sein.«

Shelby schüttelte den Kopf und seufzte.

»Ich war in der Nähe«, sagte Jackie. »Chad hat eine Schwester, die in Sheboygan wohnt. Wir sind eben zufällig ein paar Tage hier zu Besuch. Eine Art Ferien. Mutter hat mich angerufen, weil sie wusste, dass ich schneller bei dir sein konnte.«

Chad. Na wunderbar, dachte Shelby. Sie war nicht bereit, ihrer Mutter zugutezuhalten, dass sie gekommen war, um ihr Beistand zu leisten. Sie sehnte sich verzweifelt nach ihrer Großmutter. Ginny würde wissen, was zu tun war. Sie würde wissen, wie sich alles wieder in Ordnung bringen ließ, was Shelby zerstört hatte.

»Also, jetzt mal ehrlich, wie geht es dir?«, fragte Jackie noch einmal, und ihre Stimme klang nun sanfter.

Shelby sah ihrer Mutter in die Augen und wünschte sich mehr denn je, sie würde sich in ihrer Gegenwart wohl genug fühlen, um sich in den Arm nehmen zu lassen, zu weinen und all ihre Ängste, ihr Versagen und ihren Kummer mit ihr zu teilen. Stattdessen drehte sie den Kopf weg und kniff die Augen zusammen, um gegen die Tränen anzukämpfen.

Als Shelby nicht antwortete, fragte ihre Mutter: »Ist dir eigentlich klar, was passiert ist? Bist du dir deiner Handlungen bewusst?«

»Ich bin müde«, sagte Shelby mit schwacher Stimme. »Wenn du nichts dagegen hast, wäre ich jetzt gern allein.«

Wieder herrschte Schweigen, als Jackie ihre Tochter anstarrte und diese ihrem Blick auswich.

»Weiß Ryan, wo du bist?«

Shelby versuchte, sich auf die andere Seite zu drehen, weg von ihrer Mutter, doch Schmerz durchfuhr ihren Unterleib und zwang sie, sich wieder auf den Rücken zu legen.

»Wir sollten ihn anrufen«, stellte Jackie fest und wollte die Sache offensichtlich selbst in die Hand nehmen, was nur sehr selten vorkam. »Wo ist dein Handy?«

Shelby bedeckte ihre Augen mit einem Arm. *Was habe ich getan?*

Jackie stand von ihrem Stuhl auf und schickte sich an, die wenigen Habseligkeiten in Augenschein zu nehmen, die jemand für Shelby in den Wandschrank des Krankenzimmers gehängt hatte. Mit Shelbys Handy in der Hand trat sie wieder an das Bett.

»Dein Akku ist fast leer, aber du hast mehr als ein Dutzend Anrufe und noch mehr SMS. Alle von deinem Mann«, sagte Jackie. »Wir werden dieses hier aufladen und ein anderes Handy benutzen müssen, um ihn anzurufen.«

Shelby nickte und fühlte, wie ihr Kinn zitterte und sich der vertraute Schmerz in ihrem Kiefer ausbreitete. Sie kämpfte, um die Tränen zurückzuhalten. So viele Tränen. Ihre Mutter musste es bemerkt haben, denn Shelby hörte, wie ein Handy auf einem Tisch abgelegt wurde, und dann spürte sie die Hand ihrer Mutter auf der Schulter. Obwohl Jackies Berührung untypisch sanft war und ihre Stimme und die Worte aufrichtig klangen, widerstrebte es Shelby, sich ihrer Mutter zu öffnen. Zwar hatte sich ihre Beziehung in den vergangenen zwei Jahren verbessert, aber immer noch lauerte allzu viel Schmerz unter der Oberfläche.

»Wir müssen ihn ja nicht sofort anrufen. Die Polizei hat Kontakt zu ihm aufgenommen, kurz nachdem du angekommen bist. Er hat deine Großmutter informiert. Ryan weiß, dass du in Sicherheit bist«, sagte Jackie. »Du hast uns allen ganz schön Angst eingejagt, weißt du das? Vor allem Ryan.«

Shelby nickte. Nichts, was sie sagen konnte, würde ihre Taten wiedergutmachen.

Jackie ging wieder um das Bett herum und setzte sich auf den Stuhl. »Dich hier im Krankenhaus zu sehen versetzt mich in die Vergangenheit zurück. Du weißt schon, in die Zeit, als du geboren wurdest.«

Shelby vergrub den Kopf im Kissen und zog sich die Decke über die Schultern, denn sie wollte nicht noch einmal hören, dass sie ein ungewolltes Kind gewesen war. »Ich will wieder schlafen.«

Jackie schenkte Shelby keine Beachtung und redete weiter. »Ich glaube, ich habe dir nie von meiner Schwangerschaft erzählt, stimmt's?« Jackie zögerte, bevor sie weitersprach, räusperte sich und rückte ihren Stuhl zurecht.

»Zu oft«, sagte Shelby.

»Nein, bestimmt nicht. Das habe ich ganz sicher nicht.«

»Ist schon in Ordnung, Mom. Du kannst Gran sagen, dass du mich besucht hast. Du warst mir eine große Hilfe«, sagte Shelby unter der Decke. »Ich wäre jetzt einfach gern ein bisschen allein.«

»Ich weiß«, erwiderte Jackie. »Ich weiß sogar genau, wie du dich fühlst. Als du auf die Welt kamst, dachte ich, mein Leben sei zu Ende. Ich vermute, dir geht es jetzt genauso.«

Shelby drehte abrupt den Kopf. Sie wollte sich aufsetzen und ihrer Mutter ins Gesicht sehen, musste jedoch reglos liegen bleiben, weil sie vor Schmerz zusammenzuckte. »Du weißt *nicht*, wie es mir geht. Das kannst du gar nicht«, sagte sie, empört über den Vergleich. »Ich bin ganz anders als du.«

»Was ist schwerer zu ertragen? Der Kummer? Oder die Schuldgefühle?«

Shelby starrte an die Decke, die Tränen quollen hervor, und ihre Unterlippe schmerzte, weil sie das Schluchzen zurückhalten wollte. Ja, sie fühlte sich schuldig. Es war schwer und herzzerreißend. Und, ja, genau wie ihre Mutter behauptete, hatte Shelby das Gefühl, dass ihr Leben zu Ende war. Es gab keine Möglichkeit, den Schaden wiedergutzumachen, den sie angerichtet hatte.

Jackie griff nach Shelbys Hand, und diesmal – sei es, weil sie gebrochen und erschöpft war, sei es, weil sie den Trost ihrer Mutter brauchte, auch wenn das unaufrichtig oder nur vorübergehend war –, diesmal entzog Shelby ihr die Hand nicht.

»Ich war viel jünger als du. Eigentlich war ich selbst noch ein Kind – erst neunzehn. Aber das wusstest du ja schon«, setzte Jackie an. »Doch im Gegensatz zu dir hatte ich keine klare Vorstellung von meiner Zukunft. Zum Teufel, ich will ehrlich sein. Ich bin immer noch eine Nachtschwärmerin. Eigentlich habe ich mein Leben nie geplant, sondern irgendwie immer einen Tag nach dem anderen gelebt, bin mit dem Strom geschwommen, du weißt schon, was ich meine.

Es war Herbst, und ich war so glücklich, wieder auf dem Campus zu sein. Im Vergleich zum nördlichen Wisconsin war Kalifornien ein Traum. Jedenfalls dachte ich das damals. Ich wollte so weit wie möglich weg von meinen Eltern und von der Farm. Ich weiß, dass du es geliebt hast, dort aufzuwachsen, aber ich habe unsere Heimat immer als Isolation empfunden. Nicht als die Oase, die sie für dich ist. Ich fühlte mich auf der Plantage gefangen wie in einer Falle, und ich wollte nie dorthin zurückkehren und das Land der Familie beackern müssen. Ich war die Art Teenager, die für Mode lebte, für Promimagazine und die neuesten Filme, und für Casey Kasems *American Top Forty,* die jede Woche im Radio liefen. Kalifornien war ein Traum. Ich dachte, es stellte alles dar, was schön und glamourös war – und es war das totale Gegenteil meines Lebens in einer Kleinstadt in Wisconsin.«

Jackie ließ Shelbys Hand los und stand wieder auf. »Es ist zu dunkel hier drin, findest du nicht?« Sie ging zum Fenster und öffnete die Jalousien. Die Morgensonne schien in den Raum, und Shelby kniff gegen den Angriff der Helligkeit die Augen zu.

»Als ich auf der Highschool war, lernte ich einen Jungen namens Stewart kennen. Alle nannten ihn Stuckey, ich habe keine Ahnung, warum«, fuhr Jackie fort. »Er war mit einer

Clique von Jungs unterwegs, nicht gerade die besten der Gegend, und ich glaube, er war so etwas wie ihr Anführer. Sie schwänzten häufig die Schule, saßen nach dem Unterricht in ihren Autos und tranken Bier, und sie waren den Lehrern gegenüber respektlos – ich bin sicher, du kennst solche Typen.«

Jackie durchquerte das Zimmer und goss sich Wasser aus der Kanne, die die Krankenschwester für sie dagelassen hatte, in ein Glas. »Wasser?«, fragte sie.

Shelby nickte und nahm das Glas entgegen. Jackie half ihr, sich bequem in den Kissen aufzusetzen, während sie ihre Geschichte weitererzählte. »Du musst wissen, dass ich in dieser Zeit meines Lebens nicht die klügsten Entscheidungen getroffen habe. Je öfter deine Großeltern mich ermahnten, mich von Stuckey und seinen Leuten fernzuhalten, desto mehr fühlte ich mich zu ihnen hingezogen. Ich langweilte mich auf der Farm, ich fühlte mich einsam, und ich sehnte mich verzweifelt nach Abenteuern. Aufregung. Ich hielt Stuckey für wild und mutig, und irgendetwas an ihm faszinierte mich. Ich war von ihm gefesselt, und außerdem hatte ich nicht die geringste Ahnung, wie groß die Schwierigkeiten waren, in die sie geraten konnten.«

»War dieser Typ damals dein Freund?«

»So was in der Art. In unserem letzten Jahr auf der Highschool ging er mit mehreren Mädchen. Ich war eines davon. Ich hatte nicht das beste Urteilsvermögen – oder die größte Selbstachtung. Es war nicht die Highschool-Erfahrung, die ich erwartet hätte.«

»Warum erzählst du mir das alles? Was hat dieser Typ mit Chad zu tun?«, fragte Shelby und stellte ihr Glas auf dem Nachttisch ab.

»Dazu komme ich gleich«, sagte Jackie. »Chad gehörte auch zu Stuckeys Jungs. Aber er war anders. Während die anderen in Schwierigkeiten gerieten, war Chad immer derjenige, der sich zurückhielt. Er redete ihnen gut zu, damit sie es nicht übertrieben, und er schien sich immer unbehaglich zu fühlen, aber es waren eben die Jungs, mit denen er aufgewachsen war. Sie waren seine Freunde, oder zumindest glaubte er das.«

»Jetzt verstehe ich, warum Gran und Grandpa mir immer wieder gesagt haben, dass ich mir meine Freunde gut aussuchen soll. Es tut mir leid, das zu sagen, aber sie haben dich als Beispiel für das genommen, was ich *nicht* tun sollte«, sagte Shelby.

»Ich weiß. Und ich bin froh, dass sie es getan haben. Ich habe diese Entscheidungen mein Leben lang bereut«, sagte Jackie. »Weißt du, allein durch meine Verbindung zu Stuckey habe ich mir einen üblen Ruf eingehandelt. Obwohl ich im Grunde ein nettes Mädchen war, wirkte ich so, als würde ich Probleme machen. Gerüchte kamen auf, die meisten davon Lügen. Die Leute hielten mich für promiskuitiv, und ich habe nicht versucht, sie vom Gegenteil zu überzeugen. Als ich achtzehn wurde, warteten die meisten darauf, dass ich endlich verschwinden würde, meine eigenen Eltern eingeschlossen. Und ich war zu jung, um mich selbst mit anderen Augen zu sehen.«

»Also bist du gegangen.«

»Ja. Auf wundersame Weise gelang es mir, in Kalifornien aufs College zu kommen, und ich konnte es kaum abwarten, aus Wisconsin wegzugehen. Ich dachte, ich könnte einen klaren Schnitt machen. Von vorne anfangen, du weißt schon. Neue Leute kennenlernen und ein unbeschriebenes Blatt sein. Als ich das College abgeschlossen hatte, wusste ich, dass ich nie wieder nach Hause zurückkehren würde.«

»Was ist aus Chad geworden?«

»Ich war während der Sommerferien des Colleges zu Hause, und da habe ich mich wieder mit Stuckey getroffen. Er hat Bayfield nie verlassen und ist auch nie aufs College gegangen. Stuckey hat schließlich für seinen Vater gearbeitet und hier in der Stadt Kleinigkeiten erledigt. Bauarbeiten, handwerkliche Aufträge, solche Sachen. Ich war einsam. Niemand kam mich besuchen; niemand in der Stadt wollte mich sehen. Darum habe ich Ja gesagt, als Stuckey mich gefragt hat, ob ich mit ihm und den Jungs eine Party unten am Strand feiern wollte.

Die Details will ich mir sparen, aber ich kann dir sagen, dass ich zu viel getrunken habe, und so führte eins zum andern. Stuckey verhielt sich mir gegenüber immer gemeiner. Ich wollte gehen, aber er hat es nicht zugelassen. Er hat mich in sein Auto mitgenommen. Es war eine der schlimmsten Nächte meines Lebens.«

»Das tut mir so leid«, sagte Shelby, als sie begriff, dass ihre Empfängnis schlimmer gewesen war, als sie es sich je vorgestellt hatte. Kein Wunder, dass ihre Mutter nie gewollt hatte, dass sie etwas über ihren Vater erfuhr.

»Hinterher hat er vor seinen Freunden damit angegeben, und ich habe mich nie wieder mit ihm getroffen«, fuhr Jackie fort. »Als ich herausfand, dass ich mit neunzehn Jahren schwanger war, ließ ich die Leute einfach glauben, was sie wollten. Die Zeiten waren damals anders, und Bayfield war und ist immer noch eine Kleinstadt, wo jeder alles von jedem zu wissen meint. Niemand hätte mir geglaubt, wenn ich gesagt hätte, dass ich vergewaltigt worden bin.«

»Hast du es nicht einmal Gran gesagt?«

Jackie schüttelte den Kopf.

Es fiel Shelby schwer, sich die Geschichte ihrer Mutter anzuhören. Aber als sie die Traurigkeit in ihren Augen sah, war Shelby dankbar, dass sie die Handlungen ihrer Mutter nun endlich besser verstehen konnte. »Und als ich dann geboren wurde und du mich aufgeben wolltest …«

»Damals habe ich nicht an dich gedacht«, sagte Jackie. Sie strich die Decke auf Shelbys Bett glatt. »Ich habe nur an mich gedacht. Ich wollte mich zu dieser Zeit in meinem Leben an nichts und niemanden binden. Glücklicherweise hatten deine Großeltern ein besseres Gespür für die Dinge als ich.«

»Und darum bin ich bei ihnen aufgewachsen.«

»Ja. Ich bin vor dem Spott und dem Urteil der anderen davongelaufen, denn ich war überzeugt, dass mich genau das erwartete. Also ging ich weg, so weit wie möglich. Ich wollte einen Neuanfang für mich und auch für dich, und ich wollte, dass du Eltern hast, die dich lieben und nicht verurteilen. Als Mom und Dad darauf bestanden, dich zu sich zu nehmen, habe ich zugestimmt. Ich habe diese Entscheidung zum Teil aus Angst getroffen, dass ich alles nur noch schlimmer machen würde – aber um ehrlich zu sein, habe ich auch gehofft, dass du ihnen eines Tages Grund geben würdest, stolz auf dich zu sein. Was sie auf mich nie waren. Ich habe in all den Jahren an dieser Hoffnung festgehalten.«

»Aber ich verstehe immer noch nicht, warum Chad zu unserer Hochzeit gekommen ist und behauptet hat, mein Vater zu sein. Wo er es doch eindeutig nicht ist«, sagte Shelby. »Dieser Teil der Geschichte ergibt immer noch keinen Sinn.«

»Chad hat immer gewusst, was zwischen Stuckey und mir tatsächlich vorgefallen ist. Er war in jener Nacht auf der Party am Strand. Er wusste, was passierte, aber er hat mir nicht geholfen. Später habe ich herausgefunden, dass er sich deshalb sein ganzes Leben lang schuldig gefühlt hat.« Jackie deutete auf die vier Blumengestecke, die auf einem Schränkchen vor dem Fenster standen.« Die sind alle von ihm, weißt du das?«

»Wirklich?«

»Er denkt, dass du durch die Hölle gegangen bist. Und als du heute Morgen aufgewacht bist, wollte er, dass es etwas Schönes gibt, das du ansehen kannst.«

Shelby spürte, wie ihre Gefühle sie zu überwältigen drohten, diesmal ausgelöst von einem Mann, den sie kaum kannte und den sie als absolut peinlich empfunden hatte. Bis jetzt. *Ich habe mich in so vielen Dingen geirrt*, dachte sie zerknirscht.

»Als vor ein paar Jahren seine Ehe in die Brüche ging, war er dort, wo er war, unglücklich und wollte einen Neuanfang. Darum hat er beschlossen, wieder nach Hause zurückzukehren. Das war in dem Monat, in dem du geheiratet hast. Als er von einem Freund seiner Mutter davon hörte, hat er geahnt, dass ich dort sein würde.«

Chad habe sie nie vergessen, fuhr Jackie fort. Er hatte die Chance genutzt, sie zu finden, um sich bei ihr zu entschuldigen und sich von seiner Schuld zu befreien. Die Gelegenheit dazu kam, als er sie dabei beobachtete, wie sie nach dem Dinner am Vorabend der Hochzeit das Restaurant im Zentrum von Bayfield verließ. Es endete damit, dass sie bis tief in die Nacht hinein miteinander redeten. Jackie glaubte sich auflösen zu müssen, als Chad ihr sagte, dass er wusste, wer sie wirklich war, und dass er hoffte, das Mädchen in ihr würde endlich den Mut aufbringen, wieder nach Hause zu kommen.

Um Shelby vor der Wahrheit zu schützen, hatte er einfach behauptet, ihr Vater zu sein, obwohl es rücksichtslos war, so etwas zu sagen. Jackie war schockiert gewesen, korrigierte ihn jedoch nicht. Sie gab zu, dass sie die Situation falsch eingeschätzt hatte. Unnötig zu betonen, dass die Nachricht bald darauf überall verbreitet wurde, und sobald die Medien Wind davon bekamen, waren sie sich einig, dass sie nur noch mehr Schaden anrichten würden, wenn sie einen Rückzieher machten.

»So verrückt es auch klingt, Tatsache ist, dass ich mich in ihn verliebt habe«, sagte Jackie.

»Nein. Nach allem, was unsere Familie durchgemacht hat, klingt das gar nicht verrückt.«

»Er empfindet für mich dasselbe.«

Im vergangenen Jahr hatte Shelby sich mit so vielen schwierigen Dingen befassen müssen, dass ihre Mutter ihre geringste Sorge gewesen war. Und in dieser Zeit war Chad Covington wieder in Jackies Leben getreten. Wenn Shelby ehrlich war, musste sie zugeben, dass ihre Mutter seitdem auf eine Weise vernünftig wirkte, die ziemlich untypisch für sie war. Geradezu verantwortungsbewusst.

»Ich bin nur widerwillig nach Bayfield zurückgekehrt«, gab Jackie zu. »Aber jetzt kann ich ehrlich sagen, dass es mir dort gutgeht. Vielleicht besser als jemals zuvor.«

»Weil ich weg bin«, sagte Shelby, ohne es zu wollen.

»Du bist nie weg, Shelby. Du bist überall im Haus gegenwärtig, und genauso soll es auch sein«, sagte ihre Mutter. »Ich fühle mich dort wohl, weil es sich für mich zum ersten Mal seit sehr langer Zeit wie ein Zuhause anfühlt.«

Shelby ließ die Worte einen Augenblick auf sich wirken, diese Vorstellung eines Zuhauses. Es war paradox, dass nun ihre Mutter diejenige war, die sich auf dem Anwesen der Familie niederließ, während Shelby sich unstet fühlte und wie losgelöst, getrennt von allen anderen.

»Also Shelby, ich frage dich noch einmal. Wie geht es dir?«

26

Alter Freund

Ryan war da, als Shelby aus dem Krankenhaus entlassen wurde. Es überraschte ihn, Jackie am Bett seiner Frau sitzen zu sehen und zu erfahren, dass Chad Shelbys Zimmer mit gelben Rosen verschönert und im Warteraum für Angehörige gewartet hatte, bis Jackie bereit war zu gehen. Eine Krankenschwester erzählte Ryan, dass Chad sogar darum gebeten hatte, Shelbys Bettwäsche regelmäßig gegen frische, warme Decken auszutauschen, damit sie sich wohl und sicher fühlen konnte.

Ryan und Shelby hatten Jackie und Chad seit der Hochzeit kaum gesehen, und obwohl er emotional und körperlich erschöpft war, erkannte Ryan deutlich, dass sein erster Eindruck von Chad offenbar nicht zutreffend gewesen war. Dasselbe galt für Jackie, die laut Ginny auf der Farm Verantwortung übernommen hatte. Doch bislang hatte Ryan die Verwandlung nicht mit eigenen Augen gesehen. Hätte Shelby sich nicht in einem so gepeinigten Zustand befunden, hätte sie die Veränderung ebenfalls bemerkt, das wusste er.

Er bedankte sich bei Jackie und Chad, bevor sie sich verabschiedeten. Dann schloss er die Tür zu Shelbys Krankenzimmer und trat langsam an ihr Bett. Er war dankbar, sie schlafend anzutreffen, denn damit blieb ihm Zeit, sich der Aufgabe bewusst zu werden, die sie beide nun gemeinsam bewältigen mussten. Er konnte sich nicht vorstellen, wie sie daraus hervorgehen würden – sie waren seit nicht einmal einem Jahr verheiratet und sahen sich bereits mit Nöten konfrontiert, die sie leicht auseinanderbringen konnten.

Shelby in Wisconsin zur Seite zu stehen hatte bedeutet, seinen Sohn zu verlassen ... *Oh Gott*, dachte Ryan und bedeckte die Augen mit den Händen, um gegen eine weitere Welle unerträglichen Kummers anzukämpfen. *Nein, nein, nein.* Der Körper seines Sohnes war in Sicherheit, bis sie seine eingeäscherten Überreste entgegennehmen würden.

Ryan wischte die Tränen weg und zog leise einen Stuhl ans Bett. Er wollte Shelby berühren, sie küssen und trösten. Stattdessen betrachtete er nur aufmerksam ihre Gesichtszüge, während sie schlief. Sie sah so friedlich aus. Er wusste nicht, welche Bilder sie im Traum sah. Ihre Haut wirkte warm und war leicht gerötet. Weich. Die langen Wimpern zuckten hin und wieder an ihren geschlossenen Lidern. Er folgte mit dem Blick der Wölbung ihrer Wangenknochen und ließ ihn auf ihren Lippen verweilen. Lippen, die er so oft geküsst hatte. Lippen, die ihr Lachen geformt, ihren scharfsinnigen Beobachtungen und ihren Vorstellungen für ihre gemeinsame Zukunft Ausdruck verliehen hatten.

Was sie jetzt wohl gern sagen würden?

Gedankenverloren beugte er sich auf dem Stuhl nach vorn, die Ellbogen auf die Knie und das Kinn auf die Hände gestützt, als sie plötzlich etwas sagte.

»Ryan«, flüsterte sie.

Er öffnete die Augen und beugte sich zu ihr.

»Ich ... ich weiß nicht, was ich sagen soll.« Nur mit Mühe

gelang es ihr zu sprechen, denn ihre flachen, schnellen Atemzüge erstickten die Worte. »Es tut mir so leid.« Ihre Lider waren geschwollen, und die weiche Haut unterhalb ihrer Wimpern wirkte bläulich.

»Psst«, sagte er leise und spürte, wie ihm erneut die Tränen in die Augen stiegen. Er wusste nicht, wann der Kummer vergehen und er wieder klar würde denken können. Jedes Wort, jede Erinnerung an die letzten Tage war wie ein Stich ins Herz. Die lange Fahrt nach Norden war beinahe mehr gewesen, als er ertragen konnte, und nun fühlte er die Erschöpfung wie ein Gewicht auf seinem Körper. Er nahm ihre Hand und schob den Stuhl näher an das Bett. »Ich weiß. Wir müssen jetzt nicht darüber reden.«

»Doch«, schluchzte sie. »Ich muss es dir sagen.«

»Später.«

»Hast du ihn gesehen?«, brachte sie mühsam heraus. »Hast du gesehen, wie schön er war?«

»Er war vollkommen«, sagte Ryan, senkte den Kopf und wischte sich mit dem Handrücken die Tränen ab. »Ich habe ihm den Namen gegeben, den wir besprochen hatten.«

»Charlie.«

Ryan nickte und legte den Kopf auf ihre Brust. Sie strich ihm über das Haar und küsste ihn auf den Scheitel. »Ich weiß nicht, warum ich einfach so abgehauen bin«, sagte sie und schluchzte. »Das werde ich mir nie verzeihen.«

»Nein. Ich bin es, dem das leidtun muss. Es tut mir so leid, dass du das allein durchstehen musstest.«

In der Abgeschiedenheit ihres Krankenzimmers hielten sie einander im Arm und trauerten gemeinsam, bis ihnen vor Erschöpfung die Augen zufielen.

Als Shelby aus dem Krankenhaus in Wisconsin entlassen worden war, half Ryan ihr, zum Wagen zu gelangen, und gemeinsam setzten sie die Fahrt nach Norden fort, die Shelby in einem Taxi aus Chicago begonnen hatte. Sie fuhren nach Hause.

Anders als am Tag zuvor war Shelby nun ungewöhnlich still und zurückgezogen. Ryan ertappte sich während der Fahrt dabei, dass er seine Worte sehr sorgfältig wählte, denn er war wegen ihres schlechten Zustands besorgt und wollte deshalb keinen weiteren Kummer auslösen. Sie hatte schon zu viel durchgemacht. So groß sein Wunsch auch war, ihr zu helfen – er fühlte sich unzulänglich. Äußerlich versuchte er stark zu sein, während er im Grunde wusste, dass er sie enttäuschte. Die Wahrheit war, dass Ryan keine Ahnung hatte, wie er Shelby aus ihrer Verzweiflung holen sollte.

»Wir sind fast da«, sagte er, als sie auf der Kreisstraße die Abzweigung erreichten, an der zahlreiche, scheinbar wahllos an einen Holzpfosten genagelte Pfeile den Weg zu den vielen Obst- und Beerenplantagen auf den Uferklippen oberhalb von Lake Superior wiesen. Anstatt zu dem Cottage zu fahren, das er vor ihrer Hochzeit gekauft hatte, würde sie lieber zuerst ihre Großmutter sehen, das wusste Ryan. An dem Wegweiser bog er in die unbefestigte Schotterstraße ab und begab sich auf die letzte Meile ihrer Heimreise.

»Ginny wird glücklich sein, dich zu sehen. Sie hat sich Sorgen gemacht.« Er drehte sich zu Shelby, um ihr ein tröstendes Lächeln zu schenken, doch sie sah ihn nicht an und antwortete auch nicht. An die Beifahrertür gelehnt, saß sie da, den Blick auf die kargen Bäume gerichtet, die in langen Reihen in den schneebedeckten Obstgärten standen.

Er verlangsamte die Fahrt, als er sich dem vertrauten

Schild vor dem Grundstück der Meyers näherte, ein dunkelrotes Schild mit weißem Rahmen und weißer Schrift. Ryan fuhr auf die Zufahrt und hörte unter dem Gewicht ihres Wagens die dünne Eisschicht auf dem festgefahrenen Schnee knacken, bis sie das Farmhaus erreicht hatten.

Der Wagen hatte kaum angehalten, da zog Shelby schon an dem Türgriff, stieg aus und lief auf das Haus ihrer Kindheit zu. Ryan löste seinen Sicherheitsgurt, und als er aufblickte, sah er Ginny ohne Jacke oder Stiefel aus dem Haus rennen und ihre Enkelin in die Arme schließen. Eine Weile hielten sie sich umarmt, dort draußen in der Kälte, und schienen ansonsten nichts und niemanden wahrzunehmen. Er musste nicht hören, was Ginny zu Shelby sagte. Aber die innige Umarmung ihrer Enkeltochter und wie sie ihr die Tränen vom Gesicht küsste, sagte mehr als alle Worte.

Shelbys Instinkt hatte sie nicht getrogen. Ginny würde sie bemuttern, wie sie es brauchte, und ihr helfen, den Schmerz zu überwinden.

Ginny winkte Ryan zu, der noch im Wagen saß, dann zogen sich die beiden Frauen in die Wärme des Hauses der Familie Meyers zurück. Er wartete noch einen Augenblick und sammelte daraufhin die wenigen Dinge zusammen, die er und Shelby mitgebracht hatten – seine kleine Reisetasche, ihre Handtasche und einige Gegenstände, die das Krankenhaus Shelby mitgegeben hatte, um ihre Genesung zu unterstützen. Er stieg aus dem Auto und streckte seine Glieder. Nach der langen Fahrt tat die kalte Luft ihm gut. Er blieb noch eine Weile draußen, lief ein wenig die Auffahrt hinunter und spähte in die Scheune, in der sie ihre Hochzeit gefeiert hatten. Ryan wollte Shelby Zeit mit ihrer Großmutter allein geben, aber auch er brauchte Zeit für sich.

Als er schließlich das Haus betrat, erwischte ihn der Empfang, der ihm zuteilwurde, völlig unvorbereitet.

»Oh Ryan, mein Lieber.« Unwillkürlich fiel ihm auf, dass Ginny die Einzige war, die ihn begrüßte.

»Es ist schön, dich zu sehen«, sagte er und meinte es auch so.

»Du musst erschöpft sein. Was kann ich dir anbieten? Ich habe eine Kanne frischen Kaffee in der Küche. Und ich glaube, im Kühlschrank ist noch ein Viertel von einem Kuchen – Apfel. Dein Lieblingskuchen.«

»Danke. Später vielleicht«, antwortete er und blickte über die Schulter in das Esszimmer, wo seine Frau in den Armen eines anderen Mannes lag. Ryan straffte den Rücken, und Ginny ließ ihn los. Sie folgte seinem aufgebrachten Blick in den anderen Raum.

»Oh … ähm«, sagte sie und bemerkte die Peinlichkeit der Situation zur selben Zeit wie Ryan.

»Ist das John?«

»Ja. Er hat, also, er hat hier gewartet, bis Shelby kommt. Ich meine, bis ihr beide kommt, natürlich«, sagte Ginny, und ohne es zu wollen, machte sie die Lage damit noch peinlicher. »Sie kennen sich schon lange. Du weißt ja, wie das ist …«, sagte sie, und ihre Stimme verstummte.

Ja, Ryan wusste, wie das war. Es war ziemlich klar. Der Art, wie John Shelby im Arm hielt, und den gedämpften Stimmen nach zu urteilen, mit denen sie sprachen, war er jemand, dem sie vertraute. Im schwersten Augenblick ihres Lebens – in ihrem und Ryans Eheleben – hatte sie ihre Gesundheit aufs Spiel gesetzt, um nach Bayfield zu rasen und bei John zu sein.

In jener Nacht hatte sie Ryan zwar in dem Krankenhaus in Chicago zurückgelassen, doch die emotionale Verlassenheit war sehr viel schwerer zu ertragen.

Obwohl Ryan zur Familie Meyers gehörte, fühlte er sich als Außenseiter. Die Verbindung zwischen John und Shelby ließ sich nicht leugnen. Sie hatten eine gemeinsame Geschichte, sie verband eine nahezu lebenslange Freundschaft. Ryan war ihr Ehemann, aber in diesem Augenblick brauchte sie Ginny und John dringender als ihn, obwohl er den Grund dafür nicht verstand.

Shelby und John saßen nebeneinander auf dem Sofa im Wohnzimmer, als Ryan sich hinter seine Frau stellte und ihr sanft die Hände auf die Schultern legte. »Shel, es war ein langer Tag«, sagte er. »Wir sollten jetzt losfahren – nach Hause. Wir können ja morgen früh wieder herkommen.«

Zuerst blickte sie John an, was sich schon wie eine Kränkung anfühlte, und dann drehte sie sich zu Ryan und sagte über die Schulter zu ihm: »Ehrlich gesagt würde ich lieber hierbleiben.«

Er weigerte sich zu glauben, dass sie lieber ihr Gespräch mit John fortsetzen als mit ihrem Ehemann allein sein wollte. Ryan sah, wie John Shelby zunickte und ihr ein mitfühlendes Lächeln schenkte, das Ryan als Verrat betrachtete. »Wir sind nicht mehr allein gewesen, seit …«

Sie verlagerte ihr Gewicht auf dem Sofa, um ihm ins Gesicht zu sehen, doch sofort drehte sie sich mit schmerzerfülltem Gesichtsausdruck wieder um und umschlang mit den Armen ihre Taille.

»Ist alles in Ordnung?«, fragte John und legte ihr instinktiv den Arm um die Schulter.

»Hör zu, John, im Ernst, ich hätte gern einen Augenblick mit meiner Frau – allein.«

John blickte Shelby lange an, bevor er sich rührte.

»Ist schon gut, John. Danke«, sagte Shelby, um ihn zu beruhigen. Dann löste sie sich aus seiner Umarmung und stieß sich von der Couch ab. Sie ging um das Sofa herum, nahm Ryan bei der Hand und führte ihn zur Haustür. »Ich werde John sagen, dass er gehen soll. Du weißt, dass er harmlos ist. Er versucht nur, sich um uns zu kümmern.«

»Um uns? Er ist nicht hier, um sich um *uns* zu kümmern.«

»Ich sehe, dass du aufgeregt bist, und ich versichere dir, es gibt keinen Grund dazu.«

»Ich will jetzt nicht darüber reden – nicht, wenn die anderen uns hören können. Eigentlich solltest du wissen, dass dein Ex-Freund, nach allem, was wir durchgemacht haben, meine kleinste Sorge ist. Und worüber wir reden müssen, aber du bist ja nicht dazu bereit.«

»Ich bin nie mit John zusammen gewesen.«

Ryan würde sie nicht weiter bedrängen. Er kannte Johns Gesichtsausdruck, die Miene, die er immer aufsetzte, wenn Shelby in der Nähe war, aber dies war nicht der richtige Zeitpunkt, um zuzulassen, dass unnütze Eifersucht wichtigeren Dingen in die Quere kam. Sie hatte Ryan – und Charlie – verlassen, ohne ihm einen Grund dafür zu nennen.

»Ich möchte heute Nacht wirklich in meinem alten Bett schlafen. Ich habe in den letzten Tagen so gut wie gar nicht geschlafen. Ich brauche das jetzt einfach«, sagte sie.

»Und ich möchte bei dir sein«, erwiderte Ryan. Er warf einen Blick über die Schulter und merkte, dass John noch in Hörweite war. Ryan würde sich nicht erlauben, jetzt Groll auf John zu empfinden. Er war es nicht wert. Shelby legte Ryan die Hände auf die Brust und beugte sich vor, um ihm einen flüchtigen Kuss auf die Lippen zu geben, aber dieser Kuss war nicht so warm wie die Küsse, die sie nach ihrem romantischen Abendessen auf dem Gehweg getauscht hatten – bevor er mit dem Auto zur Wohnung seiner Mutter gefahren und Shelby zu ihrem Lieblingsgeschäft aufgebrochen war. *Wie ist das nur möglich?*, dachte er. Alles, worauf er sich gefreut und sich verlassen hatte, war in einem einzigen Augenblick vergangen. Nichts davon konnte seiner Liebe zu ihr Abbruch tun – weder John noch die Wahrheit über Olens Unfall oder der negative Einfluss der Medien. Und vor allem nicht die Tatsache, dass sie höchstwahrscheinlich keine Chance auf Elternschaft mehr hatten. Er würde alles tun, was in seiner Macht stand, um zurückzubekommen, was sie einmal miteinander geteilt hatten.

Sorgfältig darauf bedacht, ihr nicht wehzutun, legte Ryan zärtlich seine Arme um Shelby. Er zog sie an sich und drückte ihr die Lippen auf die Stirn. Nach dem Kuss lehnte sie den Kopf an seine Brust und seufzte. »Ich brauche dich, Shelby. Ich liebe dich. Und ich schaffe das nicht allein.«

»Ich weiß«, flüsterte sie. »Wir reden morgen. Ich verspreche es dir.«

Einige Wochen später schlief Shelby noch immer allein im Farmhaus. Um sich die Zeit zu vertreiben und seine Gedanken mit etwas anderem zu beschäftigen als mit seiner zerstörten Familie, hatte Ryan sich angewöhnt, lange Spaziergänge in der Gegend um das Grundstück zu unternehmen, zu denen er seine Kamera mitnahm. An diesem Tag saß er am Esszimmertisch und bearbeitete Fotos auf seinem Computer, als draußen vor dem Küchenfenster leichter Schneefall einsetzte. Ohne es zu wollen, beklagte er sich innerlich darüber, wie viel in so kurzer Zeit zwischen zwei Menschen geschehen konnte, die sich liebten.

Es schien noch nicht sehr lange her zu sein, dass er sich

genau hier befunden und die Redaktion seiner *Stammbäume*-Fotoserie abgeschlossen hatte, ein Junggeselle, der sich vor der Welt zurückgezogen hatte, voller Ungewissheit, ob er bereit war, sein Leben zu verändern, um mit der Frau zusammen zu sein, in die er sich verliebt hatte. Während er im Cottage arbeitete, half sie ihren Großeltern auf der Apfelplantage. Das war nur wenige Jahre her. Obwohl er damals aufgewühlt und unentschlossen gewesen war, hin- und hergerissen zwischen seinen Pflichten und seinem Herzenswunsch, verblassten die Entscheidungen, vor denen er damals gestanden hatte, im Vergleich zu dem, womit Shelby und er nun fertigwerden mussten.

Sie sollte bei ihm sein – das wussten sie beide –, aber Shelby sagte, sie sei noch nicht bereit und brauche Zeit. Er brachte für ihre Bedürfnisse so viel Verständnis auf, dass er seine eigenen vernachlässigte. Während sie sich in der Sicherheit des Zuhauses ihrer Kindertage mit ihrem Kummer über Charlies Tod auseinandersetzte, fühlte Ryan sich einsam und im Stich gelassen. Er zog sich mit seinem Kummer in das Cottage zurück, schippte den Schnee von der Zufahrt, nahm kleinere Reparaturen vor und wischte die Böden, wieder und immer wieder. Und wenn er nicht in Bewegung war, dann saß er vor seinem Computer. Vergrub sich in die Fotografie, die ihm in der Vergangenheit so viel Freude bereitet hatte. Es war eine gute Ablenkung. Doch als er jetzt die Bilder betrachtete, die auf dem Monitor erschienen, wusste er, dass er sich etwas vorgemacht hatte. Das war nicht die Art von Fotos, die er früher gemacht hatte – Bilder, die den Betrachter beinahe ansprangen und mit einer einzigen Aufnahme ganze Geschichten erzählten. Das hier waren geradlinige Naturfotografien, die so kalt waren wie der Januar, ohne jede menschliche Regung. Bilder der Einsamkeit, die er empfand. Er hatte sich die ganze Zeit etwas vorgemacht.

Ryan schob den Stuhl vom Tisch zurück und stand auf. Er brauchte frische Luft. Er griff nach seinem Mantel und dem restlichen Winterzeug, schob die Füße in die robusten Boots von Sorel, die neben der Tür standen, und wagte sich hinaus in die Kälte. Nachdem er die Tür hinter sich abgeschlossen hatte, lief er den frei geschaufelten Weg hinunter, der zu seinem Wagen führte, und beschloss dann spontan, den Weg zu verlassen und durch den tiefen Schnee hinter dem Haus zu stapfen.

Wie konnte er von Shelby verlangen, ihren Ängsten ins Gesicht zu sehen, wenn er das selbst auch nicht fertigbrachte? Wenn sie aufrichtig miteinander leben wollten, war es an der Zeit, dass er sich seine Gefühle wegen Olens Unfall eingestand und Shelby die Wahrheit sagte.

Er musste das Eis berühren. Den gefrorenen See unter seinen Füßen spüren. Auf den Lake Superior blicken, als könnte er Olen ins Gesicht sehen und ihn um Entschuldigung bitten.

Plötzlich blieb er wie angewurzelt stehen. Er brachte es einfach nicht fertig. Die Angst war so groß, dass seine Beine sich weigerten, noch einen Schritt weiterzugehen.

27

Den Kopf hinhalten

Ryan wartete bereits auf Jackie, als sie im *Spill the Beans* ankam, dem Coffee-Shop auf der Main Street. Es war neun Uhr an einem bitterkalten Morgen, und nur zwei weitere Gäste saßen an der Theke in der Nähe des Fensters und lasen die Zeitung. Er wusste, hier würden sie ungestört miteinander reden können.

Seitdem er von Shelbys verzweifelter Flucht aus dem Krankenhaus in Chicago erfahren hatte, wusste er, dass sie zur Zielscheibe der Medien werden würde. Auch Ryans Eltern wussten das und hatten schleunigst etwas unternommen, um die Lage so weit wie möglich zu entschärfen, während er nach Fond du Lac fuhr, um bei ihr zu sein. Er befürchtete, dass jede Bemerkung der Presse, sie sei als Mutter ungeeignet, emotional gestört oder verantwortungslos, es ihm praktisch unmöglich machen würde, sie davon zu überzeugen, dass es richtig für sie war, in Chicago zu leben. Sie war so geduldig gewesen, so unverwüstlich. Doch er fürchtete, dass sie mit einem so schlechten Ruf nicht fertigwerden würde.

Glücklicherweise hatte es aus Chicago kaum Neuigkeiten über Shelby und das Baby gegeben – und bis jetzt kannte niemand genug Fakten, um sich die ganze Geschichte zusammenzureimen. Die Krankenhäuser gaben keine Informationen preis, und dasselbe galt für seine Familie. Er wusste nicht, was aus dem freundlichen Taxifahrer geworden war, der Shelby zum Krankenhaus gefahren hatte, aber Ryan vermutete, dass in diesem Fall sein Vater seine Hände im Spiel hatte.

Es gab nur eine einzige Person, die jemals in Betracht ziehen würde, den Medien ihre Geschichte zu erzählen. Sie hatte das schon einmal getan. Und darum musste er jetzt mit ihr reden.

Jackie suchte Ryans Blick, während sie im Eingang des Cafés stand, sich den Schnee von den Stiefeln stampfte und den Reißverschluss ihres Parkas öffnete. Sie nickte dem Barista zu. Dann ging sie zu ihm und bestellte einen Kaffee. Während sie wartete, nahm sie sich einen Himbeer-Scone, und als der Kaffee fertig war, durchquerte sie den Coffee-Shop und gesellte sich zu Ryan an den Tisch.

»Hey«, sagte sie nur und stellte ihre Kaffeetasse und den Teller auf den Tisch.

»Morgen.«

Die Beine des Stuhls, nach dem sie griff, schrammten laut über den Holzfußboden. »Hast du keinen Hunger?«, fragte sie, als sie sich setzte und sah, dass nur eine Tasse vor ihm stand. Sie war beinahe leer, und der Rest Kaffee darin war vermutlich schon kalt.

»Danke, ich habe schon gefrühstückt«, sagte Ryan. »Wie geht es Shelby heute Morgen?«

»Ich weiß es nicht. Als ich aufgebrochen bin, war sie noch in ihrem Zimmer.«

Jedes weitere Wort war unnötig. Vermutlich fühlte Jackie sich ebenso wenig wie er dazu in der Lage, ihrer Tochter Trost zu spenden.

Er griff in die Innentasche seines Wintermantels und zog

ein zusammengerolltes Hochglanzmagazin heraus. Ryan strich es glatt und schob es Jackie über den Tisch zu.

»Was ist das?«, fragte sie, während sie einen Bissen ihres Frühstücksgebäcks kaute.

Er tippte auf den Titel der Zeitung. *Signature.* Ein landesweit erscheinendes Wochenmagazin, das seit dem Beginn seiner Beziehung zu Shelby daran interessiert gewesen war, über sein Leben mit ihr zu berichten.

Jackie schluckte hörbar und wischte sich mit dem Rücken ihrer manikürten Hand die Krümel von den Lippen.

»Ich nehme an, du hast gewusst, dass das erscheint?«, fragte er.

Sie blickte zu ihm auf und öffnete den Mund, besann sich dann jedoch eines Besseren. Stattdessen nahm sie die Illustrierte in die Hand und blätterte sie durch, bis sie zu dem Artikel gelangte, den Ryan ihr hatte zeigen wollen.

BABY BLUES

Das tragische und bizarre Ende von Shelby Chambers' Schwangerschaft

Was für das frischgebackene Ehepaar Shelby und William Chambers Junior ein glücklicher Moment sein sollte – die Geburt ihres ersten Kindes –, entwickelte sich im Memorial Hospital in Chicago, Ill., zu einer Tragödie. Weniger als achtundvierzig Stunden, nachdem Shelby einen tot geborenen Sohn zur Welt gebracht hatte, nahmen die Ereignisse in dem Krankenhaus eine bizarre Wendung, als sie mitten in der Nacht verschwand und die Suche nach ihr die Polizei nach Fond du Lac, Wis., führte, mehr als einhundertfünfzig Meilen nördlich von Chicago.

Zwar wird dem Memorial Hospital bislang kein Fehlverhalten bezüglich ihres Verschwindens vorgeworfen, ein Sprecher des Krankenhauses teilte jedoch mit, dass derzeit alle Sicherheitsvorkehrungen gründlich überprüft werden, damit sich ein solcher Vorfall in Zukunft nicht wiederholen kann.

Chambers Junior lernte Shelby (Meyers) Chambers in Bayfield, Wis., während einer Kajaktour kennen, die er mit Freunden unternommen hatte. Damals arbeitete Shelby auf Meyers' Obstplantage, die ihrer Familie gehört. Das Paar hatte im Juni letzten Jahres in kleinem Kreis auf dem Anwesen der Familie Meyers geheiratet. Als sie in Chambers' Heimatstadt Chicago zurückkehrten, rückten sie in den Blickpunkt der Öffentlichkeit. Shelby Chambers zeigte jedoch eine Abneigung gegen das Interesse am Lebensstil der Familie Chambers, und Medienberichten zufolge geriet die Braut bald in den Ruf, kühl und abweisend zu sein.

»Wir freuen uns, Ihnen mitzuteilen, dass unsere Schwiegertochter in Sicherheit ist und sich nun ausruhen kann. Sie hat eine ungemein schwierige Zeit durchlebt, sowohl, was den Verlauf der vergangenen Monate betrifft, als auch die verheerenden Ereignisse bei der Geburt ihres Kindes«, schrieben der CEO von Chambers Media, William Chambers Senior und seine Frau, Charlotte, in einer gemeinsamen Erklärung, die am Tag nach Shelbys Verschwinden veröffentlicht wurde. »Sie ist in den Medien in unfairer Weise dargestellt worden. Diese junge Frau hat stets aufrichtige Zuneigung zu unserem Sohn und unserer Familie bewiesen, und sie hat versucht, der Stadt Chicago auf die vertrauensvolle und großzügige Art zu begegnen, zu der ihre Großeltern, Olen und Ginny Meyers, sie erzogen haben. Wir können nur hoffen, dass die Stadt diese Freundlichkeit erwidert und sie wieder

willkommen heißt, wann immer Shelby zur Rückkehr bereit ist.«

Zwar hatte es anfänglich Spekulationen gegeben, Shelby Chambers habe mit emotionalen Schwierigkeiten zu kämpfen oder ihre Ehe mit Ryan Chambers begänne unter dem Druck zu zerbrechen, doch diese Gerüchte beruhigten sich, als ihre eigene Mutter, Jacqueline (Jackie) Meyers, sich wegen eines Exklusivberichts mit Signature *in Verbindung setzte.*

»Meine Tochter würde Ryan niemals aus freien Stücken verlassen, unter welchen Umständen auch immer, und schon gar nicht in einer so tragischen Zeit wie dieser. Ich übernehme die volle Verantwortung für ihr Verschwinden. Wenn jemand schuld daran ist, dann ich«, sagt Jackie Meyers.

Laut Jackie Meyers waren sie und ihre Tochter einander bis vor wenigen Jahren entfremdet. »Ich war während ihrer Kindheit nicht für sie da, darum habe ich beschlossen, es jetzt verdammt nochmal endlich wiedergutzumachen und für sie und mein Enkelkind da zu sein, wenn sie es will.«

Meyers' Wunsch, ihre Tochter vor der unerwünschten Aufmerksamkeit zu schützen, die ihr im vergangenen Jahr zuteilgeworden war, wurde immer stärker, denn sie wusste, dass diese während der Schwangerschaft zunehmend zu einem Stressfaktor werden würde.

»Als ich erfuhr, dass sie das Baby verloren hatte, wollte ich sie aus dem Licht der Öffentlichkeit heraushalten und sie zur Genesung nach Hause bringen, wo sie hingehört. Ich war es, die sie auf den Gedanken gebracht hat, dass es zu Hause sicherer für sie wäre. Ich war es, die dafür gesorgt hat, dass sie in den Norden gebracht wurde. Ich habe die Lage falsch eingeschätzt und den kritischen Gesundheitszustand meiner Tochter ausgenutzt. Ich habe sie in Gefahr gebracht, und ich

habe sowohl sie als auch Ryan mit meinem selbstsüchtigen Bedürfnis verletzt, diejenige zu sein, die sich um sie kümmert.«

Jackie Meyers hat in diesem Jahr bereits für Schlagzeilen gesorgt, als Chad Covington aus Ashland, Wis., unangekündigt auf Ryans und Shelbys Hochzeit auftauchte und behauptete, Shelbys leiblicher Vater zu sein. Aus den jeweiligen Familien hat bisher niemand öffentlich zu Covingtons Behauptung Stellung genommen; bislang wurde diese weder bestätigt noch dementiert.

Charlotte und William Chambers Senior haben darum gebeten, dass man in dieser Zeit der Trauer die Privatsphäre ihres Sohnes und ihrer Schwiegertochter respektieren möge.

»Du hast den Kopf für sie hingehalten.« Ryan musterte Jackie und sah, wie sich ihre besorgte Miene so mühelos wie eine Wolke, die über den Himmel zieht und den Blick auf die Sonne wieder freigibt, in einen Gesichtsausdruck voller Wärme verwandelte.

»Ich habe nichts getan, was du oder jeder andere nicht auch gemacht hätte.«

»Und doch warst du diejenige, die es getan hat«, stellte er fest, erstaunt über diese Frau, deren Verwandlung ebenso erstaunlich wie rätselhaft war. »Warum?«

»Das ist leicht zu beantworten«, sagte sie. »Ich musste meine Tochter beschützen.«

»Aber nach so vielen Jahren. Nach allem, was du ihr zugemutet hast. Ich verstehe das nicht …«

»Genauso ist es. Ich habe ihr zu viel zugemutet. Es war höchste Zeit, dass ich mich für sie einsetze«, sagte Jackie, griff nach ihrem Kaffeebecher und drehte ihn zwischen den Handflächen hin und her. »Ich bin keine Idiotin. Ich lese Illustrierte wie *Signature*; ich weiß, was in diesen Geschichten steht. Es wäre verheerend für sie geworden. Ich meine, wir können ihr die Nachrichten im Augenblick natürlich vorenthalten, aber irgendwann liest sie sie doch. Sie oder die Kinder, die ihr noch bekommen werdet.«

Ich kann nur hoffen, dass wir noch welche bekommen können, dachte Ryan. Bevor sie Shelby aus dem Krankenhaus entließen, hatten die Ärzte gesagt, dass die Chance auf eine gesunde Schwangerschaft noch immer bestünde. Solange sie sich pflegte, sich ausruhte und wieder gesund wurde.

»Aber wie bist du auf die Idee gekommen zu …«

»Zu lügen?«, beendete Jackie den Satz. »Weil ich wusste, dass es fast der Wahrheit entsprach – zumindest, was mein Verhalten in der Vergangenheit betrifft – und dass es darum glaubwürdig sein würde. Es wäre mir sehr viel lieber, die Leute hielten weiterhin *mich* für eine schlechte Mutter, anstatt jemals *meinem Kind* dieses Etikett aufzukleben.«

»Ich fürchte nur, sie denkt genau das über sich selbst.«

Jackie trank einen Schluck Kaffee und dachte über Ryans Worte nach. »Ich glaube, sie hat ihre Angst falsch interpretiert. Die Angst, zu versagen. Die Angst, dass die Geschichte sich wiederholen könnte. Aber ich glaube, im Laufe der Zeit wird sie sich in demselben Licht sehen, in dem du sie siehst – und der Rest der Familie auch. Du musst sie nur ermutigen, die Augen zu öffnen, dann wird sie sich davon überzeugen können.«

Jackie schlug die Zeitschrift zu und schob sie über den Tisch Ryan zu.

»Und das hier?«, fragte er, nahm die Illustrierte und rollte sie fest zusammen.

»Davon muss sie nichts erfahren.«

28

Kalte Hände, warme Herzen

Etwas mehr als ein Monat war vergangen, und Ryan hatte das Gefühl, dass Shelby und er die schwierigste Phase ihrer Trauer überstanden hatten. Nun wurden sie weniger häufig von Wellen des Schmerzes überrollt, und wenn es doch geschah, fühlte es sich nicht mehr an, als würden sie darin ertrinken. Inzwischen gab es wieder so etwas wie Normalität. Shelby half Ginny und Jackie im Haus und auf der Farm, und sie fing an, Tagebuch zu schreiben. Nicht nur ein paar Absätze hier und da, sondern regelmäßig. Manchmal saß sie in ihrem Zimmer und schrieb stundenlang, völlig in Gedanken versunken.

Und dort saß Shelby auch, als Ryan, auf der Suche nach einer Beschäftigung, Ginny fragte, ob sie ihn auf einem Spaziergang begleiten würde.

»Ich weiß nicht, was ich sonst noch tun kann, Ginny«, sagte er, als sie gemächlich über einen Weg mit festgetretenem Schnee schlenderten, der zwischen Reihen von ruhenden Apfelbäumen verlief.

Ginny blickte in die Sonne hinauf, die hinter einer endlosen Parade langsam vorbeiziehender grauer Wolken hervorkommen wollte. »Es wird einige Zeit brauchen«, sagte sie. »Du warst bisher unglaublich geduldig. Wirklich. Kein Paar sollte ertragen müssen, womit ihr fertigwerden müsst, und ich liebe dich dafür, dass du sie so sehr unterstützt. Doch du wirst dich weiterhin in Geduld üben müssen.«

»Aber was kann ich sonst noch tun? Wie können wir sie da wieder herausholen?«

»Das können wir nicht«, antwortete Ginny, blieb stehen und drehte sich zu ihm. »Sieh mal in den Himmel hinauf. Was siehst du da?«

»Es ist bewölkt.«

»Und?«

»Es ist Februar in Wisconsin. Es ist kalt und grau.«

»Werden die Wolken für immer hierbleiben?«

»Nein, natürlich nicht«, sagte er. Sie gingen weiter den Pfad entlang, während Ginny ihre Gedanken vor ihm ausbreitete. Ein bisschen langatmig für Ryans Geschmack. Er war des Wartens müde. Er brauchte Lösungen.

»Und was heißt das?«, drängte sie ihn behutsam dazu, weiterzusprechen, damit sie ihr Argument anbringen konnte.

»Die Wolken werden schließlich weiterziehen.«

»Genau.«

»Ginny, du weißt, dass ich dich heiß und innig liebe, aber, bitte, was willst du mir damit sagen?«

»Wolken sind nur eine vorübergehende Erscheinung. Manche ziehen friedlich weiter; andere blähen sich wütend auf und donnern und schleudern Blitze. Egal, was sie an einem bestimmten Tag bewirken, sie bewegen und verändern sich unaufhörlich. Nur auf die Sonne kannst du dich verlassen. Sie wird bis zum Ende aller Tage da sein. Wir können sie vielleicht nicht sehen, vor allem in Zeiten wie diesen, wenn die Trauer, die ihr empfindet, einer langen Zeit unter grauem Himmel gleicht, aber die Sonne ist da, gleich über diesen Wolken.«

Er nickte, denn er verstand, was sie ihm auf ihre unverwechselbare Art zu sagen versuchte.

»Die Shelby, in die du dich verliebt hast – und das Mädchen, das ich aufgezogen habe –, ist noch da. Ihre Persönlichkeit wird wieder strahlen, Ryan. Darauf kannst du dich verlassen, genau, wie du dich auf die Sonne verlassen kannst. Du musst nur weiterhin Geduld haben.«

»Hoffentlich hast du recht.«

»Natürlich habe ich recht«, sagte sie mit ernster Miene und fügte dann lachend hinzu: »Ich habe schließlich *immer* recht.«

Es war ein gutes Gefühl, draußen zu sein. Das gehörte zu den Dingen, die er an der Heimatstadt seiner Frau besonders schätzte – selbst wenn der Boden gefroren und der See unter einer dicken Eisschicht begraben war, besaß die Luft noch immer eine heilsame Qualität, und die Frische warmer Sommertage war ebenso darin spürbar wie die angenehme Kühle des Herbstes. Sie machte ihm den Kopf frei und sorgte dafür, dass er sich lebendig fühlte.

Nach einer Weile fing Ginny wieder an zu reden.

»Und du? Wie geht es dir heute?«

Das ist eine passende Art, die Frage zu formulieren, dachte er, denn keiner seiner Tage glich dem anderen. Für ihn war es ein Prozess, er vermisste etwas, was er nie kennengelernt hatte, und er verabschiedete sich von Plänen, die er für das Leben seines Sohnes geschmiedet hatte, ohne sich dessen bewusst zu sein. Ryan konnte ihr nicht in die Augen sehen. »Einsam.«

»Ja«, sagte Ginny und nickte. Sie wusste es. »Ich glaube, es ist an der Zeit, dass sie endlich aus dem Haus herauskommt.«

»Ich habe es versucht. Sie will nicht.«

»Nun, vielleicht fragst du sie diesmal nicht. Du handelst

einfach«, sagte sie. »Und ich weiß auch, wohin du mit ihr gehen solltest.«

Ginny erzählte Ryan von dem jährlichen Event, das am nächsten Abend stattfinden würde, am Valentinstag. Die Veranstaltung namens »Kalte Hände, warme Herzen« wurde jedes Jahr in dem alten Freizeitcenter unten an der Marina abgehalten, wo die Bürger der Stadt sich versammelten, um dem örtlichen Chor zu lauschen, der Liebeslieder zum Mitsingen anstimmte. Olen, ihr Ehemann, hatte das immer sehr unterhaltsam gefunden. Menschen jeden Alters hielten Laternen, Kerzen und Taschenlampen in der Hand, während sie zu Fuß, auf Skiern oder Schneeschuhen über einen vom Schnee befreiten Weg auf dem Eis in der Nähe des Ufers liefen. Die eine Meile lange Bahn würde wieder von Beleuchtungskörpern aus Eis begrenzt werden, in denen Kerzen brannten.

»Ein paar von den Männern machen diese Leuchten jedes Jahr; sie verwenden dafür Zwanzig-Liter-Pökeleimer«, erklärte Ginny. »Sie benutzen seit zwanzig Jahren immer dieselben alten Eimer.«

»Lass mich raten. Olen war einer von ihnen?«

»Verdammt richtig, das war er«, sagte sie lachend. »Für solche Sachen hat er gelebt. Hat ihm die langen Winter ein bisschen verkürzt. Das und die Saunatreffen bei den Browns, oben beim Feuerwachturm. Die endeten immer mit einem Glas Jameson-Whisky, und dann sprangen sie alle nackt im Schnee herum, und immer ging irgendetwas in Flammen auf.«

Immer, wenn du glaubst, jemanden zu kennen …, dachte Ryan und lächelte.

»Einmal musste sogar die Feuerwehr kommen. Meine Güte, das werde ich mein Lebtag nicht vergessen.«

»Ich traue mich ja kaum zu fragen, aber was genau hat denn Feuer gefangen?«

Sie legte ihm die Hand auf den Rücken und sagte: »Das glaubst du mir nie, darum sage ich es dir lieber nicht.«

Ryan genoss ihren Optimismus ebenso wie die Geschichten, die sie erzählte. Es fühlte sich gut an, wieder zu lachen, und er wünschte, Shelby wäre bei ihnen, um es auch zu genießen.

»Nach dem Spaziergang treffen wir uns bei einem öffentlichen Lagerfeuer. Es gibt einen großen Kessel Chili, jede Menge zu trinken, Kakao für die Kinder – und dann lassen sie auf dem zugefrorenen See ein Feuerwerk steigen. Es ist fast so groß wie am 4. Juli«, sagte Ginny. Sie war eindeutig stolz auf ihre Gemeinde und deren Traditionen. »Shelby hat es immer geliebt, mit ihrem Großvater und mir dort hinzugehen. Ich habe das Gefühl, dass sie mitkommen wird, wenn du sie vor vollendete Tatsachen stellst. Bei uns hat das früher immer geklappt.«

Ryan und Shelby erreichten den *Bayfield Lakeside Pavilion* genau in dem Augenblick, als die Feier begann. Er nahm Shelby bei der Hand und führte sie zu zwei freien Plätzen in dem Saal, die sich, wie ihm sogleich auffiel, in der Nähe eines langen Tisches voller selbst gebackener Kekse und auf Plastiktabletts verteilten kleinen Kuchen und Desserts befanden. Außerdem gab es zwei große Kaffeespender, neben denen sich Styroporbecher türmten. Als zwei weitere Familien mitsamt ihren Kindern hereingekommen waren, schlossen zwei freiwillige Helfer die Türen und dämpften das Licht. Ryan hielt Shelbys Hand und hoffte, wieder eine Verbindung zu ihr zu spüren.

Im Raum wurde es still, als ein Mann mittleren Alters in einem knallroten Frack und mit pinkfarbener Fliege vor das Podium trat, das neben einem Klavier vorne in dem Saal stand. Ginny hatte erwähnt, dass Hugh Greenberg zweimal jährlich als Leiter des Gemeindechors diente und zudem Lieferant eines der Bed-and-Breakfasts in der Stadt war – was den Gutschein für ein »Amor-Wochenend-Special« im Bow & Stern erklärte, abgedruckt auf der Rückseite des Programms, das Ryan jetzt in der Hand hielt.

»Herzlich willkommen alle miteinander! Und wieder feiern wir den Valentinstag zusammen mit unseren Nachbarn und Freunden. Ein sehr schöner Abend dafür, würde ich sagen. Vielleicht erinnert ihr euch: Im letzten Jahr hatten wir einen teuflischen Kälteeinbruch – wie war noch die offiziell gemessene Temperatur an dem Abend, Olsen?«, fragte er einen korpulenten Mann in der ersten Reihe.

»Gefühlte minus zehn Grad!«, rief der Mann so laut, dass alle es hören konnten. Allgemeines Seufzen erhob sich im Saal. Als Ryan sich nach der Stimme umblickte, entdeckte er Ginny, die mit Jackie und Chad in der Nähe des Gangs saß. Sie waren schon früher gekommen, um beim Aufstellen der Lichter auf dem See zu helfen.

»Nun, heute Abend sind wir mit *lauwarmen* minus zwei Grad gesegnet!«

Als das Publikum jubelte, drückte Ryan Shelbys Hand und sah mit einem Seitenblick, dass sich ihr Mundwinkel leicht hob. Immerhin ein Anfang, dachte er, und er erkannte, wie schön sie war in etwas so Schlichtem wie einem dicken Parka, Jeans und Stiefeln und mit dem offen über ihre Schultern fallenden Haar.

Über den Köpfen der Leute hingen weiße Lichterketten,

und am Ende von Angelschnüren, die an die Dachbalken gebunden waren, drehten sich langsam Valentinsherzen; eine Vase mit roten Rosen stand auf dem Klavier des Chors. Die Dekoration hatte einen drolligen, kindlichen Charme, der zu der Veranstaltung passte.

»Und jetzt legen wir los mit ›Can't Help Falling in Love‹ von Elvis und einem Solo von Julia Baker. Roger Peters wird sie auf dem Klavier begleiten.«

Der Raum war durchdrungen vom warmen Geruch nach Kaffee, brennenden Kerzen und süßen Keksen. Beinahe hundert Menschen saßen Schulter an Schulter in geraden Reihen auf Klappstühlen, manche mit kopierten Songtexten auf rosa Papier in der Hand, und alle sangen mit, als der Chor das Liebeslied von Elvis intonierte. Ryan blickte sich um und fragte sich, ob er je zuvor so viele Flanellhemden, Strickmützen und Norwegerpullis auf einmal gesehen hatte.

Nach dem sechsten Song an diesem Abend wurde ein spezielles Trio angekündigt. Der Klavierspieler erhob sich und ging hinter das Podium, um sein Akkordeon hervorzuholen. Währenddessen verließ Boots, der Lebensmittelhändler, seinen Platz am Bass und gesellte sich zu einem dritten Mann, der auf einem der Hocker wartete, die vor dem Mikrofon platziert worden waren. Als Boots nach vorn kam, sah Ryan verblüfft, dass er sich ein Paar Bongos unter den Arm geklemmt hatte und eine Bandsäge in der anderen Hand hielt.

»Nun, war das nicht eine reizende Interpretation von ›What's Love Got to Do with It?‹«, fragte Hugh in die Menge hinein, und seine lebhafte Fröhlichkeit erinnerte an Welk, den Bigband-Leiter, wenn er in seiner Fernsehshow auftrat. »Und nun eine kleine Ankündigung. Sally O'Dell teilte mir soeben mit, dass sie bereit ist für ihren letzten Treck über das Eis bis nach Madeline Island. Wenn noch jemand hofft, in ihrem Transporter mitfahren zu können, wird es allmählich Zeit.«

Dann beobachtete Ryan amüsiert, wie ein dünner Mann mit beginnender Glatze in Daunenweste und mit roter Melone auf dem Kopf vom Podium stieg, zum Abschied kurz winkte und durch die Seitentür hinter dem Klavier hinausflitzte.

»Wie es scheint, haben wir einen unserer Baritone an Sally verloren«, witzelte Hugh. »Inzwischen aber ist unser Trio bereit für seine Instrumentalsoli auf dem Akkordeon, den Bongos und der Säge. Stimmt alle den letzten Song des Abends mit an – Ray Charles' ›I Can't Stop Loving You‹.« Er tippte dreimal mit dem Taktstock an seinen Notenständer, breitete die Arme aus, und der Chor fing an zu singen.

Genau in dem Augenblick, als das Publikum in den Refrain einstimmte, entzog Shelby Ryan ihre Hand. Ohne ein Wort stand sie auf, schob sich durch die Reihe sitzender Leute und lief zur Rückseite des Saals. Er wollte ihr gerade folgen, da standen alle auf und wiegten sich Arm in Arm mit ihren Nachbarn, während sie den Song zu Ende sangen.

»Danke, vielen Dank euch allen«, erklang die Stimme des Dirigenten aus den Lautsprechern in den Ecken des Saals. »Es war wieder ein wundervoller Abend – und eine sehr schöne Darbietung unseres talentierten Gemeindechors.« Als der Applaus aufbrandete, wollte der Mann, der links neben Ryan saß, ihm die Hand geben. »Schön, Sie und Ihre Frau hier zu sehen. Sind Sie beide unterwegs zum Eis?«

»Ja, das sind wir«, antwortete Ryan und hielt über die Köpfe der anderen hinweg nach Shelby Ausschau. Sie stand nicht am Kaffeetisch. Auch nicht bei den Erfrischungen. Im Handumdrehen hatten die Leute ihre Mäntel geschlossen, zogen sich die Mützen tiefer über die Ohren und halfen den Kindern in ihre Fausthandschuhe. Er sah die Freiwilligen nahe der Tür, wo sie bereits Kerzen und Laternen verteilten, als die Leute ihre Prozession zum Eis begannen.

»Verzeihung, entschuldigen Sie«, sagte er zu dem Mann neben sich und schob sich höflich an ihm vorbei. Ryan stürzte zum Ausgang, setzte seine Mütze auf und streifte die Handschuhe über, aber dort hatte sich bereits eine Menschentraube gebildet, die Tür war blockiert. Er verrenkte den Hals und suchte überall nach Shelby, während er langsam mit der Menge nach draußen geschoben wurde. Er erwog, sich aus dem Pulk zu kämpfen und den Saal durch die Tür neben dem Klavier zu verlassen, vorne in der Halle, aber dann sah er, dass diese Tür von Chormitgliedern verstellt war, die ihre Boxen und Mikrofone einpackten und das Podest abbauten, auf dem sie gesungen hatten.

Los jetzt!, brüllte die Stimme in seinem Kopf. Obwohl er sich in Shelbys Heimatstadt befand und wusste, dass ihr nichts passieren konnte, verspürte ein Teil seines Selbst dieselbe Verzweiflung wie in dem Augenblick im Krankenhaus, als er entdeckt hatte, dass sie verschwunden war. Sie hatte es einmal getan. Würde sie es nun ein zweites Mal tun?

Als er sich endlich durch das Gewühl zu der offenen Tür gedrängelt hatte, drückte ihm eine freiwillige Helferin ein Windlicht mit einer brennenden Kerze darin in die Hand und wies ihn an, der Menge hinunter ans Ufer zu folgen.

»Kennen Sie Shelby Chambers?«, fragte er. Als er die ratlose Miene der Frau sah, berichtigte er sich: »Ich meine, Shelby Meyers?«

»Oh Shelby, ja, natürlich. Sie müsste unten an der Startlinie sein«, sagte die Frau lächelnd und deutete über die Straße hinweg auf den zugefrorenen See. »Stellen Sie das Windlicht nach dem Gang über das Eis am Ende des Abends einfach in dem beheizten Zelt ab.«

Mit dem Windlicht in der Hand schlängelte Ryan sich zwischen den Menschen hindurch, die vom Freizeitcenter hinunter zum Ufer gingen. Er eilte an ihnen vorbei und blickte auf der Suche nach Shelby an diesem mondhellen Abend in jedes Gesicht.

Als er am Wasser ankam, ging er direkt auf das prasselnde Lagerfeuer und das beheizte Zelt zu, das für das Chiliessen aufgestellt worden war. *Vielleicht wartet sie hier auf mich,* dachte er. Das Feuer erhellte die Gesichter von Männern, Frauen und Kindern, die sich Langlaufskier anschnallten oder Schneeschuhe unter ihren Stiefeln befestigten. Noch mehr Skier wurden aufrecht in den tiefen Schnee rund um das Feuer gestellt, wie ein Palisadenzaun ohne Querstreben. Sein Blick flitzte zwischen den Menschen umher, als er vergeblich nach seiner Frau suchte.

Der Reiz dieses Abends lag offen zutage. Es gab die neue Attraktion, abends Ski zu fahren, unter dem Sternenhimmel und im Mondlicht, auf einer von Lichtern gesäumten Piste, die im Dunkeln wie Edelsteine funkelten. Nachdem die Skifahrer auf dem beleuchteten Pfad losgezischt waren, legten die Schneeschuhläufer ihre Ausrüstung an, und die Spaziergänger steuerten auf das Ufer zu. Shelby aber war nirgendwo zu sehen.

Dann, als er sich gerade wieder auf den Weg zum Festsaal machen wollte, erspähte er einen Lichtschimmer in der Ferne – auf dem Eis. Das Licht bewegte sich von der Stadt weg und wurde immer blasser.

Ryan wusste sofort, dass es Shelby war.

29

Schneeengel

Shelby wusste nicht, was sie dazu gebracht hatte, aufzustehen und das Konzert zu verlassen, es sei denn, ihr Verlangen, nach Antworten zu suchen. Sie brauchte ein Zeichen, ein Signal, irgendetwas, woran sie sich festhalten und aus dem elenden Loch voller Kummer ziehen konnte, in dem sie gefangen war.

Vielleicht lag es daran, dass ihr Großvater den Lake Superior oftmals anstelle der Kirche als seinen persönlichen, geheiligten Zufluchtsort gewählt hatte – oder vielleicht wusste sie einfach, dass sie hier draußen endlich allein sein würde.

In der Ferne hörte sie leises Gelächter über das Eis irrlichtern. Als sie über die Schulter blickte, sah sie, dass sich Menschen und Trauben aus gelben Lichtern am Ufer versammelt hatten. Sie wusste, dass Ryans Licht unter ihnen war und hoffte, dass er sie verstehen würde. Obwohl sie wusste, dass sie egoistisch gewesen war und ihm nicht die Zeit und Liebe geschenkt hatte, die er verdiente, lasteten Schuld und das Gefühl, versagt zu haben, so schwer auf ihr, dass sie wusste: Bevor sie nicht die Kraft fand, sich selbst an den Haaren aus dem Sumpf zu ziehen, konnte sie nicht die Art von Lebenspartnerin sein, die er verdient hatte.

Das Windlicht in ihrer Hand verbreitete einen goldgelben Lichtschein, während sie weiter in die Dunkelheit hineinging, doch sie brauchte das Licht nicht, um ihren Weg über das Eis zu finden. Hunderte von Besuchern waren im Laufe des Tages zu den Eishöhlen gekommen und machten es ihr leicht, ihren Fußstapfen im Schnee zu folgen. Der Vollmond wurde zum Teil von Federwolken verdeckt, doch sein Licht kam durch und tauchte den zugefrorenen See in ein himmlisches Lavendelblau. Obwohl sie in der Kälte allein war, fühlte sie sich hier geborgen.

Über das Eis zu gehen war so ähnlich, als ginge sie auf heiligem Boden. Die Geschichte des Sees und seine Erhabenheit waren viel größer als jede Herausforderung, die ihr in ihrem Leben begegnen konnte, und hier betete sie darum, Antworten auf ihre Fragen zu finden. Der Lake Superior hatte viele Namen bekommen – Kitchi-gummi, Le Lac Supérieur – und war schon von vielen Generationen verehrt worden. Der See hatte mehr Menschen ihr Leben lassen und sehr viel größeren Kummer gesehen, als Shelby je würde ertragen müssen.

Sie war so weit von der Stadt entfernt, dass sie nur noch das leise Knirschen ihrer Stiefel auf dem Schnee hörte und das Ächzen des Eises, das sich unter ihr bewegte und dann wieder zur Ruhe kam. *Geh weiter,* schien der See ihr zuzuflüstern. *Olen ist hier. Jeff auch. Sogar die Seele deines Sohnes ist hier auf dem See. Du bist zu Hause.*

»Es ist dein See«, hatte Shelbys Großvater ihr von Kindesbeinen an gesagt, vor allem, wenn sie zusammen am Ufer saßen und sich im Winter warm hielten, indem sie sich eine Thermoskanne mit heißem Apfelsaft teilten. »Du kannst dich darauf verlassen, dass er kalt ist. Und schön. Und großartig. Aber vor allem kannst du darauf zählen, dass er immer für dich da ist.« Shelby erinnerte sich, wie ihr Großvater sich dann über sie beugte, um ihr einen Kuss auf die kalte Nasenspitze zu geben. »Genau wie Gran und ich.«

Doch in den letzten Jahren war er nicht mehr an Shelbys Seite gewesen. *Vielleicht ist er heute Abend hier*, dachte sie voller Hoffnung und kämpfte sich in der Kälte voran.

Schneeflocken fielen lautlos und holten sie aus ihren Gedanken. Ganz langsam sanken sie, legten sich auf ihre Nase, verfingen sich in ihren Wimpern und schmolzen rasch dahin. Sie war noch keine fünfzig Meter gegangen, als der leichte Schneefall sich in Flocken verwandelte, die an flaumige weiße Gänsedaunen erinnerten. Träge fielen sie vom Abendhimmel und legten sich auf das Eis wie eine Decke, die über ein Bett gebreitet wird. Sie fand es tröstlich. Wenn es bis in die Nacht so weiterschneite, würden aus drei Zentimetern Neuschnee bald zwölf oder fünfzehn werden. Nach ihrem Spaziergang an den Eislampen entlang und nach dem gemeinsamen Chiliessen würden die Bewohner von Bayfield nach Hause zurückkehren und beim Fahren auf den glatten Straßen sehr vorsichtig sein. Sie sah, wie das Mondlicht durch die Bäume auf dem Festland schimmerte und Schatten auf den unberührten Schnee warf, der sich am Ufer sammelte.

In der Nähe erblickte Shelby jetzt die Eishöhlen, und sie stellte sich vor, wie kleine Kinder in warmes Badewasser stiegen und dann in Pyjamas schlüpften und sich zum Schlafengehen bereit machten. Frauen wie ihre Großmutter trugen dicke Bademäntel und kuschelige Socken, wenn sie in ihren Lieblingssesseln oder an ihre Ehemänner gekuschelt Bücher lasen und dabei die Abendnachrichten im Fernsehen verfolgten. Junge Liebespaare konnten glatte Straßen und schlechte Verkehrsverhältnisse als perfekte Entschuldigung benutzen, um ein bisschen länger zusammenzubleiben und sich wieder im Bett zu verkriechen.

Im Gegensatz zu lautem Verkehr, anspruchsvollen To-do-Listen, aufdringlichen jungen Reportern und unerfüllbaren Erwartungen machte die Einfachheit dieser Vorstellungen Shelby glücklich. Es waren diese stillen, mitfühlenden Momente im Schoß der Familie, die dem Leben Bedeutung verliehen.

Nachdem sie beinahe zwei Meilen zurückgelegt hatte, erreichte Shelby schließlich die Eishöhlen, die sich entlang der Klippen aus rötlich braunem Sandstein gebildet hatten, die sich aus dem See erhoben. Die ersten Höhleneingänge waren zu eng, also ging sie weiter, bis sie eine größere Öffnung erreichte. Im Mondlicht wirkte die zerklüftete Felswand wie das vereiste Gesicht Poseidons. Wasserfälle, die zu Eis erstarrt in der Luft zu hängen schienen, und Eiszapfen von unterschiedlicher Form und Größe klebten oder hingen an ihrer Oberfläche. Der Höhleneingang war der offene Mund in dem eisigen, bärtigen Gesicht.

Shelby ging darauf zu und spürte, wie die dünne Eiskruste bei jedem Schritt knisternd unter ihren Sohlen zerbrach, als würde sie die Zuckerkruste einer Crème brûlée knacken. Sie zögerte, nahm wahr, wie sich neben dem Eingang zu der Höhle an einer Wölbung im Fels, die dem Wind ausgesetzt war, Schnee ansammelte, aufgewirbelt wurde und dann langsam wieder auf die glatte Verwehung sank. Ohne nachzudenken, verließ sie den Weg, um sich der Höhle zu nähern. Dann drehte Shelby dem Schneekissen den Rücken zu, breitete die Arme aus, schloss die Augen und ließ sich zurückfallen. Die Landung war weich, der Schnee stob hoch in die Luft und fiel um ihren Kopf herum wieder auf den Boden. Ihre Arme und Beine bewegten sich gleichzeitig auf und nieder wie die Scheibenwischer eines Autos und schoben den Schnee weg. Sie blickte in den Himmel und ließ den Schnee auf ihre Lippen und Wimpern fallen. Plötzlich fuhr eine Böe in die üppigen Wipfel der Bäume, die oben auf dem Kamm der Klippe standen. In dem dämmrigen Abendlicht sah sie eine Wolke aus feinem Schnee aufwirbeln und dann langsam um sich herum niedersinken.

Ganz vorsichtig stand Shelby auf, denn sie wollte ihren Abdruck im Schnee nicht zerstören. Zufrieden musterte sie den Umriss, ging dann auf die Felswand zu und verschwand in dem klaffenden dunklen Schlund der Höhle.

Der Schneeengel bewachte den Eingang, während der unablässig fallende Schnee seinen kantigen Rock und die runden Schwingen auszufüllen begann. Nicht mehr lange, und er wäre vom Schnee verdeckt. Niemand würde ihn je wiedersehen.

30

Die Wahrheit ist der Schlüssel

Als ihm klar wurde, dass Shelby allein draußen auf dem Eis war, übernahmen Ryans Instinkte das Kommando, und er rannte los.

Ihm blieb keine Zeit, Ginny oder sonst jemandem zu berichten, was vor sich ging, denn Ryan befürchtete, dass er Shelbys Licht aus den Augen verlieren würde, wenn er sich noch auf die Suche nach einem Helfer machte. Er lebte mit der Überzeugung, bereits eine Tragödie auf dem Eis verursacht zu haben, und er wäre lieber selbst gestorben, als zuzusehen, wie ein weiterer Mensch, den er liebte, dem See zum Opfer fiel.

Als er das Ufer erreichte, die Stelle, an der eine Kruste aus dünnem, unter jedem Schritt knackendem Eis die Felsen umgab, die aus dem seichten Wasser ragten, verspürte er einen Moment der Panik. Außer Atem und mit rasendem Puls blieb er stehen. Er beugte sich vor und stützte sich mit den Händen auf den Knien ab. *Atme!* Er versuchte sich zu beruhigen, die Bilder von brechendem Eis und Wellen dunklen, eisigen Wassers aus seinen Gedanken zu verbannen. Er hob den Kopf und beobachtete das winzige Licht ihrer Laterne, die wie ein einsamer Stern am Himmel blinkte. Und mit jeder Minute, die er aus Angst vergeudete, wurde das Licht blasser.

Er stand auf, fasste in seine Jacke, um sich zu vergewissern, dass der Schlüssel, den er stets bei sich trug, sicher in der Tasche lag, nahm einen tiefen Atemzug und sah, wie die Wolke seines Atems sich in der Nachtluft auflöste. Dann rannte er los.

Als Olen und Ryan an jenem Wintertag einige Jahre zuvor über das Eis gefahren waren, hatten sie sich in einer Karawane von Schneemobilen befunden, zusammen mit ungefähr zwanzig weiteren Anglern. Der Wetterbericht hatte einen kalten, sonnigen Wintertag vorhergesagt. Niemand rechnete damit, dass ein Sturm über den See hinwegfegen würde, so schnell wie ein Güterzug, und einen Tag freundschaftlicher Verbundenheit in Chaos und Zerstörung verwandeln würde.

Er erinnerte sich, wie Olen ihn getadelt hatte, weil er keine angemessene Ausrüstung dabeigehabt hatte, und er hatte darauf bestanden, Ryan seinen Thermooverall, Angelzubehör, eine Wollmütze und eine Gesichtsmaske zu leihen. Als er an den Tag zurückdachte, konnte Ryan beinahe wieder den strengen Geruch nach altem Schweiß und Fischöl riechen, der in den Kleidern hing.

Nachdem sie die Ausrüstung in das Schneemobil gepackt hatten, fuhren sie in der dröhnenden Karawane von Anglern los und schossen über die von Bäumen gesäumte Eisstraße. Nach und nach scherten die anderen Motorschlitten aus, um nach dem vollkommenen Angelloch zu suchen, bis nur noch Olen und Ryan an diesem nebligen Morgen weiter über das Eis rasten.

Am Morgen hatte Ginny sie gewarnt, dass ein Sturm aufziehen könnte, aber Olen war überzeugt, dass das Wetter sich lange genug halten würde, um den ganzen Tag auf dem See zu verbringen. Noch immer konnte Ryan nicht fassen, wie schnell und ohne jede Vorwarnung sich das Wetter von einem ruhigen, grauen, wolkenverhangenen Himmel in einen Blizzard verwandelt hatte.

Über ihr Angelloch war der Wind hinweggefegt und hatte es vom Schnee befreit. Das Eis war nicht nur ungeheuer dick, sondern auch außergewöhnlich klar, ein einzigartiges Phänomen des Lake Superior. Ryan erinnerte sich daran, wie die Sonne durch das Eis geschienen und das fünfundzwanzig Meter tiefe, eisige Wasser erleuchtet hatte, das sich unter ihnen bewegte.

Die Männer fingen an jenem Tag einige Seeforellen und ein paar Heringe. Nicht besonders viel, aber doch genug, um Ginny und Shelby zu beeindrucken, die im Farmhaus auf sie warteten, und gewiss ausreichend für ein Dinner mit Meeresfrüchten. »Du hast dir dein Abendessen verdient, Frischling«, hatte Olen zu Ryan gesagt und ihm kräftig auf den Rücken geschlagen.

Doch dann hatte sich alles in einem einzigen Augenblick verändert. Der Himmel verfinsterte sich, und ein Sturm fegte über die riesige, gefrorene Oberfläche des Lake Superior. Alles ging unglaublich schnell. Als Olen und Ryan das Unwetter bemerkten, blieb ihnen gerade noch genug Zeit, um die Ausrüstung wieder auf dem Schneemobil zu verstauen, bevor sie von einer Lawine aus Schnee und Wind verschlungen wurden. Und um alles noch schlimmer zu machen, bekam das Eis Risse und brach. Schnell türmten sich die Wellen auf und sorgten für heftige Bewegung unter dem Eis. Stück für Stück ließ die Kraft unter Wasser die glasklare Oberfläche zerspringen, die Ryan den ganzen Morgen bewundert hatte.

Als er später die Geschichte seiner letzten Augenblicke mit Olen auf dem Eis erzählt hatte, hatte er entscheidende

Einzelheiten ausgelassen. Er ließ die Familie Meyers in dem Glauben, dass Olen in dem Augenblick, als er den Motor des Schlittens anlassen wollte – was es ihm und Ryan erlaubt hätte, vor dem Sturm zu fliehen, bevor das Eis um sie herum zerschellte, und heil ans Ufer zu kommen –, in etwa fünf Meter Entfernung Ausrüstungsgegenstände auf dem Eis entdeckt habe. Dann, so hatte Ryan behauptet, habe Olen ihn beim Schneemobil zurückgelassen und sei losgegangen, um die Sachen zu holen. Doch bevor Olen zurückgekommen sei, habe sich ein Riss im Eis gebildet und sie voneinander getrennt. Die Männer hätten noch versucht, wieder zusammenzukommen, aber die Lage auf dem See hätte sich so schnell verschlechtert, dass ihnen das nicht gelungen sei.

Als Ryan jetzt über das Eis stapfte, um nach Shelby zu suchen, drängte sich die Wahrheit über das, was damals passiert war, in seine Gedanken.

Nachdem die anderen Schneemobilfahrer verschwunden waren, um ihre jeweiligen Angelplätze ausfindig zu machen, hatte Olen beschlossen, noch ein bisschen weiter in Richtung Basswood Island zu fahren. Als er die Eisstraße verließ, nahm Ryan an, sie hätten die Stelle erreicht, an der sie fischen wollten, stattdessen fragte Olen ihn, ob er schon einmal ein Schneemobil gefahren habe.

Olen hatte die Automatik auf Parken gestellt, den Motor laufen lassen und Ryan über die Schulter zugerufen: »Du hast so einen Schlitten noch nie gefahren! Traust du dich?«

»Schon gut, Olen, vielleicht ein anderes Mal«, hatte Ryan gesagt. »Ich kenne mich hier auf dem See nicht gut genug aus. Ich weiß nicht, wo das Eis dick genug ist, um darauf zu fahren.«

»Unsinn«, hatte Olen erwidert und war von dem Schlitten

gestiegen, damit Ryan sich nach vorn setzen und die Lenkergriffe halten konnte. »Wann, wenn nicht jetzt? Das Eis ist so stabil wie der Asphalt auf einer Stadtautobahn. Komm schon, was hast du zu verlieren?«

»Wenn du meinst …«

»Der Schlüssel steckt, Gasgriff und Handbremse, genau wie beim Motorrad, es ist ganz leicht«, hatte Olen gesagt, als sie die Plätze tauschten.

Ryan hatte anfangs Schwierigkeiten mit dem Gasgriff, sodass der Schlitten ziemlich ruckartig anfuhr. Aber dann fiel ihm das Fahren leicht, und Olen bedeutete Ryan mit einer Geste, dass er die ausgewiesene Straße verlassen und auf dem unberührten Schnee weiterfahren sollte.

»Wie fühlt sich das an?«, hatte er von hinten gerufen.

»Fantastisch!«

Als sie ihr Ziel erreichten, hatte Ryan die Fahrt verlangsamt und die Handbremsen betätigt. Er half Olen, die Ausrüstung abzuladen, und war gerade im Begriff, sie zu der Stelle zu bringen, an der sie sich für den Tag einrichten wollten, da sagte Olen: »Vergiss den Zündschlüssel nicht. Ich übertrage dir die Verantwortung dafür, dass wir heute Abend pünktlich zum Dinner nach Hause kommen.«

»Verstanden.« Ryan ging zu dem Schlitten und zog den Schlüssel ab. Er hielt ihn kurz in der Hand und fand es lustig, dass Olen ihn an einem neonorangenen Schlüsselanhänger in Form einer Hasenpfote befestigt hatte. Dann steckte er ihn in eine Tasche seines Thermooveralls.

Stunden später, als der Sturm tobte und sie zu dem Schneemobil zurückrannten, traf Olen keineswegs in letzter Minute die Entscheidung, auf dem Eis vergessene Ausrüstungsgegenstände zu holen, wie Ryan behauptet hatte.

Vielmehr waren die beiden Männer, sobald alles in Sicherheit gebracht war, auf das Schneemobil gestiegen, und Olen hatte die Position des Fahrers eingenommen. Der Wind heulte, Schnee peitschte ihre Körper, als wollte das Wetter mit ihnen spielen – oder sie auffordern, das Eis rechtzeitig zu verlassen. Es schubste sie herum, wie es kleine Tyrannen auf dem Spielplatz mit anderen Kindern taten. *Haut ab!*, brüllte der Wind. *Runter vom See!*

Olens behandschuhte Hand hatte die Zündung betastet und vergeblich nach dem Schlüssel gesucht. Dann fiel ihnen wieder ein, dass Ryan zuletzt gefahren war. Olen rief über die Schulter: »Gib mir den Schlüssel!« Da hatte Ryan die Hand schon an der Tasche.

Sie hatte sich ganz flach angefühlt.

Er muss tiefer gerutscht sein, hatte er gedacht. Dann war er vom Schlitten gestiegen, hatte den Handschuh ausgezogen und die Hand tief in die Tasche geschoben, bis er den Saum erreichte. Sie war leer.

Ryan hatte den anderen Handschuh ausgezogen und beide zwischen die Knie geklemmt, während er fieberhaft in der Tasche auf der anderen Seite und dann in beiden Brusttaschen wühlte. Nichts.

»Ryan, der Schlüssel!«, hatte Olen geschrien.

Ryan drehte sich mit leeren Händen zu ihm um. Mit aufgerissenen Augen und wütend auf sich selbst starrte er Olen an. »Er ist weg.«

»Was?!« Olen war vom Motorschlitten gesprungen und betastete seine eigenen Kleider, suchte nach der spürbaren Ausbuchtung des Schlüssels. »Denk nach!«, herrschte er ihn an. »Wo kann er sein?«

Ryan hatte den Blick auf das Eis gerichtet, über dessen

glasklare Oberfläche der Wind den Schnee trieb, der bereits Verwehungen um ihre Füße zu bilden begann.

Olen folgte Ryans Blick. »Scheiße! Er ist dir doch nicht aus der Tasche gefallen, oder?«

Ryan war zu wütend auf sich selbst, um Olen in die Augen zu sehen. Er wusste, dass er den Schlüssel finden musste. Ein oranger Hasenfuß im Schnee. Er machte sich daran, den Schnee um sich herum aufzuwirbeln und mit den Stiefelsohlen nach dem Schlüssel zu scharren. Aber jedes Mal, wenn er den Schnee wegschob, sorgte der Wind sofort dafür, dass die Stelle wieder zugedeckt wurde, sodass er nie wusste, wo er schon gesucht hatte.

»Such du hier – ich gehe zurück zu unserem Eisloch. Vielleicht ist er dir beim Fischen aus der Tasche gefallen«, hatte Olen ohne Panik oder Vorwurf in der Stimme gesagt. Mit kühlem Kopf und fest entschlossen war er allein über das Eis gestapft, um nach dem Schlüssel zu suchen.

Sie hatten erst kurze Zeit vergeblich gesucht, da passierte es. Krachende Geräusche zerrissen die Luft wie Gewehrsalven, dann mussten sie hilflos zusehen, wie die vereiste Oberfläche des Sees sich spaltete. Eisige Wellen überspülten einen schnell größer werdenden Bereich auseinanderbrechender Eisschollen.

Alles ging so schnell. Der Sturm wurde stärker, die Sicht immer schwächer, und die beiden Männer stellten fest, dass sie voneinander getrennt und auf verschiedenen Bruchstücken des Eises gelandet waren, deren Durchmesser weniger als drei Meter betrugen – gefrorene Rettungsinseln auf einem unbarmherzigen See.

Und am Ende, während Angst und Reue durch Ryans Adern strömten, hatte er Olens letzte Worte vernommen.

»Pass auf meine Familie auf«, hatte er laut gesagt, um das Heulen des Windes zu übertönen, doch ohne jede Spur von Zorn oder Furcht.

Das war der Moment, in dem Ryan – vielleicht zu spät – klar wurde, dass er sich in Shelby verliebt hatte. Was auch immer an jenem Tag auf dem See passiert sein mochte, er musste Olen und vor allem sich selbst seine Gefühle eingestehen.

»Ich bin in Shelby verliebt!«, hatte er dem alten Mann zugerufen, der kaum noch zu sehen war, als er schlaff und kalt auf der Eisscholle lag. »Ich liebe sie!«

Ryan war nicht sicher, ob Olen geantwortet hatte, denn das Geräusch war sehr schwach und wurde vom Wind übertönt. Er hob den Kopf, in der Hoffnung, es noch einmal zu hören. »Mach sie glücklich«, erklang Olens schwache, aber entschlossene Stimme. Ryan schwor sich, es zu versuchen, wenn sie ihm die Chance dazu gab. Er würde der unglaublichen Frau, die an Land auf ihn wartete, sein Herz schenken, der Frau, dessen Liebe und ansteckende Freude sein Leben reicher machten, als er es je für möglich gehalten hätte.

Gerade, als Ryan den Kopf wieder auf das Eis legte und die Erschöpfung sich seines Körpers bemächtigen wollte, sah er es. Er hatte ein paarmal geblinzelt, um den Raureif auf seinen Brauen und Wimpern loszuwerden. Dann richtete er den Blick auf eine flache Vertiefung im Eis, die er mit ausgestrecktem Arm gerade noch erreichen konnte.

Darin lag der orange Hasenfuß. Er hatte sich an einer kleinen Erhöhung aus weißem Schnee verfangen.

Shelby hatte nie erfahren, was wirklich an jenem Tag auf dem Eis passiert war. Sie wusste auch nicht, dass Ryan den Schlüssel von dem Hasenfuß abgenommen hatte und ihn stets so tief wie möglich in seine Tasche steckte, wenn er sich auf das Wasser hinauswagte. Er hatte den Schlüssel die ganze Zeit bei sich getragen, als sie von der Marina in Chicago aus auf den Lake Michigan hinausgesegelt waren. Er trug ihn bei sich, als er ihr einen Heiratsantrag machte, an einem windstillen Tag auf dem Boot draußen auf dem See, und auch während der Videoaufnahmen und während der Uraufführung des Films für Olens Gedächtnisfonds. Er hatte ihn sogar jetzt bei sich, an dem Abend, von dem er gehofft hatte, er würde mit einem Spaziergang mit Shelby auf einem Weg voller Lampen aus Eis enden, die das Ufer säumten.

Sein Herz raste, als er weiter über die gefrorene Fläche des Sees lief, während überall um ihn her der Schnee fiel und die Einsamkeit begann. Er hatte den Blick auf den Lichtschimmer von Shelbys Laterne geheftet, die wie ein Signalfeuer im Schnee leuchtete. Sie erinnerte ihn an die Scheinwerfer der Rettungsfahrzeuge, die er entdeckt hatte, als er draußen auf dem Eis lag und Olen erzählte, dass sie sehr bald gerettet werden würden.

Dieses Mal würde Ryan nicht versagen.

31

Kronleuchter

Shelby klopfte sich den Schnee vom Parka, als sie die dunkle Höhle betrat. Beim Gehen hielt sie ihre Laterne hoch und staunte, wie das Licht die glasklaren Eiszapfen funkeln ließ, die wie Kronleuchter von der Decke hingen. Dann drehte sie sich langsam im Kreis und betrachtete das Schauspiel aus Licht und Schatten, die über die vereisten Wände tanzten. Sie wusste, dass die höchsten Stellen der Höhle zehn bis fünfzehn Meter hochragten, aber wenn sie nach oben blickte, war es zu dunkel, um so weit sehen zu können. Die Decke war von schimmernden Eiszapfen bedeckt, deren Ausmaß ihr den Atem verschlug. Kleinere Bogengänge und Nebenhöhlen in dem Felsen waren mit Eispartikeln besetzt, die an eine Galaxie frostiger Sterne erinnerten. Sie ließen den Felsen weicher aussehen und verstärkten noch die verwunschene Atmosphäre der Höhle.

Shelby wusste, dass es wagemutig war, nachts herzukommen, aber irgendetwas zog sie magisch an diesen Ort. Es ergab keinen Sinn, es war einfach ein Verlangen nach einem heiligen Ort auf dem See, an dem sie versuchen konnte, über alles nachzudenken, was passiert war, um endlich einen Ausweg aus ihrer Verzweiflung zu finden.

Sie setzte sich so auf das Eis, dass sie den Eingang der Höhle im Blick hatte. Ihr Großvater hätte sie mit einer Kathedrale auf dem See verglichen. Obwohl er Shelby niemals erlaubt hätte, allein und im Dunkeln herzukommen, wäre er mit ihr der Meinung gewesen, dass es sich wie eine spirituelle Reise anfühlte. Zum ersten Mal seit langer Zeit empfand sie inneren Frieden, als sie unter den Eiskristallen und Lüstern saß und zusah, wie vor der eisblauen Kulisse des Lake Superior der Schnee fiel.

»Shelby?«

Die Umrisse eines Mannes erschienen im Eingang der Höhle. Sie erkannte seine Stimme sofort und war im Grunde genommen nicht überrascht.

»Bist du hier drin?«, fragte er noch einmal, als sie nicht antwortete.

»Ja. Hier.«

Ryans Gesicht wurde von der Laterne beleuchtet, die er in der Hand hielt, und als er sich näherte, waren seine Gesichtszüge – und seine Besorgnis – immer deutlicher zu erkennen. »Shelby, geht es dir gut?«, fragte er und ging schnell zu ihr.

»Du hättest nicht kommen müssen.«

»Ich verstehe das nicht. Was machst du hier?« Er hob seine Laterne hoch, um sich in der Höhle umzusehen, und schüttelte ungläubig den Kopf. Er war sichtlich erschüttert, taumelte beinahe, als er in der Höhle umherlief und die Umgebung in sich aufnahm. Dann drehte er sich wieder zu ihr um.

»Es tut mir leid.«

»Das sollte es auch – im Dunkeln hier hinauszugehen! Ganz allein! Weißt du eigentlich, wie verrückt das ist?«, fragte er, unverkennbar erschüttert. Nun lief er auf und ab, blieb stehen, blickte sie an und schüttelte den Kopf. »Stell dir mal vor, dir wäre etwas passiert!« Mit der freien Hand rieb er sich den Nacken. Seine Haltung entspannte sich, und als er wieder zu reden begann, klang seine Stimme schon wesentlich ruhiger. »Was hast du dir nur dabei gedacht?«

Es brach ihr das Herz zu erfahren, dass sie der Grund für solch große Traurigkeit gewesen war.

»Bitte, sag mir, warum du dein Leben aufs Spiel setzt, um vor mir davonzulaufen, weil … weil ich einfach nicht mehr weiß, was ich tun soll, um dich zu halten …« Ryans Stimme verklang, dann senkte er den Kopf und ließ sich langsam auf dem Eis nieder.

Ein Teil ihres Selbst wollte aus der Höhle hinausrennen, an den riesigen Eiszapfen vorbei, die von dem braunen Sandsteingewölbe herabhingen. Rennen, bis sie nicht mehr weiterkonnte. *Einfach. Nur. Rennen.*

»Ich weiß nicht, was ich noch tun soll, Shel. Sag du mir, was ich tun soll.« Seine Stimme brach vor Kummer. Er machte ihr keine Vorwürfe und verlangte auch nichts von ihr. Er wirkte so gebrochen, wie sie sich fühlte.

Lange blickte Shelby auf den See hinaus. Draußen vor dem Eingang zur Höhle hatte der Schnee aufgehört zu fallen, und der Art nach zu urteilen, wie sich die Wasserfläche des Sees von Tiefblau zu Lavendel verfärbt hatte, nahm sie an, dass der Mond hinter den Wolken hervorgekommen war. Sie konnte sich keinen intimeren Ort als diesen vorstellen. Wenn sie sich ihrem Mann je anvertrauen wollte, dann war dies der richtige Moment. *Alles ist meine Schuld. Mein Freund aus der Zeit am College, Jeff … er ist auf den Lake Superior hinausgesegelt, nach einem Streit mit mir. Mein Großvater … er hat Ryan mit auf das Eis genommen, um mir einen Gefallen zu tun. Und jetzt unser süßer kleiner Junge, der keine Chance auf sein*

Leben hatte. Ich bringe den Menschen, die ich liebe, nichts Gutes. Ich bin die Einzige, die an allem schuld ist. Ryan hat etwas Besseres verdient.

»Ryan, ich …«, setzte sie an und blickte zu ihm auf.

»Es ist alles meine Schuld.« Dieser erste Satz seiner Beichte traf sie völlig unvorbereitet.

»Nein, absolut nicht«, sagte sie und glaubte, dass er Charlie meinte. »Ich war diejenige, die nicht auf die Bewegungen des Babys geachtet hat. Wie hättest du das wissen sollen – keiner von uns wusste es. Die Ärzte sagen, dass es ein Unglücksfall war. Du bist ins Krankenhaus gefahren, so schnell du konntest. Du …«

»Shel, ich rede von Olen.« Ryan kam näher und setzte sich auf einen Felsen neben ihr.

»Ich dachte, es geht um das Baby«, sagte sie. Sie wandte sich ihm zu und blickte ihm ins Gesicht. *Er kann unmöglich auch noch wissen, dass ich mich heute Abend mit Grandpa verbunden fühle.* »Was meinst du damit?«

Er zog einen Handschuh aus und öffnete den Reißverschluss seines Parkas. Einen Moment lang zögerte er, dann griff er hinein. Als er die Hand wieder herauszog, sah Shelby, dass er einen Schlüssel hielt.

»Der hat deinem Großvater gehört.« Er hielt ihn ihr hin. Sie zog einen Handschuh aus, nahm den Schlüssel, drehte ihn hin und her und gab ihn Ryan zurück.

»Wofür ist der?«

Ryan schob ihn wieder in die Anoraktasche, wo er in Sicherheit war. Dann, vor dem Rest der Welt in einem Versteck aus Eis geschützt, erzählte er ihr die ganze Geschichte.

32

Der Mond

Shelby hatte einmal gehört, dass die wahre Prüfung für jede Beziehung darin bestand, dass die Beteiligten die Stürme überstehen mussten, die über ihr gemeinsames Leben hinwegfegten. Sie und Ryan hatten reale Stürme auf dem Lake Superior durchgestanden, familiäre Stürme, die Beziehungen auseinanderrissen, die mit Zeit und Geduld wiederaufgebaut werden mussten, und natürlich den emotionalen Sturm, ein Kind zu verlieren. Und am Ende hatten sie all das irgendwie überlebt.

»Manchmal werden wir verletzt sein oder uns verloren fühlen«, sagte Ryan in jener Nacht, die sie gemeinsam in der Eishöhle verbrachten. »Aber bei alldem musst du mir versprechen, dass du immer erst zu mir kommst. Ich werde immer für dich da sein.«

»Und ich werde immer für *dich* da sein, was auch immer passiert.«

Er breitete die Arme aus, und sie schmiegte sich in seine Umarmung, denn es gab keinen Ort, an dem sie lieber sein wollte.

»Also, wohin gehen wir jetzt?«

»Nach Hause?«

»Chicago oder Bayfield?«

»Vielleicht müssen wir beides in ein besseres Gleichgewicht bringen.«

»Damit bin ich einverstanden.«

Als sie gestolpert war, war Ryan für sie da gewesen. Stark und treu, war er sich ihrer Ehe oftmals sicherer als sie, und so war er ihr Anker in stürmischer See. Er bewahrte sie davor, im Sturm umzukommen. Getreu dem Versprechen, das er ihrem Großvater auf dem Eis gegeben hatte, sorgte er dafür, dass sie unversehrt blieb.

Das Leben in Chicago nahm einen angenehmeren Rhythmus an als die Hochs und Tiefs, die sie im ersten Jahr ihrer Ehe dort durchlebt hatten. Kurz nachdem er die Wahrheit über Chad Covington erfahren hatte, teilte Ryan die Geschichte dem Leiter der Öffentlichkeitsarbeit von Chambers Media mit, und es dauerte nicht einmal eine Woche, bis die Flammen des Lauffeuers gelöscht waren, das die Medien um Shelby und Ryan herum verbreitet hatten. Sie hatte nicht geahnt, wie sehr sie es genießen würde, Schnee von gestern zu sein, und dass sie sich regelrecht in Ryans Heimatstadt verlieben und sich allmählich dort ebenso zu Hause fühlen würde wie er – als sich die Kameras endlich auf jemand anders richteten.

An diesem Wochenende kehrten sie anlässlich ihres zweiten Hochzeitstages in ihr Cottage in Bayfield zurück. Die Schuld und Angst, die sie beide in jener Nacht in der Eishöhle empfunden hatten, war danach mit dem Schnee dahingeschmolzen, doch die Erinnerung an das, was sie miteinander geteilt hatten, würde ihnen immer bleiben.

»Was sagst du dazu, meine Schöne?«, fragte Ryan, legte ihr von hinten die Arme um die Taille und schnüffelte auf eine

Weise an ihrem Nacken, die ihr köstliche Schauer über den Rücken jagte.

»Oh, wir müssen los, sonst kommen wir zu spät …« Shelby schloss die Augen, hob die Hand und legte sie an seine Wange.

»Ich weiß ja nicht, woran *du* denkst, aber *ich* rede davon, zum Park hinunterzugehen«, sagte er und küsste sie spielerisch hinter das Ohr.

Sie errötete und nahm sich zusammen. »Natürlich. Das weiß ich doch.«

»Mhm«, murmelte er, strich mit der Hand an ihrem Körper hinab und weckte so ihr Verlangen aufs Neue.

»Du reizt mich schon wieder.«

»Das würde ich niemals wagen.«

Sie legte den Kopf in den Nacken und drehte sich in seinen Armen um; dann küsste sie ihn auf den Mund. *Wen stört es schon, wenn wir zu spät kommen?*, dachte sie. *Niemand wird davon Notiz nehmen. Sie fangen einfach ohne uns an.*

»Wir müssen los«, wiederholte Ryan.

»Ich weiß«, flüsterte sie und drückte sich an ihn. Ihre Hände schoben sich unter sein Hemd, und wieder küsste sie ihn.

»Deine Familie«, rief er Shelby ins Gedächtnis, erwiderte den Kuss aber trotzdem.

Er hatte recht. Shelby wusste, dass ihre Großmutter den ganzen Tag über hart gearbeitet hatte. Und Nic und Hank wollten sich dort mit ihnen treffen, außerdem Shelbys Mutter, Chad und noch andere Leute. Sogar John würde sich mit seiner neuen Verlobten zu ihnen gesellen – es war nicht leicht gewesen, Shelbys Ehemann davon zu überzeugen, dass sie und John immer nur gute Freunde gewesen waren, aber schließlich hatte Ryan ihr geglaubt.

Shelby löste sich widerstrebend von Ryan, lächelte und streckte die Arme aus, um für Abstand zwischen ihnen zu sorgen. »Du hast vollkommen recht. Wir müssen warten. Das hier muss leider warten.«

»Ist schon okay.« Ryan schien sich wesentlich schneller wieder zu fassen als Shelby. »Ich habe dich nur auf die Probe gestellt.«

»Was?«

»Ich wollte nur sichergehen, dass deine Schwangerschaft deine Libido nicht beeinträchtigt.«

»Und das soll ich dir glauben?«

»Komm schon, Shel. Du hast selbst gesagt, dass wir zu spät kommen, wenn wir nicht endlich aufbrechen. Die anderen erwarten uns.«

Als Ginny angeboten hatte, an ihrem Hochzeitstag eine kleine Feier für Freunde und Familie auszurichten, hatte Ryan dafür den Memorial Park in der Nähe der Marina vorgeschlagen, den Schauplatz seiner ersten Verabredung mit Shelby. Es war ein behaglicher Sommerabend, und alle Gäste teilten sich Picknickdecken, Bier, Sandwiches und Ginnys Kuchen. Shelby und Ryan hätten es sich leisten können, an ihrem Hochzeitstag zu verreisen oder zu einer verschwenderischen Party einzuladen, aber es gab für Shelby keinen Ort, an dem sie lieber gewesen wäre. Und zu ihrer großen Freude empfand Ryan genauso.

Nach dem Essen machten es sich alle auf dem Rasen bequem, reichten Ginnys Kuchen herum und genossen das restliche Sonnenlicht des Tages. Ryan lag neben Shelby auf der Seite und stützte sich auf dem Ellbogen ab.

»Schöner Tag?«

»Der beste überhaupt.«

»Ich muss dir noch etwas zeigen«, sagte er mit einem jungenhaften Grinsen.

»Was denn?«

Er kam auf die Füße und streckte die Hand aus, um Shelby beim Aufstehen zu helfen. »Komm mit«, sagte er nur.

Ryan hielt ihre Hand noch immer, als er sie ans Ufer führte, in die Nähe der Stelle, wo sie über die Steine gehüpft waren und sich bis in den Abend unterhalten hatten, um sich besser kennenzulernen. Bevor sie zum Wasser kamen, hielt Ryan an einer Parkbank mit einem Sitzbrett aus Holz und verschnörkelten eisernen Armlehnen an den Seiten an.

»Setzen wir uns einen Moment, Shel.«

Sie blickte mit gerunzelter Stirn fragend zu ihm auf, doch sie folgte seinem Beispiel und setzte sich auf die Bank.

»Was denkst du?«

»Worüber?«, fragte sie und lachte halbherzig, denn sie wusste nicht, was er vorhatte.

Anstelle weiterer Erklärungen klopfte er nur ein paarmal mit den Handflächen auf die Bank.

»Was … diese Bank?« Sie berührte die Sitzfläche, die frisch in einem hübschen Kirschrot gestrichen war, und fuhr dann mit den Händen über die Armlehnen. Als sie die sorgfältig von Hand gearbeiteten Lehnen genauer betrachtete, bemerkte Shelby, dass eine verschlungene Zeichnung darauf drei ineinander verwobene Äste darstellte, die einen einzelnen Apfel auf der Armauflage umschlossen. »Ryan, hast du das gemacht?«

Er stand von der Bank auf und reichte ihr beide Hände, dann führte er sie auf die Rückseite der Bank. Auf einer kleinen Bronzetafel standen die Worte:

Wenn du hier sitzt, halte die fest, die du liebst, und gedenke derer, die du nie vergessen wirst.

Als sie sich Ryan zuwandte, war sie sprachlos. Da sie vor Rührung kein Wort herausbekam, küsste sie ihn mit zitternden Lippen. »Danke« war einfach nicht genug, um diesem Mann ihre Wertschätzung zu zeigen, der ihr immer wieder bewiesen hatte, wie vertraut sie ihm war und wie gut er sie kannte.

Sie setzten sich wieder. Er hatte den Arm fest um ihre Schultern gelegt, und sie lehnte sich an ihn. Eine Brise kam vom Wasser her und blies ihr eine vereinzelte Haarsträhne aus dem Gesicht. Die Fähre steuerte auf die Marina zu, wo eine Autoschlange darauf wartete, die Chequamegon Bay nach Madeline Island zu überqueren. Weiter draußen auf dem See sahen sie ein halbes Dutzend Segelboote den letzten Wind des Tages ausnutzen, bevor die Dämmerung einsetzte. Ihre Segel hoben sich voll und strahlend weiß vor dem stahlblauen Wasser des Lake Superior ab. In der Ferne hörte sie eine Möwe schreien, und Kinder lachten, als sie hinter Shelby und Ryan über den Rasen rannten.

Sie war zu Hause.

»Sollen wir zu den anderen zurückgehen?«, fragte Ryan, nachdem sie eine Zeit lang die Stille genossen hatten.

»Geh du«, sagte sie, als sie von der Bank aufstanden. »Ich möchte noch einen Moment ans Wasser gehen. Es dauert nicht lange.«

»Möchtest du dabei Gesellschaft haben?«

»Ich liebe dich, aber … nein. Bitte. Geh schon mal vor.«

Er nahm ihr Gesicht in beide Hände und küsste sie zärtlich auf die Stirn. »Lass mich nicht zu lange warten.«

Als er fortging, streifte Shelby ihre Sandalen ab und machte sich auf den Weg zu dem felsigen Ufer. Vorsichtig kletterte sie über Felsblöcke und runde Steine, bis sie am Saum des Wassers ankam. Langsam, geradezu zaghaft rollten die Wellen über die kleineren Steine an den seichten Stellen. Sie hörte die Kiesel klirren, wenn sie sich in dem kühlen Wasser bewegten. Als sie einen Fuß ausstreckte und hineintauchte, spürte sie, dass sich tief in ihrem Körper etwas regte. Mit einem Fuß im See und dem anderen auf den Felsen hielt sie inne und legte sich schützend eine Hand auf den Bauch. Die Bewegung in ihrem Innern war kaum spürbar – nicht mehr als der Flügelschlag eines Schmetterlings oder das leichte Prickeln von Champagnerbläschen.

Der erste Tritt ihres Babys.

Shelby blickte auf den See hinaus und lächelte. Sie malte sich aus, dass es ein Mädchen war. Es hatte volle Wangen und große, braune Augen, und es lief unsicher auf den niedlichen, drallen Beinchen eines Kleinkinds. Das Kind würde seine Nase hinter einem Baum auf der Plantage hervorstrecken und dann nach den Früchten greifen, die schwer an den tieferen Ästen hingen, so gerade eben außerhalb seiner Reichweite. Shelby stellte sich vor, wie sie hinter ihrer Tochter herlaufen und sie liebevoll auf die Arme nehmen würde. Sie würde sie vorsichtig im Kreis herumdrehen, bis die Plantage ein wirbelnder, verschwommener Fleck um sie herum wäre, und Shelby würde den himmlischen Duft ihrer Tochter einatmen.

So stand sie am Ufer des Sees, bückte sich und nahm einen glatten Stein auf, flach und dünn und perfekt, um ihn hüpfen zu lassen. Sie holte aus und warf den Stein mit einer schnellen Bewegung aus dem Handgelenk über das Wasser. Er hüpfte sechs Mal, bevor er im See versank.

»Der ist für dich, Charlie«, rief sie laut auf den See hinaus. Sie hoffte, dass ihr Sohn ihre Stimme hören konnte.

Sie blickte auf ihre Füße im Wasser und hoffte, noch einen guten Stein zu finden, da tauchte ein anderes Bild vor ihrem geistigen Auge auf. Diesmal war es die Erinnerung an eine alte Frau namens Bernice, die Shelby in einer ruhigen Bar in Tamarack kennengelernt hatte, als sie mit Ryan unterwegs gewesen war. Sie entdeckte einen weiteren Stein, der ein wenig dicker und dunkler als der erste war. Mit dem Daumen rieb sie über seinen glatten Rand und dachte daran, wie Bernice unversehens auf Babys zu sprechen gekommen war.

»Bernice, ich habe kein Kind«, hatte Shelby damals gesagt, als sie noch nicht wusste, dass sie bereits schwanger war.

»Dass er nicht in deinen Armen liegt, bedeutet nicht, dass er nicht hier ist.«

Shelby erinnerte sich, wie die sonderbare Frau dann ein Gedicht von Louisa May Alcott vorgetragen hatte. »›Wie der stille Abendmond/Schaut auf den See im Wind/Wacht der Mutter Antlitz sanft/Über dich, mein Kind‹«, hatte Bernice auswendig aufgesagt.

»Das ist hübsch, aber ich weiß nicht, was das zu tun hat mit …«

»Diese Worte wurden vor über hundert Jahren geschrieben, und doch treffen sie an diesem Tag perfekt auf dich zu.«

»Das verstehe ich nicht.«

»Der See zieht dich an wie eine Mutter ihr Kind. Der Mond ist immer für dich da. Er scheint auf dich herab und auf die Wasser des Lake Superior. Während du dein Leben voller Angst lebst.«

Die Behauptung der Frau hatte Shelby aus der Fassung gebracht. »Ich habe keine Angst.«

»Der Mond wird für dich da sein, wenn dein erstes Kind geboren ist«, fuhr Bernice fort. »Wenn du ihn brauchst, wird er am See auf dich warten. Wenn du Antworten brauchst, geh zu ihm.«

Shelby warf den zweiten Stein ins Wasser, aber er traf auf eine Welle und versank mit einem *Platsch* im Wasser. Sie wandte sich vom See ab und sah zu, wie Ryan Chad dabei half, eine orangefarbene Kühlbox zu beladen. Genau in dem Moment blickte Ryan auf, lächelte sie an und winkte. Alles würde wieder gut werden. *Wir schaffen es,* sagte sie leise zu sich selbst, und sie glaubte es.

Shelby nahm die Suche nach dem vollkommenen Stein wieder auf. Als sie noch einen Schritt weiter in das Wasser hineinging, fühlte sie etwas Breites, Glattes unter ihrem Fuß. Diesmal war es kein flacher Stein, sondern ein Stück lavendelblaues Seeglas, das zum Teil im Sand verborgen war. Blaues und grünes Glas war häufig zu finden und braunes sogar noch öfter. Lavendelfarbenes Glas aber gab es nur selten, und es war eine Freude, welches zu entdecken. Sie hob es auf und drehte es zwischen den Fingern, fühlte, wie glatt seine matte Oberfläche geworden war, nachdem es Jahre im Lake Superior gelegen hatte und vom Sand poliert worden war. Sie hielt es gegen das Sonnenlicht und bewunderte seine Farbe. Sie war vollkommen. Shelby war sicher, dass es das hübscheste Stück Glas war, das sie je im See gefunden hatte. Darum wollte sie es den Menschen zurückgeben, die sie geliebt und verloren hatte und deren Andenken sie mit dem Großen See verband.

Shelby küsste das Glasstück flüchtig, bevor sie es hinaus auf das Wasser warf und zusah, wie es einige Male von der Wasseroberfläche abprallte, bevor es wieder im See verschwand.

Sie sah, wie sich zarte Kreise um die Stelle bildeten, an denen das Glas spritzend versunken war, und wie sich das Sonnenlicht in ihnen fing, als sie sich auf dem Wasser ausbreiteten.

Dann, als sie die Schmetterlingsflügel in ihrem Bauch ein zweites Mal spürte, wusste Shelby Bescheid. Instinktiv wusste sie es einfach. Es war ein Mädchen.

Ihre Tochter würde Charlie niemals ersetzen können, aber sie würde von der Lektion profitieren, die er Shelby während seiner kurzen Existenz erteilt hatte. Charlies Mutter zu sein hatte Shelby gezeigt, was für ein großes Geschenk es war, ein Kind zu lieben, ganz gleich, ob es lebte oder gestorben war. Shelby war zuversichtlich, dass sie fähig sein würde, ihr zweites Kind bedingungslos zu lieben. Sie würde sie mit an den See nehmen und sich an einem verschneiten Morgen mit ihr auf die Parkbank setzen, mit warmen Fäustlingen und einer Thermoskanne Kakao. Sie würde ihre Tochter die Geschichte des Lake Superior lehren und die Gewissheit, dass er immer für sie da war – wie Shelbys Großvater es ihr versprochen hatte, als sie noch ein Kind war.

An dem Tag, an dem ihr Baby auf die Welt kam, würden Ryan und sie es an ihre Herzen drücken. Gemeinsam würden sie ihr den Namen Lily geben, ihre süßen Lippen küssen und sie auf der Welt willkommen heißen.

Danksagungen

Ohne die großartige Unterstützung meiner Familie, meiner Freunde und Kollegen wäre es mir nicht möglich gewesen, meinen zweiten Roman so kurz nach dem ersten zu schreiben.

Es gibt einfach nicht genug Worte, um meine Liebe und Dankbarkeit für David, meinen Ehemann, auszudrücken. Danke, dass du mir zugehört, gelesen, Ratschläge gegeben und an den Tagen die Stellung gehalten hast, an denen ich mich nicht von meinem Manuskript losreißen konnte. Und vor allem danke ich dir, weil du an mich geglaubt hast. Es ist an der Zeit zu feiern!

Umarmen möchte ich unsere Kinder Logan, Ethan und Kate, die Quellen unendlicher Freude für mich sind. Ich bin unglaublich stolz auf euch, vor allem, seitdem ihr zu neuen Ufern aufbrecht und eure einzigartigen Interessen und Talente auslotet. Ich liebe euch unendlich!

Ich danke meinen Eltern, Lars und Mary Carlson, deren Liebe und die schlichten Worte »Ich bin stolz auf dich« mir heute noch so viel Selbstvertrauen geben wie damals als Kind. Ein besonderer Dank geht an meine Mutter, die sich die Zeit genommen hat, eine Vorankündigung zu diesem Roman zu schreiben, während sie an ihrem eigenen Sachbuch über die Geschichte von Bayfield, Wisconsin, schrieb. Ich bin auch stolz auf dich!

Von Herzen danke ich dir, meiner talentierten Literaturagentin Joëlle Delbourgo, für deinen Rat, die Ermutigung und dafür, dass du an mich geglaubt hast – sogar, als ich beschlossen habe, dass die Geschichte von Shelby und Ryan sich in eine völlig andere Richtung entwickeln sollte. Ein Prosit auf dich!

Und tausendfacher Dank gebührt Martin Biro. Ich wusste vom ersten Tag an, dass er der perfekte Lektor für mich sein würde. Deine Geduld, Begeisterung und dein Rat haben mir beim Schreiben meines zweiten Romans ungemein geholfen.

Dank an Karen Auerbach, Vida Engstrand, Paula Reedy, Lauren Jernigan, Kristine Mills und den Rest des talentierten Teams von Kensington Publishing für alles, was ihr hinter den Kulissen getan habt, um zu helfen, meine ersten beiden Romane auf den Markt zu bringen.

Dank an Egmont LYX in Deutschland für die Begeisterung, mit der ihr diese Kleinstadtgeschichte einem internationalen Publikum zugänglich macht. *Danke schön.*

Aufrichtiger Dank geht an meine erweiterte Familie; meinen wundervollen Freundeskreis; an die Autorinnen Laura Sobiech, Lindsey Palmer und Kristina Riggle für eure freundliche Unterstützung vor dem Erscheinen meiner beiden ersten Romane; Amy Kelly, Doktor der Medizin, dafür, dass sie die Krankenhausszenen auf ihre Richtigkeit hin überprüft hat – und noch für vieles mehr; und an Anne Greenwood Brown, Beth Djalali, Heather Anastasiu, Jacqueline West, Li Boyd, Lauren Peck und David Nunez, für euer Feedback, als ich diesen Roman begonnen habe.

Und schließlich danke ich *Ihnen,* den Leserinnen und Lesern. Ich hoffe, Sie haben es ebenso genossen, den Fortgang der Geschichte von Ryan und Shelby zu lesen, wie ich es genossen habe, ihn mir auszudenken und aufzuschreiben.

Herzliche Grüße

Kerstin

Leseprobe

JULIE LEUZE
Für einen Sommer und immer

Eines weiß ich mit Bestimmtheit: Es kann ätzend sein, das Leben.

Ich stehe in meinem Zimmer im Vier-Sterne-Hotel und blicke durchs Fenster auf dunkelgrüne, dicht bewaldete Hänge, schroffe Felsen und schneebedeckte Gipfel. Wäre der Grund für meinen Urlaub nicht so traurig, fände ich es hier wohl schön. Mein Verstand weiß, dass der Ausblick herrlich ist, dass ich berauscht sein müsste und beglückt. Oder zumindest auf distanzierte Weise beeindruckt.

Doch meine Seele hinkt dem Verstand hinterher, sie ist damit beschäftigt, zu verdrängen, und Nebensächlichkeiten wie landschaftliche Schönheit sind ihr vollkommen egal.

Was ein bisschen ärgerlich ist, wenn man bedenkt, wie viel die drei Wochen in diesem Luxusladen mich kosten.

Ich seufze tief.

Aber hey, das wird schon!, weise ich mich sofort zurecht und straffe die Schultern. Das wird schon. Bald bin ich tiefenentspannt, muss nichts mehr verdrängen und kann mich allem stellen. Dafür bin ich schließlich hier, für ganze drei Wochen: damit ich in aller Ruhe Kraft tanken kann. Denn Kraft werde ich brauchen für das, was vor mir liegt, zumal ich fest entschlossen bin, nicht zu versagen.

Diesmal nicht.

Ich wende mich vom Fenster ab, und während ich anfange, meinen Koffer und die große Ledertasche auszupacken, fallen mir Helenes missbilligende Worte ein.

Weglaufen ist keine Lösung. Was ist mit deinem Job, hast du keine Angst, dass sie gegen dich intrigieren, während du weg bist? Mäuschen, so geht das nicht!

Ich schlucke hart. Tiefenentspannung hin, Kraft tanken her – meine Freundin hat recht.

Natürlich hat sie das.

Denn Helene hat meistens recht: Sie analysiert jede Situation mit ihrem scharfen, wissenschaftlich geschulten Verstand, bevor sie einem ihre Vorwürfe um die Ohren haut, und sich zu verteidigen ist in den seltensten Fällen sinnvoll. Auch diesmal habe ich darauf verzichtet. Was hätte ich schon sagen können? Ich verstehe mich ja selbst nicht. Da kann ich kaum erwarten, dass meine Freundin es tut.

Eine Stunde später sitze ich im Hotelrestaurant vor einem Glas Südtiroler Weißburgunder. Das Restaurant ist in alpenländischem Stil eingerichtet, mit hellem Holz und dunkelroten Stoffen, alles wirkt zugleich gemütlich und elegant, und als ich das Glas hebe, fühle ich mich beinahe gut.

Ich schnuppere an meinem Weißburgunder. Apfelduft steigt mir in die Nase. Andächtig nehme ich den ersten Schluck.

Perfekt.

Und unwillkürlich denke ich an Henry. Bei Weinen wie diesem, säurebetont und fruchtig, hat Henry immer das Gesicht verzogen, während ich am liebsten darin gebadet hätte. Ich muss grinsen. Das war so typisch für uns beide: Wir mochten uns, hatten aber absolut nichts gemeinsam, weder beim Wein noch bei irgendwas sonst. Kein Wunder, dass unsere Beziehung nur sechs Wochen lang gehalten hat.

Was immerhin zwei Wochen länger war als die Beziehung zu Henrys Nachfolger Richard. Der schöne Richard, der mich gelehrt hat, dass der Sex mit einem körperlich vollkommenen Mann schlussendlich genauso anstrengend ist wie mit allen anderen.

Ich wische die unangenehmen Erinnerungen beiseite und widme mich lieber der Vorspeise. Und die ist ebenso köstlich wie der Wein: Bachforellenfilet, lauwarm und butterweich, begleitet von einem raffinierten Rote-Beete-Tatar. Als der Geschmack auf meiner Zunge explodiert, seufze ich selig, und in diesem Moment zählt nichts anderes als der Genuss; nicht Richard, nicht Henry, nicht meine Flucht.

Denn dies ist mein offizielles Laster: Ich *liebe* guten Wein, und ich *vergöttere* gutes Essen.

So diszipliniert ich sonst auch sein mag, so hart ich arbeite, so wenig ich schlafe, so rational ich mit dem Thema Männer umgehe – gegen diese Leidenschaft komme ich nicht an. Helene, die spindeldürre, hält Restaurantbesuche für Geldverschwendung und richtet ihren durchdringenden Blick gern auf meine Problemzonen, wenn ich nach dem Hauptgang noch in Käse und Dessert schwelge. Aber obgleich ich mich Helenes Urteilen meistens beuge, beim Essen bleibe ich hart. Oder vielmehr schwach.

Mit einer Spur schlechten Gewissens schiebe ich mir den letzten Happen Bachforelle in den Mund, gönne mir ein Stück knusprigen Weißbrots dazu und beruhige mich damit, dass ich immerhin Sport treibe; zwar nicht gern, aber regelmäßig. Für eine der führenden Mitarbeiterinnen der Presseabteilung von Pharmedizin ist es zwingend notwendig, gut auszusehen, schon um auf heiklen Pressekonferenzen die (männlichen) Journalisten milde zu stimmen. Um Joggen und Sportstudio komme ich also nicht herum.

Ob ich hier, in Südtirol, auch joggen muss?

Oder gehört zu einem wahren Entspannungsprogramm ein gewisser Schlendrian, nichts als Wellness, von morgens bis abends? Ich meine, immerhin bin ich im Urlaub! Ich *muss* mich erholen, denn ich werde stark sein müssen, stark für zwei, bald, ich werde mit einem tröstenden Lächeln durchhalten müssen bis zum Schluss, so lange, bis …

Ohne Vorwarnung springen mir heiße Tränen aus den Augen.

Sie rinnen nicht sanft und anmutig meine Wangen hinab, sondern hüpfen in einem komischen Bogen aufs Tischtuch, was mich so irritiert, dass sie gleich wieder versiegen. Ich atme tief durch, nehme noch einen Schluck Wein und reiße mich am Riemen. Sich mental auf eine schwere Zukunft vorzubereiten mag schön und gut sein, sage ich mir streng, aber es gibt günstigere Zeitpunkte dafür als die kurze Spanne zwischen Vorspeise und Hauptgang, und ganz sicher geeignetere Orte als ein vollbesetztes Hotelrestaurant.

Ich blicke auf die winzigen feuchten Flecken auf dem Tischtuch, dort, wo meine Springbrunnentränen hingefallen sind. Guter Gott, wann habe *ich* zuletzt in der Öffentlichkeit geheult? Offensichtlich hat mich die Nachricht, die der Anlass für meine Auszeit hier war, doch sehr aus dem Gleichgewicht gebracht.

Prompt beginnt der Springbrunnen wieder zu sprudeln.

Und ich wünschte, ich könnte mich im Bett verkriechen, um mir die Decke über den Kopf zu ziehen wie ein kleines Kind.

Doch als ich nach vielen tiefen Atemzügen, einem exzellenten Hauptgang (Kaninchen in Weißweinschaum) und einem wundervollen Nachtisch (Mousse-Variationen von dreierlei Beeren) wieder in meinem Zimmer bin, zögere ich das Zubettgehen, wie so oft, hinaus. Ich dusche ausgiebig und fast unerträglich heiß, benutze das hoteleigene Alpenkräuterpeeling, feile mir die Nägel und creme alles an meinem Körper ein, was Creme verträgt.

Dann liege ich im Bett.

Sehr, sehr wach.

Die Matratze ist gut, das Kissen gemütlich, und die lange Fahrt und das reichhaltige Mahl haben mich erschöpft. Trotzdem schlafe ich nicht ein. Mit weit geöffneten Augen liege ich in der Dunkelheit und lausche, aber obwohl ich das Fenster gekippt habe, herrscht ringsum vollkommene Stille.

Fürchterlich.

Zu Hause höre ich stets die Geräusche der Stadt, Motorenbrummen, menschliche Stimmen, ab und zu ein Martinshorn. Ich brauche das: Bis in den Schlaf hinein zu hören, dass ich nicht allein bin, empfinde ich als so beruhigend wie ein Wiegenlied.

Hier hingegen …

Vielleicht sollte ich den Fernseher einschalten.

Oder ich lasse Musik auf meinem Handy laufen.

O Mann, wie krank ist das denn!, denke ich wütend und balle unter der Bettdecke die Fäuste. Ich werde es ja wohl schaffen, *einmal* bei Stille einzuschlafen! Und wenn nicht …

Ich muss die Stille ja nicht aushalten, wenn ich nicht will. Ich bin frei, umgeben von tausend Möglichkeiten, mich unter Menschen zu mischen. Niemand zwingt mich, zitternd in der Dunkelheit auszuharren.

Ich könnte zum Beispiel in die Hotelbar gehen.

Ich könnte mich mit anderen allein reisenden Gästen anfreunden.

Verdammt, ich könnte schlimmstenfalls sogar jemanden aufreißen!

Doch bei dem Gedanken an Sex verziehe ich unwillkürlich das Gesicht. Nein, da lese ich doch lieber … oder zähle Bergziegen … oder schnappe mir mein Handy und spiele ein paar Runden Solitaire …

Und noch während ich meine Möglichkeiten ausloте, fallen mir die Augen zu.

Am nächsten Morgen wecken mich die Strahlen der Junisonne. Im Halbschlaf beglückwünsche ich mich dazu, nicht abergläubisch zu sein. Denn was man in der ersten Nacht im fremden Bett träumt, so sagt man, das wird wahr.

Im Traum stand ich vor einem offenen Grab, und es war noch nicht einmal Herbst.

Verdrängen!, befiehlt meine Seele, und ich gehorche, öffne die Augen und schwinge die Beine aus dem Bett. Es ist Sommer, ich bin in den Dolomiten, ein herrlicher Urlaubstag erwartet mich. Und Punkt.

Bevor ich ins Bad tapse, werfe ich einen Blick auf mein Handy: keine Nachrichten.

Das wundert mich nicht. Helene ist vergrätzt, weil ich nicht auf sie gehört habe, meine Mutter ignoriert mich wieder einmal, und meine Vertretung bei Pharmedizin kommt offensichtlich glänzend ohne mich zurecht: Jenny hat keine Fragen, muss wegen nichts mit mir Rücksprache halten, entscheidet alles selbstständig. Das ist prima.

Auch ein winziges bisschen beunruhigend (bin ich so überflüssig?!), aber grundsätzlich prima.

Und da niemand mich vermisst und keiner was von mir will, beschließe ich, das Handy heute auf dem Zimmer zu lassen. Zum ersten Mal seit Jahren werde ich einfach nicht erreichbar sein. Ha!

Ich werde den gesamten Tag im Spa-Bereich verbringen.

Wenig später wird mir jedoch klar, dass meine schöne Idee leider einen Haken hat. Wenn man nämlich, wie ich, nicht daran gedacht hat, ein Buch einzupacken, kann man sich in den Pausen zwischen Saunieren, Dampfbaden und Schwimmen nicht ablenken. Die ausliegenden Promiblätter habe ich nach einer Stunde durch, und so liege ich nun unbeschäftigt im Ruheraum, in einen weißen Bademantel gehüllt und mutterseelenallein.

Und es ist genauso still wie nachts in meinem Zimmer.

Mein Blick huscht unruhig durch den »Heustadel«. Um dem Namen des dämmerigen Raumes Genüge zu tun, stehen überall Weidenkörbe mit Heu herum, dazwischen fordern schicke Wasserbetten und schwarze Designer-Liegen zum Relaxen auf. Sehr elegant und einladend, das alles.

Wenn man das einsame Herumliegen denn mag.

Ich werde zunehmend kribbelig. Zugegeben, die Stadelluft riecht angenehm, und das Wasserbett ist durchaus bequem. Aber um die Intimsphäre der Ruhenden zu schützen, gibt es keine Fenster, auch die Tür ist geschlossen, und ich fühle mich wie in einer Kiste, einem Karton, einem Sarg, sodass mein Geist aufgeschreckt zu arbeiten beginnt, sich erinnert, sich bange Zukunftsszenarien ausmalt und jegliches körperliche Wohlgefühl zum Teufel jagt … Mir bricht der Schweiß aus.

Meine Güte, ist das anstrengend hier drinnen.

Nach einer weiteren Stunde im Spa-Bereich bin ich völlig fertig. Hatte ich wirklich vor, hier den ganzen Tag zu verbringen?

Und was zum Teufel machen eigentlich die anderen Hotelgäste?

Denn obgleich beim Abendessen und Frühstück fast alle Tische besetzt waren, bin ich im gesamten Spa-Bereich noch keiner Seele begegnet. Ich bin alleine geschwommen, habe alleine geschwitzt und mich alleine im Heustadel verrückt gemacht. Wandern die etwa alle? So spießig sahen die meisten von denen doch gar nicht aus!

Missmutig packe ich mein Zeug zusammen. In Bademantel und Schlappen mache ich mich auf den Weg zurück in mein Zimmer. Kraft getankt habe ich heute Vormittag definitiv nicht, und ich fühle mich kein bisschen erfrischt. Im Gegenteil.

Totale Zeitverschwendung, diese ganze Alpen-Wellness.

Entschlossen presse ich die Lippen zusammen. Gut, ich mag unfähig sein, mich zu entspannen. Aber mir bleibt immer noch das Joggen! Ich bin fit, ich kann auch bergauf laufen, und wenn das anstrengend ist, soll es mir nur recht sein.

Denn gegen die glücklich machenden Endorphine, die mein Körper bei dieser Tortur gezwungenermaßen ausschütten wird, kommt hoffentlich nicht einmal *mein* Geist an.

Wenig später trabe ich im Jogging-Outfit zur Rezeption.

»Hallo«, sage ich freundlich. »Ich möchte laufen gehen, kenne mich in der Gegend aber noch nicht aus. Können Sie mir vielleicht einen Fitnesspfad empfehlen?«

Die Empfangsdame, ein Mädel im rosa Dirndl, starrt mich wortlos an. Sie wirkt ob meiner harmlosen Frage zutiefst erschüttert. Neben ihr steht ein Mann Anfang dreißig mit lila

Funktionsshirt und schwarzer Strickmütze. Auch er schaut völlig entgeistert drein.

Seltsam.

»Der nächstgelegene Fitnesspfad«, wiederhole ich und lächele ermutigend. »Wo fängt der an?«

»Nirgends«, bringt das Mädel hervor, ihr Blick schwankt zwischen Unglauben und Mitleid. »Wir sind doch in den Dolomiten!«

»Na eben.« Ich wippe auf den Fußballen und frage mich, wo ihr Problem liegt. »Hier wimmelt es nur so von Wiesen und Wäldern. Sicher gibt es doch Fitnesspfade in Hülle und Fülle, oder nicht?«

»Fitnesspfade …« Das Mädel schüttelt heftig den Kopf. »Die meisten unserer Gäste gehen wandern, klettern oder bergsteigen. In den letzten Jahren steht auch Mountainbiken hoch im Kurs. Wir haben herrliche Biketouren im Programm, geführt vom Chef höchstpersönlich!«

»Das ist ja sehr schön.« Ich höre selbst, wie mein Ton schärfer wird. »Wenn ich nun aber nicht wandern, klettern, bergsteigen oder mountainbiken will, sondern *joggen?*«

In stummer Hilflosigkeit knetet das Mädel ihre Hände.

So kommen wir nicht weiter, denke ich genervt. »Ooookay. Gibt es im Hotel dann wenigstens … ein Laufband?«

Der Mann im Funktionsshirt muss husten, doch als ich ihm ins Gesicht schaue, sieht es eher so aus, als unterdrücke er eine gewaltige Heiterkeit.

Ärgerlich funkele ich ihn an. Lacht der Kerl mich etwa aus?

»Sagen Sie, warum machen Sie eigentlich gerade hier Urlaub?«, fragt er zwischen zwei Husten-Lachern. »Wo Sie die Berge doch offensichtlich gar nicht mögen. War an der Nordsee nichts mehr frei?«

Seine Stimme ist dunkel und angenehm, trotzdem werde ich augenblicklich zornig. Nicht nur, weil seine Worte ziemlich überheblich klingen, sondern weil es den Kerl einen feuchten Dreck angeht, wo ich meinen Urlaub verbringe. Und warum. Und ob ich die Berge mag oder nicht. Ich meine, wer *ist* der Typ überhaupt?!

Zum Hotel gehört er, seinem schlampigen Outfit nach zu urteilen, jedenfalls nicht. Kein Angestellter eines Vier-Sterne-Hotels würde es wagen, ein *lila Funktionsshirt* zu tragen! Total geschmacklos, denke ich abfällig, zumal zu seinen tief dunkelblauen Augen ein cooles Schwarz viel besser passen würde. Oder ein schönes Ozeanblau. Genau, ein ozeanblaues Shirt, eng geschnitten, denn dass der Typ einen ansehnlichen Körper hat, ahnt man sogar trotz der Klamotten, mit denen er sich momentan verschandelt. Ob sein Haar wohl hell oder dunkel ist? Die komische Strickmütze bedeckt es leider vollkommen, seine Augenbrauen allerdings sind dunkel, und das lässt darauf schließen, dass …

»Ich könnte Ihnen eine Wanderkarte anbieten«, dringt die Stimme des Dirndl-Mädchens in meine Betrachtungen, und ich zucke zusammen. Der Kerl grinst mich an – kein Wunder, ich habe ihn wahrscheinlich angestarrt wie in Trance –, und reflexartig hebe ich das Kinn und setze meinen hochmütigsten Blick auf.

Der soll sich bloß nichts einbilden!

»Nein danke, ich komme auch ohne Ihre Karte zurecht«, versetze ich in dem eisig-höflichen Ton, den sonst bloß penetrante Journalisten zu hören bekommen, die einmal zu oft zweifelhafte Produkte von Pharmedizin kritisiert haben.

Und es wirkt. Das Dirndl-Mädchen zieht den Kopf ein, und der Typ hört schlagartig auf zu grinsen.

Na also, denke ich siegessicher. Geht doch.

Aber als ich davonrausche, um mich auf eigene Faust auf die Suche nach einem Fitnesspfad zu machen, erblicke ich mich unvermutet in dem großen, prächtigen Spiegel, der den Eingangsbereich ziert.

Und mein Triumphgefühl verfliegt.

Denn ich sehe eine schöne Frau von zweiunddreißig Jahren, mit milchweißer Haut und glattem, glänzend rotblondem Haar, das sie zu einem strengen Pferdeschwanz zusammengebunden hat. Sie ist gewandet in teure, blass türkisfarbene Sportkleidung, die ihre Kurven betont und perfekt zu ihren blaugrünen Augen passt. Man sieht der Frau auf den ersten Blick an, wie viel Wert sie auf eine makellose Erscheinung legt … und wie angespannt und unzufrieden sie sich fühlt.

O Mann, denke ich erschrocken. Diese arrogante Zicke – *das* bin ich?

Helene wäre hochzufrieden mit mir.

Noch ein Meter, und noch einer, auf einem holperigen Waldweg, der mit Steinen und hinterlistig hervorlugenden Baumwurzeln gespickt ist. Was gäbe ich nicht alles, denke ich keuchend, für ein schönes Laufband! Mit frei einstellbarer Steigung und stufenlos regelbarer Geschwindigkeit, mit gelenkschonendem Stoßdämpfersystem und eingebauter Multimedia-Anlage, damit ich mir Musikvideos ansehen kann, während ich mich quäle.

Egal, treibe ich mich an, weiter, weiter! Wäre doch gelacht, wenn ich es nicht schaffen würde, eine verdammte halbe Stunde lang zu joggen. Immerhin bin ich in Topform.

Wobei ich zugeben muss, dass es echt anstrengend ist, ständig nur bergauf zu rennen. Langsam wird mir klar, warum die hier alle bloß wandern.

Die Männer und Frauen mit Rucksäcken und Wanderstiefeln, die mir alle paar Minuten entgegenkommen, gucken mich denn auch ziemlich befremdet an. Wahrscheinlich sieht mein Gesicht mittlerweile aus wie ein Radieschen. Sehr unvorteilhaft, wenn man rötliches Haar hat, aber auch das ist … egal. Weiter geht's, Joggen entspannt, und ich werde doch wohl … o Gott, ist das mühsam … diese Steigung bringt mich noch um … *Sei-ten-ste-chen* …

Und dann stolpere ich über eine besonders tückische Wurzel, schreie vor Schreck auf und knalle der Länge nach hin.

Für einige Sekunden sehe ich bloß Sterne. Von wegen weicher Waldboden! Mein Sturz war hart und schmerzhaft, und als ich mich aufrappele, bin ich mir sicher, für den Rest meiner Auszeit mit Dutzenden blauer Flecken herumlaufen zu müssen.

Ich löse meinen Pferdeschwanz, schüttele mir Fichtennadeln und bröselige Erde aus dem Haar und klopfe meinen ramponierten Joggingdress ab. Humpelnd mache ich mich auf den Rückweg ins Hotel, und vor Demütigung brennen mir die Augen.

Ich kann nur hoffen, dass das Dirndl-Mädchen Mittagspause hat, wenn ich mich gleich an der Rezeption vorbeischleichen muss.

Natürlich hat sie *keine* Mittagspause.

Wachsam und ekelhaft adrett sitzt Miss Dirndl hinter dem Empfangstresen – Gott sei Dank ist wenigstens der Typ mit der Strickmütze weg –, und als sie mich in meinem versehrten Zustand erblickt, weiten sich ihre Augen.

Komm schon, fang an zu lachen, knurre ich innerlich. Na los, dann haben wir's hinter uns.

Doch das Dirndl-Mädchen lacht nicht, verkneift sich nicht einmal ein Grinsen, sondern springt auf, rennt auf mich zu und ruft: »Oje, Frau Winter, sind Sie verletzt? Brauchen Sie Hilfe? Kommen Sie, ich stütze Sie! Sind Sie mit dem Fuß umgeknickt?«

»Geht schon«, murmele ich perplex.

Wo bleibt ihre Schadenfreude?

»Wollen Sie nicht doch lieber wandern gehen, Frau Winter?«, fragt sie und blickt mich mitfühlend an. »Es gibt ja auch anspruchsvolle Touren, für Ehrgeizige wie Sie. Ich glaube nicht, dass Sie sich da langweilen werden.«

Ihre unerwartete Fürsorglichkeit entwaffnet mich, oder vielleicht hat beim Sturz auch mein Kopf etwas abbekommen, denn mit einem Mal höre ich mich sagen: »Aber ich bin noch nie gewandert, ich bin doch zum ersten Mal in den Bergen, und möglicherweise habe ich Höhenangst. Ich bin ja nur hier, weil ich … weil ich …«

Den Rest des Satzes schlucke ich hinunter, denn plötzlich kommt es mir absolut bescheuert vor, dass ich nach dem Gespräch mit meiner Mutter unverzüglich ins nächste Reisebüro marschiert bin und irgendetwas gebucht habe, *irgendetwas*, Hauptsache, weit genug weg von zu Hause, mit einem exzellenten Restaurant und für drei Wochen am Stück verfügbar. Denn genau so bin ich in diesem Dolomitenkaff gelandet. Um noch ein paar Wochen Atempause zu haben, bevor ich mich einer Realität stellen muss, die ich nicht ertrage.

»Sie brauchen halt«, sagt das Dirndl-Mädchen beruhigend und legt mir eine Hand auf den Unterarm, »einen Bergführer. Dann müssen Sie keine Angst haben! Den Samuel kann ich Ihnen empfehlen, der ist super, der kennt die Berge wie seine Westentasche, und er hat sogar Zeit! Dem sind nämlich gerade zwei Kunden abgesprungen, weil sie ihren Urlaub abgebrochen haben, irgendein beruflicher Notfall daheim, und … Wenn Sie wollen, rufe ich den Samuel mal für Sie an.«

Das Dirndl-Mädchen starrt mich erwartungsvoll an. Willenlos zucke ich mit den Schultern.

Was sie dummerweise als Zustimmung interpretiert.

»Abgemacht!«, ruft sie und lächelt breit. »Dann gehen Sie jetzt erst mal was essen, die Bergsteiger-Jause ist schon angerichtet, und morgen machen Sie dann eine schöne Bergtour. Das wird Ihnen guttun! Sobald ich den Samuel erreicht habe, gebe ich Ihnen Bescheid, um wie viel Uhr es losgeht, in Ordnung?«

Sie sieht so zufrieden aus mit diesem Plan, dass ich es nicht über mich bringe, ihn ihr auszureden. Also nicke ich und denke, was soll's – ich bin in den Scheißbergen, da kann ich auch eine Scheißbergtour machen. Selbst schuld, Annika Winter. Such dir halt nächstes Mal ein Hotel am Meer aus, wenn du Hals über Kopf davonrennst!

Bevor ich das Dirndl-Mädchen allein lasse, damit sie diesen Samuel anruft, blicke ich noch rasch auf das Namensschildchen an ihrer Brust: Ermelinda. Puh.

Sofort höre ich Helenes Stimme in meinem Kopf: *Armes Ding, muss in Trachtenkleidern herumlaufen und heißt Ermelinda. Das Leben ist schon ungerecht, was?* Vor meinem geistigen Auge sehe ich Helene grinsen.

Und plötzlich bin ich froh, dass sie in der Stadt geblieben ist.

Als ich mich bei Ermelinda bedankt habe und auf mein

Zimmer humpele, fasse ich neuen Mut. Ich nehme mir vor, das Beste aus der Situation zu machen. Ja, ich habe schmerzhafte Bekanntschaft mit dem Waldboden gemacht, und ja, ich habe mich dazu verpflichtet, mit diesem Samuel – wahrscheinlich einer südtirolerischen Version des Alm-Öhi –, zum Wandern zu gehen. Aber so uncool das alles auch sein mag, immerhin lenkt es mich hervorragend ab!

Und nur dafür bin ich schließlich hier.

Den Rest des Tages verbringe ich damit, zu viel zu essen und mich zwischendurch davon zu erholen.

Zuerst genehmige ich mir die von Ermelinda angepriesene Bergsteiger-Jause, die sich als üppiges, wenn auch rustikales Buffet entpuppt. Ich schaufele einen gemischten Salat mit Kürbisöl-Vinaigrette, Farfalle mit Thunfisch-Tomaten-Soße, ein Himbeertörtchen, eine Pistazien-Praline und zwei Milchkaffees in mich hinein. Danach sonne ich mich auf der Terrasse, ziehe mich um, frische mein Make-up auf, gehe zum Abendessen, das aus einem reichhaltigen Fünf-Gänge-Menü besteht … und müsste mich eigentlich fühlen, als sei ich geradewegs im Himmel gelandet.

Tue ich aber nicht.

Alles um mich herum schwelgt in müßiger Glückseligkeit, doch ich werde von Stunde zu Stunde bloß deprimierter. Und als ich mir spätabends mein Nachthemd überziehe, würde ich vor Frustration am liebsten heulen, so enttäuscht bin ich von mir selbst.

Warum kann ich mich nicht einfach *zwingen*, mich zu entspannen?!

Im Bett schreibe ich meiner Mutter eine SMS, versichere

ihr, dass ich sie liebe, lösche die SMS wieder und schalte das Handy aus. Meine Mutter ist keine Freundin großer Gefühle; selbst als mein Vater gestorben ist, habe ich sie kein einziges Mal weinen sehen.

Zehn Jahre ist das nun her, und bis vor Kurzem schien Mama mit ihrem Leben völlig zufrieden zu sein. Immerhin hat sie ja Frau Kemper, ihre Freundin und Nachbarin, und Bobby, eine grauschwarze Promenadenmischung.

Wer braucht da noch Liebe?

Denk einfach an etwas anderes, Annika.

Wieder liege ich hellwach im Dunkeln, und als mich nach einer gefühlten Ewigkeit doch der Schlaf übermannt, mischen sich böse Erinnerungen mit Vorahnungen voller Angst. Helenes Vorwürfe durchziehen meine Träume, Papa streckt die Arme nach mir aus, und ich werfe mit Schwung seinen Sargdeckel zu. Mama starrt mich an, ihr Mund ist verschwunden, und langsam, ganz langsam löst sich auch ihr Körper auf.

Träume, so viel steht fest, sind nichts für Feiglinge.

Amy Harmon

Für immer Blue

Roman

Jeder Mensch hat eine Geschichte. Wie lautet deine?

Die 19-jährige Blue hat nur ein Ziel: herausfinden, wer sie wirklich ist. Von ihrer Mutter als Baby allein am Straßenrand zurückgelassen, weiß sie nichts über ihre Herkunft und fühlt sich nirgends zugehörig. Doch dann trifft sie auf ihren neuen Geschichtslehrer Darcy Wilson. Er ist jung, hat einen coolen britischen Akzent und eine ansteckende Leidenschaft für sein Unterrichtsfach. Darcy ist der erste Mensch, der an Blue glaubt. Blue entwickelt Gefühle für ihn, obwohl sie weiß, dass eine Liebe zwischen ihnen unmöglich ist …

Die ergreifende Geschichte einer jungen Frau auf der Suche nach sich selbst!

448 Seiten, broschiert mit Klappe
€ 14,99 [D]
ISBN 978-3-86396-076-6

www.egmont-ink.de

INK
EGMONT